JACK LONDON

GOLDSUCHER

Tosa

Im Auftrag hergestellte Sonderausgabe mit freundlicher Genehmigung der Literatur-Agentur Günther Korn

Übersetzung von Rudolf Lambert
Umschlag von Alois Griesbeck

Printed in Austria

Inhalt

Siwash

»Wenn ich ein Mann wäre . . .«

Sie sprach den Satz nicht zu Ende. Aber die tiefe Verachtung, mit der sie die Männer im Zelt ansah, sagte auch ohne Worte genug. Der englische Seemann Tommy wußte nicht, was er antworten sollte, aber Dick Humphrie, ein Kavalier alter Schule, ansonsten Cornwallfischer und ehemaliger amerikanischer Großhändler mit Lachsen, schmunzelte nur, denn er hatte viel für Frauen übrig, die es verstanden, ordentlich loszulegen, wenn sie glaubten, im Recht zu sein. Was sollten sie auch der Frau antworten, die sie vor drei Tagen halberfroren in ihr Zelt aufgenommen und deren Eigentum sie den indianischen Lastträgern entrissen hatten. Das letztere war ihnen teuer zu stehen gekommen, sowohl an Geld als auch an Kraftanstrengung. Für einen Mann hätte dies alles nicht viel bedeutet, für eine Frau jedoch, die sich allein den Weg nach Klondike erkämpfen wollte, war es eine enorme Leistung. Die Männer hatten mit sich selber genug zu tun, es war daher begreiflich, daß sie für eine Frau, die hier im arktischen Winter ihr Glück versuchen wollte, nicht viel übrig hatten.

»Wenn ich ein Mann wäre«, diesmal vollendete Molly den Satz, »dann wüßte ich schon was ich täte.« Molly war ein Mädchen mit blitzenden Augen, und es war ihr wohl anzusehen, daß fünf in Amerika geborene Generationen das Draufgängertum in ihr aufgespeichert hatten.

»Na gut, nehmen wir an, Sie wären ein Mann«, erwiderte Dick, während er sich die Zeit damit vertrieb, einige zerrissene Tragriemen wieder in Ordnung zu bringen, »was würden Sie da tun?« Er hielt mit seiner Arbeit einen Augenblick inne.

»Dann würde ich jetzt meine Last auf den Buckel nehmen und fortwandern. Ich würde hier nicht untätig am Lager liegen, wenn ich weiß, daß der Yukon täglich zufrieren kann, und ich nicht einmal die Hälfte der Ausrüstung über den Paß geschafft habe. Eine merkwürdige Sorte von Männern seid ihr, die sich vor ein bißchen Regen und Wind fürchten. Ohne euch nahetreten zu wollen: Yankees sind aus einem anderen Stoff geschnitten. Die würden nach Dawson gehen, und wenn sie mitten durch eine Hölle müßten. Aber ihr — na, ich sag's noch einmal, ich möchte ein Mann sein!«

»Dann bin ich froh, daß Sie keiner sind, mein Kind«, meinte abschließend Dick Humphrie.

Ein mächtiger Windstoß drohte das Zelt umzureißen, und Regen und Schnee prasselten auf das dünne Segelleinen nieder. Der Rauch im Ofen wurde zurückgeschlagen und erfüllte das Zeltinnere mit dem beißenden Geruch von frischem Pech.

Jetzt hob Tommy den Kopf. Er war bisher damit beschäftigt gewesen, im Ofen Brot zu backen; mit seinen durch den Rauch geröteten Augen betrachtete er Molly geringschätzig.

»Wie kommt es eigentlich, daß Frauenzimmer so selten Vernunft annehmen?«

»Wie kommt es, daß Männer so selten ihre Mannhaftigkeit zeigen?« fragte Molly zurück.

Mit einem kräftigen Fluch, der jeder Frau den Mut genommen hätte, sprang Tommy jetzt auf und riß den Zeltvorhang zurück. Was die drei Menschen da zu sehen bekamen, war nicht gerade beruhigend. Vor ihnen standen ein paar durchnäßte Zelte, die rundherum aufgehäufte Erde wurde vom Regen in die Schlucht hinabgeschwemmt. Eine verkrüppelte Bergkiefer zeigte an, daß sie sich schon nahe der Baumgrenze befanden. Jenseits der Schlucht schimmerten durch den Regenvorhang nur undeutlich die Umrisse eines Gletschers. Während sie in den dunklen Tag hinausblickten, begann die massige Fläche des Gletschers abzubröckeln, und das dumpfe Donnern der Eismassen übertönte das Heulen des Sturmes. Molly schauerte unwillkürlich zurück.

»Schauen Sie nur hin, mein Kind! Reißen Sie nur die Augen auf! Wissen Sie, was das heißt, drei Meilen gegen den Sturm zu kämpfen, nach Crater Lake, über zwei Gletscher, an dem schmalen Rand des Felsens entlang, bis zu den Knien im eisigen Schneewasser vorzudringen? Sehen Sie hin und sagen Sie mir, wo Ihre Yankees sind!«

Tommy wies zornig auf die sturmgepeitschten Zelte. »Da, da haben Sie Ihre Yankees, in den Zelten sitzen sie. Hat nur einer von ihnen sein Gepäck auf den Rücken geschnallt? Und Sie, Mädchen, wollen uns Männer lehren, was wir tun sollen?«
Mit einem gewaltigen Krachen stürzte wiederum ein Stück des Gletschers in die Schlucht hinunter. Ein Windstoß fuhr ins Zelt und blähte es auf wie einen Ballon. Rasch traten die drei wieder zurück und verschlossen den Vorhang. Tommy machte sich wieder am Ofen zu schaffen, und Dick warf seine Tragriemen zur Seite und bemühte sich, seine Pfeife in Tätigkeit zu setzen. Auch Molly hatte genug. Ihr weiblicher Instinkt gewann für den Augenblick wieder die Oberhand, indem sie zu jammern anhub:
»Meine Kleider liegen ganz zuoberst im Depot und werden durch den Regen vollkommen verdorben. Ich darf gar nicht daran denken!«
»Nun, nun«, beschwichtigte sie Dick, »machen Sie sich nichts daraus! Ich könnte Ihr Onkel sein, denn meine Tochter ist sogar älter als sie. Wenn wir nach Dawson kommen, werde ich Sie mit allen Dummheiten ausstatten, deren ein Frauenzimmer bedarf, auch wenn es mich meinen letzten Dollar kosten sollte!«
»Wenn wir nach Dawson kommen!« entgegnete Molly, und es lag ein verächtlicher Klang in ihrer Stimme, »bis dorthin liegt ihr alle verfault am Wege oder ertrunken in einer Pfütze, ihr — ihr Engländer.«
Damit glaubte sie diese Männer am empfindlichsten getroffen zu haben. Aber sie hatte sich verrechnet. Tommy stieg zwar das Blut zu Kopfe, aber er schwieg. Dick dagegen brachte es sogar zu einem weichen Lächeln, denn er mußte an seine weiße Frau denken.
Die fünf in Amerika geborenen Generationen, die Molly Travis hinter sich herschleppte, waren kein allzu erfreuliches Erbteil, besonders dann nicht, wenn man mit ähnlich veranlagten Verwandten unter demselben Dach leben mußte. Diese Männer waren Briten, und von altersher waren sie sich im Wege gestanden, zu Wasser und zu Lande, und so würde es wohl auch weiter bleiben. Aber ihre Vorfahren geboten ihr, sich um jeden Preis geltend zu machen.

Es war nicht nur Molly Travis allein, in Gummistiefeln, Regenmantel und Tragriemen, hinter sich schleppte sie die Geister von zehntausend Vorfahren her, die ihr die Riemen strafften und die feste Entschlossenheit verliehen, diese großen Engländer zu beschämen.

Die Männer hinderten sie nicht, Dick bot ihr sogar seinen Ölmantel an, da ihr Regenmantel einem solchen Sturm nicht gewachsen war. Aber Molly lehnte ihn verächtlich ab und betonte ihre Selbständigkeit mit einer solchen Schärfe, daß Dick es vorzog, sich nur mehr mit seiner geliebten Pfeife zu beschäftigen, bis sie den Zeltvorhang hinter sich zugebunden hatte, um sich auf der überschwemmten Schlittenspur zum Depot zu begeben.

»Meinst du, daß es ihr gelingt«, fragte Dick scheinbar gleichgültig, während sein Gesicht große Sorge ausdrückte.

»Von Gelingen kann gar keine Rede sein«, antwortete Tommy, »wenn sie dem Sturm widerstehen kann und das Depot erreicht, dann wird ihr so kalt und elend zumute sein, daß ihr Verstand gelähmt sein wird. Du hast doch dasselbe schon einmal selbst miterlebt. Erinnerst du dich an Kap Hoorn? Da weißt du ja, was es heißt, bei einem solchen Wetter am Topsegelnock zu liegen. Da möchte man heulen wie ein kleines Kind. Sie will ihre Kleider holen! Ich garantiere, sie wird ein Bündel Röcke nicht mehr von einem Teekessel unterscheiden können.«

»Wir hätten sie also doch nicht gehen lassen sollen?«

»Im Gegenteil! Sie soll sich nur den Wind um die Ohren blasen lassen. Dann wird sie bescheidener werden und nicht versuchen, uns das Leben zur Hölle zu machen.«

»Gewiß, in Molly steckt zu viel Ehrgeiz«, räumte Dick ein, »aber tüchtig ist sie, das muß man ihr lassen. Es ist zwar blödsinnig, allein eine solche Reise zu machen, trotzdem ist sie mehr wert als die faden Modepuppen, die immer bedient sein wollen. Sie gehört zu uns, ist unser Schlag.»

»Du meinst also, wenn sie blödsinnige Dinge macht, müssen wir sie gewähren lassen?«

»Man kann sich mit einem scharfen Messer leicht die Finger abschneiden, aber soll man deswegen darauf verzichten, ein Messer zu schleifen?«

»Du magst ja recht haben, vielleicht kennst du die Weiber besser als ich.« Damit war die Sache für Tommy erledigt. Er nahm ein Paar von Mollys nassen Strümpfen und legte sie vor sich auf sein Knie, um sie zu trocknen, und Dick folgte seinem Beispiel, indem er aus ihrem Ränzel einige feuchte Kleidungsstücke herauszog, um sie ebenfalls am Feuer zu trocknen. Eine Zeitlang herrschte Schweigen.

»Du hast einmal gesagt, Tommy, du wärest nie verheiratet gewesen. Stimmt das?«

»So, sagte ich das?« erwiderte Tommy, »na ja, das war ich auch nicht — das heißt — doch. Noch dazu mit der besten Frau, die jemals einem Mann das Essen gekocht hat.«

»Haute sie ab?« Dick streckte seinen Arm aus, so, als wollte er damit die Unendlichkeit andeuten.

»Ja — Wochenbett.« Tommy machte sich jetzt wieder am Ofen zu schaffen, schob den Topf mit kochenden Bohnen auf eine weniger heiße Stelle und prüfte das Brot.

Dick zähmte seine Neugier, wie es einem Manne geziemte, und wartete schweigend.

»Eine ganz andere Frau als Molly — Siwash.«

Dick verstand ihn ganz gut.

»Nicht so stolz und eigensinnig, aber trotzdem eine, die durch dick und dünn geht. Sie konnte hungern, ohne in Klagen auszubrechen. Wir waren einmal in der Gegend von Teslin, um Gold zu suchen, als uns der Proviant ausging; wir waren genötigt, die Hunde zu verzehren. Als die Hunde zu Ende waren, aßen wir das Hundegeschirr, die Pelze und Mokassins. Niemals hörte ich von ihr ein Wort der Klage. Bei Beginn unserer Fahrt sagte sie zu mir: ›Gib auf den Proviant acht!‹ Aber niemals bekam ich zu hören: ›Ich hab dir ja gesagt!‹ Dabei war sie so schwach, daß sie nicht einmal einen Schneeschuh heben konnte, und ihre Füße waren ein wundes Stück Fleisch. Wie oft sagte sie: ›Mach dir nichts draus. Ich will lieber mit dir Hunger leiden und deine Frau sein, als täglich einen Potlach* halten und Häuptling Georges Klooch** sein!‹ Dieser George war ein Häuptling der Chilcoots und wollte sie haben. Ich sage dir, es war eine prachtvolle Zeit. Was war ich für ein tüchtiger Kerl, als ich in dieses Land kam! Du mußt wissen, ich war von einem Walfischfänger durchgebrannt und fuhr mit einem Otternjäger nach Sitka hinunter. Dort lernte ich Jack, den Glücklichen, kennen. Bist du mit ihm einmal zusammengetroffen?«

»Ich kannte ihn von Columbia her, wo er mir meine Habseligkeiten aufbewahrte«, erwiderte Dick, »er war ein etwas wilder Kerl und besaß eine große Vorliebe für Weiber und Whisky.«

»Richtig! Wir reisten einige Jahre zusammen und handelten mit Decken und solchem Zeug. Dann machte ich mich selbständig. Um ihm aber nicht ins Geschäft zu pfuschen, ging ich nach Juneau. Dort lernte ich Killisnoo — ich nannte sie Tilly — auf einem Ball kennen. Es war ein merkwürdiger Ball, lauter Siwash, ich war der einzige Weiße. Der Häuptling George war auch darunter. Keiner kannte mich persönlich, nur ein paar junge Leute, die ich einmal bei Sitka getroffen hatte. Sie unterhielten sich in ihrer Sprache, und niemand wußte, daß ich das Chinook ebenso gut verstand wie sie. Da gab es auch zwei Mädchen, ein paar recht hübsche Dinger, und ich dachte daran, mich an sie heranzupirschen. Aber sie waren mir zu frisch, wie eben gefangene Dorsche, weißt du, mit zu viel Kanten. Sie machten sich über mich lustig, weil sie glaubten, ich verstünde sie nicht. Ich ließ mir natürlich nichts anmerken und tanzte mit Tilly, die mir immer besser gefiel. Eines von den jungen Dingern meinte: ›Der ist nach einer Frau aus‹, worauf die andere die Nase rümpfte und antwortete: ›Da wird er kein Glück haben, die Mädchen wollen richtige Männer, kein so junges Gemüse!‹ Die Indianer, die herumstanden, grinsten und gaben die Bemerkung weiter. Ich hatte damals zwar noch ein ziemlich glattes Gesicht, war aber doch von allen immer als voll genommen worden. Ich ärgerte mich.

* Fest, Gelage

** Frau

›Er tanzt mit der Freundin Georges, gleich wird ihm der Häuptling eine versetzen, paß nur auf!‹ zwitscherte die eine weiter, ›und wird ihn nach Hause schicken!‹ setzte die andere hinzu. Häuptling George hatte bisher finster dreingesehen, jetzt aber lachte er und schlug sich auf die Knie. Er war ein großer, fester Kerl, und es wäre ihm sicher nicht schwergefallen, mich durchzubleuen.
›Kennst du die beiden Mädchen?‹, fragte ich Tilly, während wir durch den Saal wirbelten. Als sie mir die Namen nannte, erinnerte ich mich, was mir Jack über sie erzählt hatte. Es war so allerhand. Aber ich schwieg und setzte den Tanz fort, während sich die anderen weiter über mich lustig machten. Ich dachte mir: warte nur, Tommy, warte nur!
So wartete ich, bis der Ball sich dem Ende zuneigte. Als wir unseren Tanz beendet hatten, dachten alle, daß nun das Spektakel losgehen würde, ich aber marschierte seelenruhig mitten durch die Gesellschaft hindurch. Als ich an den beiden Mädchen mit dem losen Mundwerk vorbeikam, mußte ich die Zähne zusammenbeißen, um nicht zu grinsen, obwohl ich mich innerlich ärgerte. ›Seid ihr nun fertig?‹ fragte ich sie plötzlich.
Du hättest sie sehen sollen, wie ihnen jetzt der Mund offen stehenblieb, als sie hörten, daß ich Chinook sprach. Und dann legte ich los! Alles, was ich von ihnen wußte, sprudelte ich heraus, ich erzählte ihnen von ihren Eltern, von ihren Brüdern und Schwestern. Alles gab ich der Öffentlichkeit preis, jeden Streich den sie begangen, jede Klemme, in die sie gekommen, jede Schande, die sie betroffen hatte. Rücksichtslos, erbarmungslos schrie ich ihnen diese unangenehmen Dinge ins Gesicht. Bald waren wir von einer großen Menschenmenge umgeben. Mein Kauderwelsch machte allen augenscheinlich großes Vergnügen, nur den beiden Mädchen nicht, die blaß und verlegen dastanden. Sogar der Häuptling George hörte mir zu und vergaß das Durchbleuen.
Die jungen Dinger fingen jetzt zu weinen an und baten mich, um Gottes willen aufzuhören, aber ich redete weiter und wollte erst dann aufhören, wenn sie vor mir auf den Knien lagen und bettelten.

So war die Geschichte. Als ich mich von Tilly verabschiedete, sagte ich ihr, in ein oder zwei Wochen würde ich wiederkommen, und ich würde mich freuen, sie wiederzusehen. Sie hatte nichts dagegen einzuwenden. Du kannst dir denken, wie stolz ich war, dem Häuptling den Wind aus den Segeln genommen zu haben, am liebsten hätte ich Tilly gleich mit dem Boot nach Wrangel genommen, dann hätte er sich die Finger nach ihr abschlecken können. Aber so leicht, wie ich es mir vorstellte, ging es doch nicht. Sie wohnte bei einem Onkel — oder war es ein Vormund? Gleichviel, er war krank, hatte die Lungenschwindsucht, und sie wollte ihn nicht verlassen, ehe es vorbei war. Ich sah ihn mir an, um mir selbst ein Urteil zu bilden, wie lange es wohl noch dauern würde. Der alte Gauner aber hatte das Mädchen dem Häuptling George versprochen, und als er mich sah, bekam er vor Wut einen Blutsturz.
Als wir am Ufer voneinander Abschied nahmen, sagte sie: ›Komm und hol mich, Tommy.‹ ›Wenn du mir Bescheid sagst, komm' ich‹, anwortete ich. Ich küßte und umarmte sie, sie zitterte wie Espenlaub, und ich war so außer mir, daß ich dem Onkel am liebsten hinübergeholfen hätte. So reiste ich nach Wrangel, handelte mit Whisky und vielen anderen Dingen. Es kam der Winter, und an einem reichlich kalten Tage erhielt ich ihre Botschaft. Ich befand mich in Juneau.
Der Bursche, der sie mir brachte, fügte noch hinzu: ›Killisnoo sagte: Komm sofort.‹ ›Was ist passiert?‹ fragte ich. ›Häuptling George‹, sagte er, ›Potlach, Killisnoo wird Klooch.‹
Ein eisig kalter Nordsturm heulte, so daß sogar das Salzwasser gefror, sobald es auf Deck tropfte. Ich hatte einen Mann als Besatzung, der aber während der Fahrt über Bord gespült wurde. Ich kreuzte zurück, aber er war nicht mehr zu finden.«
»Wahrscheinlich hatte er von der Kälte Krämpfe bekommen«, meinte Dick, während er einen von Mollys Röcken zum Trocknen aufhing »und ist wie Blei untergesunken.«
»So wird's wohl gewesen sein. Ich war also allein und war vollkommen erschöpft, als ich Dyea erreichte. Zuerst noch einen tüchtigen Schluck Whisky, dann stürzte ich, in eine Decke gewickelt, nach

dem Lager. Dort waren gut fünfhundert Menschen versammelt. Die Chilcats waren da, mit Kind und Kegel, dazu noch die Leute aus Dog Eav, Little Salmons und von den Missionen. Sie alle waren gekommen, um Tillys Hochzeit zu feiern, und nicht ein weißer Mann war zu sehen.
Da ich die Decke über den Kopf gezogen hatte, erkannte mich niemand, und es gelang mir, ungehindert in die vorderste Reihe zu kommen. Das Fest fand auf einem weiten, freien, von Bäumen umgebenen Platz statt. Große Feuer ringsumher sorgten für etwas Wärme. Ganz in meiner Nähe stand Tilly, mit Perlen und roten Tüchern geschmückt, daneben der Häuptling George, umgeben von seinen Würdenträgern. Die Schamanen* und Medizinmänner hatten bereits mit ihrem Hokuspokus begonnen, so daß mich ein leichtes Gruseln überfiel.
Als die Walnußtrommeln dröhnten und die Priester ihren Gesang anstimmten, flüsterte ich Tilly zu: ›Bist du bereit?‹ Nicht das leiseste Zucken in ihrem Gesicht verriet, daß sie mich verstanden hätte. ›Ich wußte, daß du kommst‹, flüsterte sie zurück, dann kam es ebenso leise, kaum hörbar, aus ihrem Munde: ›Wo?‹ ›Auf dem hohen Hang am Rande des Eises; lauf, wenn ich dir ein Zeichen gebe!‹
Ich vergaß zu erzählen, daß unglaublich viele Eskimohunde, die in Wirklichkeit nicht anders als gezähmte Wölfe waren, herumlagen. Gerade zu meinen Füßen machten sich zwei solcher Biester breit. Ich packte den Schwanz des einen mit einem schnellen Griff und drückte ihn fest zusammen, so daß der Hund vor Schmerz aufheulte. Gleichzeitig ergriff ich den zweiten beim Nacken und schleuderte ihn gegen den Rachen des ersteren. Im Nu war eine heillose Rauferei im Gange. Die Frauen und Kinder flüchteten nach allen Seiten, das ganze Lager war wie von Sinnen. ›Jetzt!‹ rief ich, und Tilly entschlüpfte dem Ufer zu, und ich folgte ihr. Als ich aber noch einen Blick auf die schreiende Menge zurückwarf, flüsterte mir der Teufel etwas ins Ohr. Ich entledigte mich meiner Decke und schritt zum Festplatz.

* Geisterbeschwörer

Die Hunde hatte man auseinandergejagt, und es kehrte wieder etwas Ruhe ein. Jedoch Tillys Verschwinden war augenscheinlich noch nicht bemerkt worden. Ich trat zum Häuptling und ergriff seine Hand: ›Möge der Rauch deines Potlachs zum Himmel steigen, und mögen dir im Frühling die Sticks viele Felle bringen!‹
Jetzt, als Sieger, war er natürlich obenauf und konnte sich mir gegenüber brüsten. Auch die andern erkannten mich und begannen zu kichern und zu grinsen. Nun fing für mich erst die Unterhaltung an. Indem ich mich dumm stellte, fragte ich: ›Was gibt es hier für ein Fest? Hält vielleicht jemand Hochzeit?‹
›Häuptling George‹, antwortete der Schamane und verbeugte sich tief vor dem Bräutigam.
›Ich glaubte, er hätte schon zwei Kloochs.‹
›Er nehmen aber drei.‹ Neuerlich machte der Medizinmann eine tiefe Verbeugung.
›So, so!‹ antwortete ich und tat so, als ob ich an diesen Dingen kein Interesse hätte. Das paßte ihnen jedoch nicht, sie wollten um jeden Preis ihren Spaß haben und begannen daher zu rufen: ›Killisnoo! Killisnoo!‹
›Killisnoo? Wer ist das?‹ fragte ich scheinheilig.
›Killisnoo ist die Klooch des Häuptlings George‹, schnatterten die Medizinmänner und das übrige Gefolge durcheinander.
Ich sah fragend auf den Häuptling, der stolz nickte. ›Sie wird nie deine Klooch!‹ sagte ich in feierlichem Tone, ›niemals!‹ Dabei krempelte ich mir die Ärmel auf, nachdem ich mich vorerst der Fausthandschuhe entledigt hatte, und hob beide Arme beschwörend in die Luft.
›Killisnoo!‹ rief ich, ›Killisnoo! Killisnoo?‹
Alle sahen mich furchtsam an, ich aber rief immer wieder ›Killisnoo‹, und dann steckte ich den Zeigefinger in die Luft, so, als ob ich ihnen zeigen wollte, wie sie davonflog. Und, bei Gott, Dick, sie fielen darauf herein, jeder von ihnen sah, wie Tilly in der Luft verschwand. Ich stand nun mit gekreuzten Armen vor ihnen, stolz warf ich den Kopf in die Höhe, und langsam, ängstlich zogen sich alle vor mir zurück. Jetzt aber war es Zeit zu verschwinden, denn

ich bemerkte noch rechtzeitig, wie der Häuptling George den Befehl gab, mich zu ergreifen. Aber niemand getraute sich, mich anzugreifen, nicht für alle Schätze der Welt. Selbst als George eigenhändig zugreifen wollte, schwand ihm der Mut, als ich meine Hände beschwörend zum Himmel streckte und ausrief: ›Eure Schamanen sollen jetzt ein Wunder tun und Killisnoo wieder vom Himmel herunterholen, wohin ich sie geschickt habe.‹
Aber die Priester hüteten sich wohl, die Grenzen ihrer Macht zu überschreiten.
Ehe ich mich zurückzog, rief ich den Versammelten noch zu: ›Eure Kloochs sollen euch Söhne gebären, so zahlreich wie die Brut des Lachses, und eure Totems mögen noch lange im Lande bleiben, auch möge der Rauch von euren Feuern beständig hinauf zum Himmel steigen!‹
Mit der mir geziemenden Würde entfernte ich mich, kaum aber befand ich mich außer Sicht, fing ich zu laufen an, als wär' mir der Gottseibeiuns auf den Fersen. Tilly wartete schon mit Sehnsucht auf mich, sie hatte, um sich warm zu erhalten, das Eis ringsum aufgebrochen. Dann schossen wir dahin, hinter uns den heulenden Wind, während uns die eiskalten Sturzwellen übergossen. So fuhren wir die halbe Nacht, dann aber ließ ich das Boot bei Pocurpine an den Strand auflaufen. Zitternd lagerten wir uns, in Decken gehüllt, während Tilly noch die besondere Aufgabe hatte, unsere Streichhölzer an ihrer Brust zu trocknen.
Sieben Jahre, Dick, dauerte unser Zusammensein, und es gab viele gute, aber ebenso viele schlechte Tage. Dann starb sie mitten im Winter im Wochenbett. Es war auf der Chilcat Station. Bis zuletzt hielt sie meine Hand in der ihren. Von draußen drang das einsame Wolfsgeheul in unsere Stille, wo bereits der leibhaftige Tod hockte. Möge dir das Schicksal eine solche Stille ersparen, Dick.
Bevor sie starb, sagte sie noch zu mir: ›Ich bin dir eine gute Frau gewesen, Tommy, aber höre, versprich mir, daß du, wenn du heiratest, nur eine Weiße nimmst. Keine Siwash mehr, Tommy. Es stehen dir genug weiße Frauen zur Verfügung. Man nennt dich den Squaw-Mann. Ich habe es oft gesehen, wie sich die Frauen deiner Rasse

von dir abwandten, wenn sie dich auf der Straße begegneten; ich weiß, daß du nicht wie die anderen Männer ihre Hütten betratest. Ich weiß auch, warum es so war: weil deine Frau eine Siwash ist. Stimmt's, habe ich nicht recht? Und das ist nicht gut. Versprich's mir also! Küß mich, zum Zeichen, daß du dein Versprechen halten willst!‹
Ich tat ihr den Willen, dann starb sie im Wochenbett auf der Chilcat Station.«
Von draußen heulte der Sturm, das Zelt neigte sich auf die Seite und lief Gefahr, zusammengedrückt zu werden. Dick stopfte sich eine neue Pfeife, während Tommy nach dem Tee sah, damit Molly beim Zurückkommen ein warmes Getränk habe.
Arme Molly, mit ihren blitzenden Augen und ihrem Yankeeblut, wo wird sie sein? —
Auf Händen und Füßen kriechend, vom Regen geblendet, kaum imstande, im Sturm zu atmen, arbeitete sie sich heim zum Zelt. Auf dem Rücken trug sie das Bündel mit den Kleidern. Ihre Kraft reichte nicht mehr aus, den Zeltvorhang zu heben. Tommy und Dick zogen sie herein, erschöpft und außer Atem lag sie am Boden.
Tommy nahm ihr das Gepäck ab. Als er es aufhob, hörte er ein Klirren von Töpfen und Pfannen. Verständnisvoll blinzelte er Dick zu, der gerade versuchte, Molly etwas Whiky einzuflößen.
»Hören Sie, Kind, wenn Sie sich wieder ein wenig rühren können, dann ziehen Sie das trockene Zeug an, das ich Ihnen hier bereitgelegt habe. Wir gehen indessen hinaus, das Zelt mit einigen Extrapflöcken festzumachen. Wenn Sie fertig sind, rufen Sie uns, dann können wir gemütlich zu Mittag essen.«
»Glaubst du, Dick, daß sie jetzt etwas bescheidener wird?« flüsterte Tommy, als sie hinter das Zelt krochen, »daß sich ihre scharfen Kanten etwas abschleifen werden?«
»Laß ihr nur die scharfen Kanten, Tommy«, antwortete Dick und zog seinen Kopf ein, um einer mächtigen Regenbö zu entgehen, »sie sind notwendig. Du und ich haben sie, und unsere Mütter hatten sie auch.«

In den Wäldern des Nordens

Wenn jemand nach einer mühseligen Reise die baumlosen Einöden, die nur mit kargem Buschwerk bewachsen sind, hinter sich hat, dann stößt er auf eine weite und tiefe Waldzone. Aber die zivilisierte Welt hat erst jetzt davon Kenntnis erhalten, denn von den wenigen Forschungsreisenden, die so weit vorgedrungen waren, kehrte keiner mehr zurück, um darüber berichten zu können.
Diese Einöden waren das eigentliche Land des Nordens und fast einer Wüste gleich. Sie sind die Heimat des Moschusochsen und die Stätte des mageren Steppenwolfes. Avery Van Brunt, der sie durchstreifte, fand sie freudlos und wenig einladend, bis er zu den Stellen vordrang, die auf der Landkarte als weiße Flecken eingezeichnet waren. Plötzlich stieß er auf ausgedehnte Fichtenwälder, die von unbekannten Eskimostämmen bewohnt wurden. Seine Absicht war, diese weißen Flecken auf der Karte auszufüllen, indem er die Gebirge, die Flüsse und die Seen einzeichnete. Denn Avery Van Brunt, der die Stelle eines Professors am geologischen Vermessungsinstitut bekleidete, war Unterführer einer großen Forschungsexpedition in die Arktis. Er erhielt die Aufgabe, mit acht Männern einen Abstecher fünfhundert Meilen weit durch die Täler des Thelon zu machen. Von diesen acht Teilnehmern war er der einzige Vollblut-Angelsachse, zwei von den übrigen stammten aus Kanada und gehörten der französischen Nation an, während der Rest aus eingeborenen Indianern von der Manitoba-Straße bestand. Bei dem Gedanken, als erster aller Männer seiner Rasse diese weltabgeschiedenen Dörfer des Nordlandes betreten zu dürfen, überkam ihn ein Triumphgefühl sondergleichen. Jede Müdigkeit war wie weggeblasen, als er an der Spitze seiner Expedition im beschleunigten Tempo einem dieser Dörfer zuschritt.
Es dauerte nicht lange und sämtliche Bewohner des Dorfes kamen ihm entgegen. Voran die Männer, die drohend ihre Bogen und Speere schwangen, dahinter, sich scheu zusammendrängend, die Frauen

und Kinder. Van Brunt streckte den rechten Arm zum Zeichen des Friedens in die Höhe, die Dorfbewohner antworteten mit der gleichen Gebärde. Da geschah etwas Sonderbares. Aus der Masse der Krieger löste sich ein mit Fellen bekleideter Mann und begrüßte den Fremden mit einem lauten »Hallo«, während er ihm die Hand entgegenstreckte. Trotz des verwilderten Aussehens erkannte Van Brunt in ihm sofort einen Angehörigen seiner eigenen Rasse.

»Sind Sie vielleicht André«, fragte er und ergriff die entgegengestreckte Hand.

»Wer ist André?« war des Mannes verständnislose Gegenfrage.

»Dann müssen Sie schon lange hier leben?«

»Fünf Jahre», antwortete jener, und ein gewisser Stolz leuchtete aus seinen Augen. »Aber kommen Sie, wir wollen plaudern.«

Auf die Frage Van Brunts, was er mit seinen Leuten machen solle, antwortete der fremde Mann: »Sie sollen hier lagern. Der alte Tantlatch wird für sie sorgen. Kommen Sie!«

Van Brunt berechnete im stillen die Zahl der Dorfbewohner.

»Zweihundert ohne die Kinder«, meinte er dann.

Der Mann nickte zustimmend. »Annähernd richtig. Aber jetzt sind wir daheim. Ich wohne etwas außerhalb des Dorfes, so mehr für mich allein, müssen Sie wissen. Bitte, setzen Sie sich, und wenn es Ihnen recht ist, esse ich bei Ihnen, ich möchte gerne wieder wissen, wie Tee schmeckt. Stellen Sie sich vor, fünf Jahre keinen Tropfen Tee und kein Stäubchen Tabak! — Vielen Dank! Jetzt bitte ich noch um ein Zündholz, dann wollen wir einmal sehen, ob das alte Kraut noch seine Wirkung tut.«

Mit peinlicher Vorsicht, so als ob es das letzte wäre, strich er ein Zündholz an, blickte ganz verliebt in die kleine Flamme, als hätte er so etwas in seinem ganzen Leben noch nie gesehen, dann zog er den ersten Mundvoll Rauch ein. Er schloß genießerisch die Augen und blies ihn dann ganz langsam wieder aus. Ein tiefer Seufzer der Zufriedenheit entrang sich seiner Brust und mit einem glücklichen Ausdruck in der Stimme sagte er leise:

»Weiß der Himmel! Das schmeckt!«

Van Brunt sah ihm teilnahmsvoll ins Gesicht, dann fragte er: »Fünf Jahre sagten Sie?«
»Fünf volle Jahre!« Wiederum seufzte der Mann. »Jetzt möchten Sie wahrscheinlich meine Geschichte hören? Ich finde Ihre Neugierde nur zu begreiflich. Es ist auch eine verdammt kitzlige Situation. Aber sie ist schnell erzählt. Ich jagte mit ein paar Leuten auf Moschusochsen, hatte dabei Pech, verlor meine Begleitung, meine Ausrüstung, dazu kamen Hunger und Entbehrungen aller Art. Sie kennen ja diese Geschichten, jede gleicht der andern. Endlich landete ich hier, auf Händen und Füßen kriechend, bei diesem Tantlatch.«
»Fünf Jahre«, murmelte Van Brunt nachdenklich und kramte in seiner Erinnerung.
»Im Februar waren es fünf Jahre. Ich kam zu Beginn des Mai vom Great Slave herüber . . .«
»Dann sind Sie — — Fairfax?« unterbrach ihn Van Brunt.
Der Mann stimmte zu.
»Warten Sie . . . John, nicht wahr, John Fairfax?«
»Woher stammen Ihre Kenntnisse?« fragte Fairfax begierig, mit seiner Pfeife beschäftigt.
»Es war doch fast in jeder Zeitung zu lesen, als Preranche . . .«
»Preranche?« Das Interesse Fairfax' erwachte mit einem Male. »Er ist doch in den Smoke Mountains verschollen?«
»Er war es, aber er kam durch und wieder zurück.«
Fairfax sah gedankenvoll den Rauchringen nach. »Das freut mich«, meinte er nach einer Weile, »Preranche war ein feiner Kerl, wenn wir auch manchmal nicht übereinstimmten. — Aber er kam wirklich durch? Weiß Gott, das ist mir lieb.«
»Fünf Jahre . . .« Van Brunt mußte an Emily Southwaithe denken. Ein Keil Wildgänse strich ganz niedrig über sie hinweg, aber beim Anblick des Lagers schwenkten sie nordwärts ab und verschwanden in der glimmenden Sonne.
Mitternacht war vorüber. Ein plötzlich auftauchender Schein färbte die Wolken im Norden blutig rot, und die Wälder sahen aus, als ob sie brannten. In der Luft herrschte eine lautlose Stille, kein biß-

chen Wind ließ die Nadeln erschauern, nur vom Lager her klangen gedämpfte Laute herüber. Irgendwo weinte ein Kind, und aus der Tiefe des Waldes erhob sich ähnlich dem Erzittern einer Harfe das Klagelied einer Frauenstimme.

Van Brunt überfiel ein Schauer, und seine Hände krampften sich ineinander.

»Und mich haben sie ganz aufgegeben«, fragte sein Gegenüber langsam, »mich hielten sie für tot?«

»Man wartete eine Zeitlang, aber weil Sie nicht zurückkamen, haben Ihre Freunde . . .«

»Mich prompt vergessen.« Das Lachen Fairfax' klang verächtlich und bitter.

»Warum sind sie eigentlich nicht wiedergekommen?«

»Zuerst wollte ich nicht, es ekelte mich, wieder unter die zivilisierten Menschen zu kommen, dann aber konnte ich nicht mehr. Das war nämlich so: als ich Tantlatch kennenlernte, hatte er sich den Fuß gebrochen. Es war ein recht übler Bruch. Aber es gelang mir, ihn einzurichten. Während dieser Zeit kam ich wieder etwas zu Kräften, und um mich irgendwie nützlich zu machen, zeigte ich den Indianern allerlei Dinge, die sie noch nicht kannten. Ich war ja der erste Weiße, den sie zu Gesicht bekommen hatten. Ich lehrte sie auch ein bißchen Kriegswissenschaft, so daß es ihnen gelang, die vier feindlichen Dörfer zu besiegen und somit Herren des Landes zu werden. Als ich wieder aufbrechen wollte, widersetzte sich der ganze Stamm. Man stellte Wachen auf, um mein Entkommen zu verhindern, aber da sie es mir an nichts fehlen ließen — besonders Tantlach, ihr Häuptling, überbot sich an Freundlichkeiten —, fand ich mich mit dem Hierbleiben ab. Wo sollte ich auch hin? Zu euch zurück wollte ich nicht.«

»Ich war in Freiburg mit Ihrem Bruder bekannt, ich bin Van Brunt!«

Bewegt schüttelte Fairfax seine Hand. »Sie sind ein Freund Billys! Armer Billy! Er erwähnte Sie oft. Und ausgerechnet hier müssen wir uns wiedersehen!« Sein Blick schweifte über die urweltlichen Wälder, er lauschte den melancholischen Klagelauten einer Frau.

»Ein Bär hat ihren Mann zerrissen, und sie kann sich darüber nicht trösten.«
»Schreckliches Dasein!« Van Brunt konnte einen Ausdruck des Ekels nicht unterdrücken. »Meinen Sie nicht, Fairfax, daß Ihnen die Zivilisation wieder gut bekommen würde?«
Fairfax machte eine abweisende Gebärde.
»Ach wer weiß? Die Menschen hier sind ehrlich, und sie leben so, wie es sich hier schickt. Es sind einfache Leute, und jede komplizierte Gefühlsbewegung ist ihnen fremd. Sie lieben, hassen, fürchten, freuen und ärgern sich, wie es eben kommt, und machen aus ihrem Herzen keine Mördergrube. Für Sie mag das Leben hier schrecklich sein, aber es ist im Grunde ein leichtes Leben. Liebe ist eine Angelegenheit ohne Zeitvergeudung. Wenn eine Frau Sie liebt, dann wird sie ihre Gefühle nicht verbergen, und sie wird dasselbe tun, wenn sie Sie haßt. Wichtig ist nur, daß man genau weiß, was der andere meint, und umgekehrt. Es gibt keine Mißverständnisse, keine Irrtümer. Nach der verdrehten Zivilisation tun einem diese Dinge geradezu wohl. Können Sie das verstehen?«
Nach einer Pause, während er seine Pfeife ausklopfte, fuhr er fort: »Nein, nein, was Sie auch dagegen einwenden wollen, es ist ein ganz gutes Leben, und ich habe nicht die Absicht, es zu ändern.«
Van Brunt sah ihn nachdenklich an. Seine Gedanken wanderten zu Emily zurück, die auch in die Klauen eines Bären geraten war, nämlich in die Carlton Southwaithes. Ganz vorsichtig forschte er: »Aber Sie werden doch mit mir kommen!«
»Nein.«
»Doch, Sie werden kommen!«
»Das Leben hier paßt mir, wie gesagt. Es wechseln die Jahreszeiten wie Licht und Schatten. Die Zeit verrinnt, das Leben schreitet der Auflösung entgegen, und zurück bleibt nur die Klage im Walde. Hören Sie!«
Und Fairfax stimmte leise in die Trauer des Weibes ein.
»Sehen Sie mich doch an«, sagte er nach einer Weile, »sind meine Haare nicht weißgelockt und ehrwürdig? Finden Sie nicht, daß die Pelze, in die ich gehüllt bin, prächtig sind? Trage ich nicht einen

Jagdspeer an meiner Seite? Und ein solches Leben soll ich jetzt aufgeben?«
Van Brunt sah ihn prüfend an: »Fairfax, Sie sind nicht ganz auf der Höhe, Ihr Gemütszustand ist ungesund, meinen sie nicht, daß fünf Jahre in dieser Einsamkeit genügen, um einen Mann geistig zu ruinieren? Übrigens, Carlton Southwaithe ist tot.«
Van Brunt begann sich eine Pfeife zu stopfen, dabei beobachtete er den anderen unauffällig. In den Augen Fairfax' glomm ein Funke auf, der aber bald wieder erlosch, er wollte sich erheben, doch seine Muskeln folgten ihm nicht. Er sank wieder zurück und starrte grübelnd vor sich hin. Michael, der Koch, kam durchs Dorf gelaufen, um zu melden, daß das Essen fertig sei. Van Brunt winkte ab, er solle mit dem Auftragen noch warten. Das Schweigen wurde langsam drückend. Zweimal setzte Fairfax zum Sprechen an, endlich, beim dritten Male, entrang sich seinem Munde die Frage:
»Und Emily?«
»Ist immer noch Witwe. Seit drei Jahren.«
Ein neuerliches Schweigen folgte. Nach einer endlosen Pause breitete sich über Fairfax' Gesicht ein kindliches Lächeln.
»Na, gut, wenn Sie meinen. Ich komme mit.«
»Ich hab's ja gewußt.« Van Brunt legte seine Hand auf die Schultern des andern. »Man weiß natürlich nicht — eine Frau in ihrer Lage — sie bekam Anträge — aber ich glaube . . .«
»Wann brechen Sie auf?« unterbrach ihn Fairfax.
»Die Leute müssen ein paar Stunden schlafen. Übrigens, Michael wird schon ungeduldig sein, begleiten Sie mich zum Essen.«
Nach dem Abendbrot, als die anderen schon längst unter ihren Decken schliefen, saßen die beiden Männer noch am erlöschenden Feuer und besprachen hunderterlei Dinge. Fünf Jahre sind eine lange Zeit, und Fairfax konnte gar nicht genug Neuigkeiten hören. Mitten im Gespräch näherten sich leichte Schritte. Eine Frau trat zu ihnen und blieb neben Fairfax stehen, nachdem sie einen verwirrten und neugierigen Blick auf Brunt geworfen hatte.
»Die Tochter des Häuptlings Tantlatch, so etwas wie eine Prinzessin«, stellte Fairfax vor und errötete dabei. »Gehört zu den Lock-

mitteln, die mich veranlaßten, hier zu bleiben. Thom, das ist mein Freund Van Brunt.«
Sie übersah die ausgestreckte Hand Van Brunts und blickte ihn nur durchdringend und fragend an.
Fairfax lachte verlegen auf.
»Wissen Sie, das ist ihre erste Begegnung mit einem fremden weißen Mann. Aber bitte, erzählen Sie weiter, Van Brunt.«
Thom kauerte sich neben ihrem Mann nieder und blieb dort reglos wie eine Statue, nur ihre Augen wanderten unaufhörlich von einem Angesicht zum anderen, als wollte sie ergründen, was zwischen diesen Männern vorging. Avery Van Brunt wurde nervös. Er begann zu stammeln und zu stottern, und erst als ihn sein Gesprächspartner aufforderte weiterzuerzählen, gelang es ihm, sich wieder zu sammeln und den Faden neuerlich anzuknüpfen. So vergingen ein bis zwei Stunden, dann erhob sich Fairfax und meinte: »Ich mache jetzt noch einen Sprung zu Tantlatch hinüber. Er wird Sie erwarten, und ich werde ihm sagen, daß Sie nach dem Frühstück Ihren Besuch abstatten werden. Hoffentlich ist es Ihnen so recht?«
Er verschwand zwischen den Kiefern und ließ die beiden allein zurück. Nun hatte er Gelegenheit, Thom genau zu betrachten. Sie konnte nicht älter als zwanzig sein; als sie Fairfax kennenlernte, war sie also fünfzehn. Eigentlich sah sie gar nicht wie eine Eskimofrau aus. Sie besaß weder die plattgedrückte Nase noch die kleinen gechlitzten Augen. Also muß Indianerblut in ihren Adern fließen. Van Brunt fand, daß sie eine Schönheit sei, eine richtige Schönheit, auch nach europäischen Begriffen.
Sie starrte ihn noch immer an. Mit einem verlegenen Lachen stand er auf und ergriff die willkommene Gelegenheit, sich diesem unheimlichen Blick zu entziehen: seine gefräßigen Hunde waren nämlich daran, sich über den Proviant herzumachen. Aber Thom hinderte ihn daran mit einer Handbewegung. Sie erhob sich ebenfalls und stellte sich ihm gegenüber.
»Du?« begann sie zu sprechen, mit jenem arktischen Dialekt, der von Grönland bis Point Barrow verstanden wurde. »Du?«
In diesem kleinen Worte lag alles, was sie wissen wollte: warum

er hier sei, was er wolle, was er mit ihrem Manne zu schaffen habe...
»Brüder sind wir«, antwortete er in derselben Sprache, »Brüder sind wir, dein Mann und ich.« Dabei wies seine Hand nach dem Süden.
Sie schüttelte den Kopf: »Es ist nicht gut, daß du hier bist.«
»Morgen gehe ich.«
»Und mein Mann?« fragte sie, und ein kaum sichtbares Zittern um die Lippen verriet ihre Erregung.
Van Brunt zuckte verlegen die Achseln. Er schämte sich. Gleichzeitig erfaßte ihn Zorn auf Fairfax.
»Und mein Mann? Mein Mann?« Immer wiederholte sie die paar Worte und blickte ihm mit leidenschaftlich gerötetem Gesicht in die Augen.
Van Brunt wurde die Lage ungemütlich. Er fluchte leise vor sich hin und ärgerte sich, daß ihn Fairfax mit diesem Weibe allein gelassen hatte. Dann sah er, wie sich ihre Züge entspannten, wie sich auf ihrem Antlitz die weiche strahlende Glut des flehenden Weibes entzündete, das auf Stärke verzichtet, dafür jedoch seine ureigenste Waffe, die Schwäche, ins Treffen führt.
»Er ist mein Mann«, sagte sie weich, »ich habe nie einen anderen gekannt. Ich werde auch nie einen anderen kennen, und es kann auch nicht sein, daß er von mir geht.«
»Wer sagt, daß er von dir gehen soll?« fragte Van Brunt halb zornig, halb verlegen.
»Du mußt sagen, daß er nicht von mir gehen soll«, gab sie mit Tränen in den Augen zur Antwort.
Bei Van Brunt nahm jetzt der Zorn überhand.
Er setzte sich ans Feuer, wütend stieß er mit seinem Fuß in die Glut.
»Er ist mein Mann. Du mußt ihm sagen, daß er nicht weggehen darf. Sieh, ich werfe mich zu deinen Füßen. Du kannst mit mir machen, was du willst, hilf mir!«
»Steh auf!« Er riß sie in die Höhe. »Ein Weib darf nicht zu den Füßen eines Mannes liegen.«
»Er ist mein Mann«, wiederholte sie flehentlich.

»Und er ist mein Bruder!« antwortete Van Brunt.
»Bleib auch du bei uns! Mein Vater ist der Häuptling Tantlatch. Er herrscht über fünf Dörfer. Ich werde dir das schönste Mädchen aussuchen und dich fragen, ob es dir gefällt. Nur bleibe hier!«
»Morgen gehe ich fort.«
»Nun hörten sie die Stimme Fairfax', der heiter vor sich hinträllerte.
»Dort kommt mein Mann!« Aber wie der Tag durch ein Nebelmeer verdrängt wird, so vetrieb sein Gesicht das Licht von ihrem Antlitz.
»Er singt in der Sprache seines Volkes«, murmelte sie vor sich hin, und mit den Bewegungen eines schnellfüßigen, geschmeidigen Tieres eilte sie dem Walde zu.
»Alles in Ordnung«, rief Fairfax gutgelaunt seinem Gaste zu. »Seine Majestät wird Sie morgen empfangen.«
»Haben Sie ihm gesagt, daß Sie mit mir gehen werden?« fragte Van Brunt.
»Nein, ich sage es ihm nicht eher, als bis wir marschbereit sind.«
Avery warf einen besorgten Blick auf seine schlafenden Leute.
»Ich werde froh sein, wenn zwischen uns und dem Dorfe hundert Meilen liegen«, sagte er verstimmt.
Als Thom den aus Fellen bestehenden Vorhang zur Hütte ihres Vaters hob, sah sie, wie zwei Männer bei ihm saßen. Alle drei blickten sich mit lebhaftem Interesse nach ihr um. Aber sie sprach nicht, sondern ließ sich mit unbewegtem Gesicht auf dem Boden nieder. Tantlatch trommelte nervös mit den Knocheln auf den Schaft seines Speeres, den er quer über seinen Knien liegen hatte, und seine Augen folgten einem Sonnenstrahl, der, durch eine Öse des Vorhangs gedrungen, an der Zeltwand helle Kringel zeichnete. Neben ihm hockte Chugungatte, ein alter Schamane. Beiden Männern saß schon die Müdigkeit des Alters in den Knochen, und ihre Augen blickten trübe, wie durch einen Schleier. Ihnen gegenüber aber kauerte die Jugend: Keen, ein beliebter Krieger seines Stammes. Er hatte schnelle und lebhafte Bewegungen, und seine schwarzen Augen wanderten unaufhörlich von einem Antlitz zum anderen, forschend und herausfordernd zugleich.
Es herrschte in der Hütte tiefe Stille. Der Lärm des Lagers drang

nur gedämpft herein. Einige Knaben stritten sich in der Nähe der Behausung.

Tantlatch wandte sich gleichgültig an seine Tochter:

»Wie steht es mit dir und deinem Manne?«

»Er singt die Lieder seines Volkes, und in seinem Gesicht ist ein neuer Ausdruck«, antwortete Thom.

»Hm, hat er etwas gesagt?«

»Nein, aber er sitzt mit dem Fremden zusammen, und sie reden und reden ohne Unterbrechung.«

Die zwei alten Männer flüsterten miteinander, und Keen beugte sich in den Hüften vor, um besser zu hören.

»Aus der Ferne ertönt ein Ruf an ihn, und das Lied, das er singt, scheint die Antwort zu sein.«

Wieder flüsterten die Alten, dann forderte der Häuptling seine Tochter auf, weiterzusprechen.

»So wie die Vögel immer wieder dorthin zurückkehren, wo sie geboren sind und wo sie nisten können, ebenso ruft jetzt ein anderes Land meinen Mann, das Land, in dem er geboren ist, und — er wird diesem Rufe folgen. Dennoch ist er mein Mann. Vor allen Frauen mein Mann.«

»Soll das gut sein, Tantlatch? Soll das gut sein?« Eine leise Drohung lag in diesen Worten des alten Schamanen.

»Ja, es ist gut!« Es war die helle Stimme Keens, die jetzt laut wurde. »Das Land ruft seine Kinder, alle Länder rufen immer wieder ihre Kinder heim, so auch diesen Fremdling. Auch das Geschlecht ruft. Die Gans paart sich mit der Gans, der Schwan aber nicht mit der kleinen Duckente. Es wäre auch nicht gut, wenn sich Fremdlinge ihre Weiber aus unseren Dörfern nehmen würden. Daher wiederhole ich, der Mann soll in sein eigenes Land gehen und sich dort sein Weib nehmen!«

»Er ist mein Mann«, sagte Thom, »und er ist ein großer Mann.«

»Ja, er ist ein großer Mann«, wiederholte Chugungatte, »er hat dir, o Tantlatch, Macht gegeben und hat dich im ganzen Land gefürchtet gemacht. Er ist sehr weise, und seine Weisheit bringt uns

Nutzen. Du, Tantlatch, wärst heute ein kranker, lahmer Mann, wenn der Fremdling nicht zu uns gekommen wäre und dich gepflegt hätte. Und wenn wir vor einer schwierigen Frage standen, da gingen wir zu ihm und holten seinen Rat. Deshalb können wir ihn nicht gehen lassen, es würde uns nicht gut sein.«

Tantlatch trommelte weiter auf dem Speerschaft und folgte den Sonnenkringeln. Kein Zeichen verriet, daß er zugehört hatte. Der Schamane sank wieder in sich zusammen, als ob die Last der Jahre auf ihn niederfiele.

»Ich töte meine Beute selbst.« Keen schlug sich kräftig auf die Brust. »Ich freue mich des Lebens, wenn ich meine Beute töte. Wozu lebt man sonst? Wer in seiner Hütte am Feuer sitzt, wird weder listig noch stark. Er lebt nicht. Und deshalb meine ich: es ist gut, daß der Fremdling geht. Seine Weisheit macht uns nicht weise, seine List macht uns nicht listig, und von seiner Stärke werden wir nicht glücklich. Laß den Mann gehen, o Tantlatch, damit wir nicht vergessen, was wir für uns selber tun müssen. Ich bin Keen, ein Mann, und töte selber meine Beute!«

Der Häuptling sandte dem Sprecher einen leeren Blick zu, seine Lippen blieben stumm.

»Was gegeben ist, kann nicht zurückgenommen werden«, nahm jetzt Thom das Wort, »als der Fremdling zu uns kam, war ich noch ein Kind, die Männer waren mir fremd, und ich spielte nach der Art der Mädchen. Da riefst du mich, Tantlatch, und legtest mich in die Arme des Fremden. Du und kein anderer gabst mich ihm zum Manne. Er ist mein Gatte. In meinen Armen hat er geschlafen, und meine Arme lassen ihn nicht mehr los.«

»Was gegeben ist, kann nicht genommen werden, denke daran, Tantlatch!« Bei diesen Worten warf Keen einen bedeutungsvollen Blick auf Thom.

Chugungatte richtete sich aus seiner gebückten Haltung auf.

»Du brauchst uns nicht daran zu erinnern, Keen. Wir wissen, daß du vor den Augen unseres Häuptlings Gnade fandest und daß er dir in alten Tagen Thom versprochen hat, als sie noch ein Kind war. Und wir wissen auch genau, daß dann in den neuen Tagen

der Fremdling kam und daß du um unseres Glückes willen Thom verlorst und das Versprechen gebrochen wurde.«
Der alte Schamane sah dem jungen Manne gerade in die Augen.
»Und weißt du auch, daß ich es war, der Tantlatch den Rat gab, das Versprechen zu brechen?«
»Und weißt du auch, du Weisester aller Weisen«, fiel jetzt Keen ein, »daß ich kein anderes Weib auf mein Lager genommen habe und daß ich mir selbst mein Feuer angezündet und mein Essen gekocht habe? Und daß ich in meinem Alleinsein mit den Zähnen geknirscht habe?«
Chugungatte bedeutete Keen zu schweigen, dann setzte er seine Rede fort: »Ich bin ein alter Mann, und du sagtest, daß ich ein Weiser bin. Und weil ich weise bin, habe ich auf meine Macht verzichtet, als der Fremdling kam, weil ich wußte, daß er noch weiser war als ich und daß der größere Vorteil von ihm kommen würde statt von mir. Und du, Tantlatch, hörtest auf mich, und der Fremde erhielt Macht und Stellung und deine Tochter Thom. Und der Stamm gedieh unter seinen neuen Gesetzen, und er wird weiter gedeihen, solange wir ihn unter uns haben. Wir beide, Tantlatch, sind alt, und dies ist eine Sache des Kopfes, nicht des Herzens. Deshalb hör auf mich: der Mann soll bleiben!«
Es folgte ein langes Schweigen. Der alte Häuptling hatte sich nicht gerührt, und Chugungatte sank wieder in seine Teilnahmslosigkeit zurück. Keen aber sah verlangend auf das Weib, jedoch sie achtete nicht, sondern blickte starr auf das Gesicht ihres Vaters.
Endlich hob Tantlatch langsam sein Haupt, der Speer entglitt seinen Händen und fiel rasselnd zu Boden.
Mit der ruhigen Würde eines Königs sprach er das Urteil: »Der Mann bleibt. Laßt alle meine Krieger zusammenrufen. Ich will den Ankömmling nicht sehen. Chugungatte soll mit ihm reden und ihm sagen, daß er gleich gehen soll, wenn er den Frieden haben will. Kommt es aber zum Kampf, dann tötet sie bis zum letzten Mann. Wehe aber, wenn dem Manne, dem ich meine Tochter gegeben habe, etwas Böses widerfährt. Ich habe gesprochen!«

Der Schamane erhob sich schwerfällig und stolperte aus der Hütte; Thom folgte ihm. Tantlatch hielt Keen zurück und sagte: »Keen, ich rate dir, auf mein Wort zu hören. Der Mann bleibt! Du bist verantwortlich, daß ihm nichts Böses widerfährt.«

Die soldatischen Anordnungen Fairfax' waren auf fruchtbaren Boden gefallen. Statt in wilden Haufen anzustürmen, krochen die Krieger Tantlatchs jetzt von Deckung zu Deckung, wie sie es von Fairfax gelernt hatten.
Die Crees und die Reisenden lagen zusammengekauert hinter einer kleinen Waldlichtung. Sie konnten nichts sehen, nur unbestimmte und undeutliche Geräusche drangen an ihr Ohr, aber sie fühlten, daß in dem Walde vor ihnen Leben pulsierte, ein unheimliches Leben, das sie beunruhigte.
»Ich Esel, ich selbst habe sie das Kriegführen gelehrt«, brummte Fairfax, »vorher hatten sie noch nie Pulver gerochen.«
Avery Van Brunt lachte, klopfte seine Pfeife aus und verwahrte sie samt dem Tabaksbeutel sorgfältig in seiner Rocktasche. Dann machte er sein Jagdmesser griffbereit.
»Sie sollen nur kommen!« sagte er. »Wir werden ihnen schon ordentlich einheizen.«
»Wenn sie von mir etwas gelernt haben, dann greifen sie uns in kleinen Abteilungen an.«
»Meinetwegen! Unsere Magazingewehre werden ihnen schon Ordnung beibringen. Wenn sie es nicht anders haben wollen — gut — dann soll Blut fließen. Lom, reich mir noch eine Extraportion Tabak!«
Lom war gerade damit beschäftigt, einer ungedeckten Schulter eine Kugel aufzubrennen.
»Wenn wir sie nur zum Losbrechen reizen könnten«, murmelte Fairfax.
Das Feuer nahm zu. Jeder Angreifer, der sich eine Blöße gab, wurde erledigt. Jeder Busch, der sich bewegte, bekam seine Ladung. Trotzdem aber hielt der Vormarsch an. Mit einer trotzigen Hartnäckigkeit näherten sie sich vorsichtig und ruhig, ohne Hast, aber auch

ohne Zögern. Als sie ganz nahe waren, hörte plötzlich jede Bewegung auf, der Vormarsch stockte, und an seine Stelle trat eine unheilverkündende, drohende Stille. Nur die Bäume erschauerten im leisen Hauch des Morgenwindes, und die Frühsonne sprenkelte den Boden mit langen Schatten.
Ein eigenartiges Pfeifen erfüllte mit einem Male die Luft, und schon kamen die Pfeile angeschwirrt.
»Fertig!« kommandierte Van Brunt, seine Stimme hatte einen metallischen Klang angenommen.
Gleichzeitig brachen die Angreifer mit einem mächtigen Geheul aus ihren Verstecken hervor. Der Wald wurde plötzlich lebendig.
»Feuer!«
Mitten im Sprung überraschte Tantlatchs Krieger der Tod, aber über sie hinweg fluteten ihre Stammesgenossen in einer brüllenden unwiderstehlichen Woge. Allen voran, mit flatterndem Haar, die Hände schwingend, lief Thom. Fast hätte Fairfax sie niedergeschossen, doch rechtzeitig hatte er sie noch erkannt.
»Schießt nicht! Es ist eine Frau!« schrie er, »schießt nicht, sie trägt keine Waffen!«
In dem Lärm aber hörte ihn keiner; selbst Van Brunt, der neben Fairfax lag, hörte ihn nicht. Wie durch ein Wunder blieb sie trotzdem unverletzt. Vor ihr lief jetzt ein großer, fellbekleideter Jäger, der sich von seitwärts vor sie gestürzt hatte. Fairfax zielte genau, aber im letzten Augenblick bog der Mann nach links ab. Hätte Fairfax abgedrückt, Thoms Tod wäre sicher gewesen, so aber stürzte sich die Frau an die Brust ihres Gatten, und ihre Arme umschlangen seinen Hals. Rechts und links von dem Paar rannten die Männer vorüber, Fairfix aber stand einen Augenblick da, versunken in ihre bronzefarbene Schönheit. Ergriffen und voll innerlichem Frohlocken versank um ihn die Welt des Kampfes. In diesen wenigen Sekunden zog sein ganzes Leben an ihm vorüber. Erinnerungen an schweigende Schneefelder, an Ballsäle mit strahlenden Lichtern und geliebten Frauen tauchten auf, Vorlesungsräume an den Universitäten, das Rattern der Räder in Maschinenhallen, alle Kameraden, der Duft von Heu, dies alles zog im bunten Durcheinander an sei-

nem inneren Auge vorüber . . . Neben ihm fiel ein Jäger, von einer Kugel getroffen, zusammen und rutschte durch die Wucht des Falles noch ein Stück weiter über den Boden. Dadurch fand Fairfax wieder den Weg in die Gegenwart zurück. Er sah um sich und bemerkte, daß seine Kameraden, sofern sie noch lebten, schon weit zurück zwischen die Bäume getrieben worden waren. Er hörte das jubelnde »Heia! Heia!« der Jäger, die mit ihren Waffen aus Knochen auf die Fliehenden einstachen. Er wußte nun, daß der Kampf zu Ende und das Gefecht verloren war. Zum letztenmal gewann die Rasse in ihm die Oberhand und zwang ihn, sich ins Getümmel zu stürzen, um mit seinen Brüdern gemeinsam zu sterben.

»Bleib! Bleib!« schrie Thom, »du bist gerettet!«

Sie hing sich an ihn, und das Gewicht ihres Körpers hemmte seinen Schritt.

»Bleib! Bleib! Sie sind tot, und das Leben ist schön!«

Sie hatte ihre Arme um seinen Nacken geworfen, ihre Beine schlangen sich um seine Beine, so daß er zu straucheln begann. Im Fall hörte er noch, wie ein gefiederter Pfeil an ihm vorbeiflog. Thom warf sich über ihn und deckte ihn mit ihrem Leib wie mit einem Schilde, während sie ihr Gesicht und ihre Lippen an seinen Hals preßte.

Aus einem dichten Gestrüpp erhob sich der Kopf eines jungen Kriegers. Er blickte sich vorsichtig um. Der Kampf hatte sich längst verzogen und der Schrei des letzten Sterbenden war verstummt. Niemand war zu sehen. Keen legte einen Pfeil auf die Sehne seines Bogens, dann suchte er sein Ziel. Endlich entdeckte er ein Stück weißes Fleisch in der Seite des Mannes. Keen spannte den Bogen und zielte. Zweimal setzte er ab, um seines Schusses sicher zu sein. Beim dritten Male ließ er die Sehne los und der mit Widerhaken versehene Pfeil bohrte sich in jenes kleine weiße Stück Fleisch, das aus der dunkelfarbigen, dunkelbrüstigen Umarmung hervorleuchtete.

Der Mann mit der Narbe

Es gab keinen größeren Geizkragen als Jakob Kent. Seine Habsucht und seine Bosheit waren so groß, daß kein Mensch mit ihm etwas zu tun haben wollte. Hierzu kamen noch eine Neigung zum Schlafwandeln und ein Eigensinn, der ihn dazu trieb, alles durchsetzen zu wollen was er sich einbildete. Ursprünglich war er Weber gewesen, bis ihn das Goldfieber von seinem Webstuhl gerissen hatte. Seine Behausung befand sich auf halbem Wege zwischen der Handelsstation Sixty Mile und dem Stuart, und die Leute, die nach Dawson wollten, nannten ihn nur einen Raubritter, der auf seiner festen Burg saß und von jedem Zoll forderte, der seine miserablen Wege benützen wollte. Die nicht über die notwendigen historischen Kenntnisse verfügten, gaben ihm noch ganz andere Namen.
Die Stube, die er bewohnte, gehörte ihm eigentlich gar nicht. Ein paar gastfreundliche Goldgräber hatten sie errichtet, und als sie diesen Platz verließen, diente sie als Unterkunftsort für Reisende, die von der Dunkelheit überrascht wurden. Sie ersparte ihnen das Zeltaufschlagen, und es war ein ungeschriebenes Gesetz, daß der letzte, der darin wohnte, jeweils einen gehörigen Stapel Brennholz für den nächsten hinterließ. Fast jede Nacht beherbergte sie ein Dutzend Männer. Jakob Kent witterte sofort das Geschäft. Er blieb, und von da an mußte jeder Mann, der in der Hütte schlafen wollte, regelrecht einen Dollar bezahlen. Nicht nur, daß sie auf dem nackten Fußboden liegen mußten, betrog er sie noch beim Abwägen des Goldstaubes, und außerdem zwang er jeden Gast, für ihn Brennholz zu hacken und Wasser zu tragen. Man sieht daraus, daß er ein richtiger Räuber war, aber seine Opfer waren viel zu großzügig, um sich dagegen zu wehren.
Es war ein schöner Aprilnachmittag, die Sonne brannte bereits heiß auf seinen Schädel, als er, einer Spinne gleich, vor seiner Tür saß, um auf neue Gäste zu warten, die mit dem Schlitten kommen sollten. Die Schlittenbahn führte über den Yukon, der eis-

bedeckt zu seinen Füßen lag und mindestens zwei Meilen breit war.

Jakob Kent befand sich in rosiger Laune, denn in der vergangenen Nacht hatte er nicht weniger als achtundzwanzig Dollar verdient. Das war ein neuer Rekord. Bequem war es ja wirklich nicht gewesen, denn viele Leute mußte er in seiner Koje schlafen lassen; abgesehen davon, daß sie schnarchten, hatte er auch ständig auf den Sack achtzugeben, darin er den Goldstaub verwahrte. Dieser Sack mit seinem glitzernden Inhalt war zwar die größte Freude an seinem Dasein, aber auch die größte Plage, weil ihn stets die Sorge quälte, bestohlen zu werden. Jede Nacht träumte er von Dieben, und in allen diesen Träumen spielte ein bärtiger Mann mit einer furchtbaren Narbe auf der rechten Wange die Hauptrolle. Die Traumgestalt war so deutlich und so beharrlich, daß sie ihn auch im Wachen verfolgte. Es kam vor, daß er mitten in der Nacht aufstand, seinen Goldsack hervorholte und ihn in ein anderes Versteck brachte.

Für ihn bestand nicht der geringste Zweifel, daß dieser Mann mit der Narbe wirklich existierte und daß die Traumgestalt nichts anderes sei als eine Art Astralprojektion* eines wirklichen Menschen. Aber dies alles hinderte ihn nicht, die Gäste weiter zu brandschatzen und sich über jedes Körnchen zu freuen, das er in seinen Sack werfen konnte.

Nur etwas ärgerte ihn. Bisher war es ihm noch nie möglich gewesen, seinen ganzen Goldschatz auf einmal zu wiegen, denn seine Goldwaage war viel zu klein, sie reichte höchstens für achtzehn Unzen, das waren nicht mehr als anderthalb Pfund, während sein ganzer Raub mindestens dreieinhalbmal so viel wog. Diese Tatsache betrog ihn um seine halbe Besitzerfreude, denn sie raubte ihm die Wirklichkeit. Er wußte nie, wie reich er eigentlich war.

Als er sich so mutterseelenallein in der frischen Luft sonnte, durchschoß ihn ein Gedanke. So und nicht anders war's zu machen! Er forschte sorgfältig nach allen Richtungen, ob nicht irgendwo ein Reisender auftauchte. Als aber nichts zu sehen war, ging er in seine

* übersinnliche Erscheinung

Hütte, räumte den Tisch ab und setzte die Waage darauf. Auf die eine Waagschale legte er nun alle Gewichte — fünfzehn Unzen insgesamt — und balancierte sie mit Goldstaub aus. Dann vertauschte er die Gewichte mit Goldstaub, so daß jetzt genau dreißig Unzen auf der Waage lagen. Diese dreißig Unzen legte er jetzt auf die eine Schale und wog damit neuerdings dreißig Unzen ab. Es lagen also nun sechzig Unzen auf der Waage. Damit war auch sein Goldvorrat erschöpft. Mit den paar Körnchen, die noch übriggeblieben waren, verfuhr er ebenso. Jetzt war er überglücklich und zitterte vor Entzücken. Ferner bestand kein Hindernis mehr, jeden Betrag genau abzuwiegen, vom kleinsten Gran angefangen bis zu vielen Pfunden.
Die Sonne hatte inzwischen ihren Weg gegen Westen fortgesetzt, und ihre letzten Strahlen fielen auf den glänzenden Hügel und ließen ihn aufleuchten wie den Märchenschatz eines Bergkönigs. Jakob Kent stand da, Zeit und Raum existierten für ihn nicht mehr.
»Donnerwetter — du hast da ein ganz nettes Häufchen Gold beisammen!«
Jakob Kent blickte zur Tür, während er die doppelläufige Büchse, die neben ihm lehnte, ergriff. Dann taumelte er zurück, wie vor den Kopf geschlagen, denn vor ihm stand niemand anderer als der Mann mit der Narbe.
»Nur ruhig! Ich tu' dir nichts! Auch brauchst du dich nicht zu fürchten, ich nehm' dir dein Gold nicht weg.«
Kent war außerstande, etwas zu antworten, seine Knie zitterten, und der Schweiß brach ihm aus allen Poren.
»Warum sprichst du nicht?« fuhr der Fremde fort. »Nimm dich doch zusammen, Mensch!«
Der andere rang noch immer nach Luft.
»Hast du die Maulsperre, he? Ist dir etwas kaputtgegangen?«
»Wo — woher hast du die bekommen?« brachte Kent endlich mühselig heraus, und sein Zeigefinger deutete auf die mächtige Narbe auf der Wange des Eindringlings.
Die Frage schien diesem unangenehm zu sein, denn er antwortete herausfordend, fast streitlustig: »Was geht das dich an? Ge-

fällt sie dir vielleicht nicht? Ist sie für dich etwa nicht fein genug?«

»Nein, nein!« wehrte Jakob Kent ab und sank mit einem krankhaften Lächeln auf den Stuhl. »Ich dachte mir...«

»Was dachtest du?«

»Nichts, gar nichts!«

»Na also! Macht sie sich nicht hübsch?«

»Ja, ja, sogar sehr hübsch!«

Kent beschloß, auf keinen Fall zu widersprechen, was immer ihn der andere auch fragen sollte. Er erinnerte sich, einmal gehört zu haben, daß man Verrückten immer nachgeben müsse.

»Du verdammter Dreckfresser! Du Erzeugnis eines Seeigels! Was erlaubst du dir? Du findest meine abscheuliche Verunstaltung noch hübsch. Soll ich dir...« Eine Flut von greulichen Flüchen und Gotteslästerungen entströmte seinem Munde, so daß der arme Jakob, ganz hilflos, die Hände wie zur Abwehr eines Schlages erhoben, zurückfuhr. Das machte auf den Fremden einen derart komischen Eindruck, daß er mitten in seinen Verwünschungen in ein nicht endenwollendes Hohngelächter ausbrach.

Als er sich wieder davon erholt hatte, sprach er weiter: »Ich hoffe, daß du die Ehre, mit einem Mann zu reden, der über eine solche Fratze verfügt, zu schätzen weißt. Aber jetzt dalli, dalli. Während ich die Hunde abschirre und ihnen zu fressen gebe, mach in deinem Feuerkasten ein bißchen Dampf. Aber nicht zu knapp! Wenn dir das Holz zu wenig wird, du hast ja deine Axt. Und dann hol Wasser! Schnell, sonst mach' ich dir Beine!« Dabei schnitt er eine Fratze, die auch ohne Narbe furchterregend ausgesehen hätte.

Es war nicht zu glauben, Jakob Kent, der sonst nie eine Hand gerührt hatte, seine Gäste zu bedienen, lief ums Wasser, hackte Holz und machte Feuer, als wenn der Teufel hinter ihm her wäre.

Jim Cardegee aber lachte sich ins Fäustchen. Schon in Dawson hatte man ihm von diesem Shylok der Landstraße erzählt, und unterwegs hörte er noch allerlei. Jim hätte kein ausgepichter Seemann sein müssen, wenn es ihm nicht einen ungeheuren Spaß gemacht hätte, den Mann ein bißchen zu ducken. Nur das eine ver-

stand er nicht: was, um Himmels willen, spielt seine Narbe dabei für eine Rolle? Warum jagte sie Kent einen solchen Schrecken ein? Jedenfalls, so beschloß er, würde er diesen Vorteil ausnützen.
»Du kannst schon arbeiten, wenn es sein muß«, sagte Jim anerkennend, »du wärst ein ganz guter Gastwirt geworden, hättest gar nicht zum Goldgraben auszuziehen brauchen. Die Leute haben mir von dir was ganz anderes erzählt, ich hätte gar nicht geglaubt, daß du so ein fixer Bursche bist.«
Gern hätte Jakob seine Büchse an dem Kerl ausprobiert, aber die Narbe hielt ihn zurück. Sie übte auf ihn einen Zauber aus, dem er sich nicht entziehen konnte. Jetzt hatte er den Mann, dessen Astralleib er im Traume so oft gesehen hatte, leibhaftig vor sich. Der Mann, der es auf seinen Schatz abgesehen hatte, war gekommen, sich ihn zu holen. Sosehr er sich auch bemühte, es war ihm nicht möglich, seinen Blick von der Narbe abzuwenden.
»Stört sie dich?« fragte Jim Cardegee plötzlich mit Donnerstimme, als er von den Decken, die er auf dem Fußboden ausbreitete, aufsah und den starren Blick des anderen bemerkte. »Jetzt mach aber, daß du in die Klappe kommst, lösch die Laterne aus und verzieh dich in deine Koje. Ha, wird's, alter Schuft — oder soll ich dir Beine machen?« Jim versäumte es auch jetzt nicht, ihm noch ein paar saftige Flüche nachzusenden.
Kent war so nervös, daß er dreimal blasen mußte, ehe es ihm gelang, die Tranlampe auszulöschen. Dann zog er sich auf sein Lager zurück, ohne auch nur die Mokassins auszuziehen.
Er hatte die Absicht, die ganze Nacht wach zu bleiben. Mit der Hand an der Büchse lag er in der Finsternis und bewachte seinen Geldsack, den er im Munitionskasten am Kopfende seines Bettes verstaut hatte. Währenddessen schlief der Seemann den Schlaf des Gerechten, sein Schnarchen erfüllte die Luft mit einem sägenden Geräusch.
Mit der Zeit jedoch überwältigte der Schlaf auch Jakob Kent. Er träumte von Jim Cardegee und seinem Waschzuber, mit dem dieser auf die Goldsuche ging. Das Herdfeuer war erloschen, und der Frost drang durch die mit Moos verstopften Ritzen zwischen den

Baumstämmen herein, und bald herrschte im Raum eine eisige Kälte. Die Hunde draußen hörten auf zu heulen, sie lagen zusammengekrümmt im Schnee und träumten von einem Himmel voller Fleisch, in dem es keine Schlittenführer und keinen Herrn mit der Peitsche gab.

Jakob Kent wälzte sich unruhig auf seinem Lager hin und her. Plötzlich stand er auf, wandelte mit geschlossenen Augen zum Munitionskasten, nahm den Goldbeutel heraus und stopfte eine Menge Goldstaub in die beiden Läufe seiner Büchse. Er stampfte ihn mit dem Wischer fest, stellte hernach den Sack wieder zurück und kroch zum Schluß mit dem Gewehr wieder zu seinem Lager.

Kaum schien das Tageslicht durch die Pergamentfenster, als Jakob aufwachte. Sein erster Blick galt dem Munitionskasten und seinem Inhalt. Was er da sah, übte eine merkwürdige Wirkung auf ihn aus. Ohne sich irgendwie aufzuregen, schloß er lautlos den Deckel, warf einen forschenden Blick auf den Schlafenden, dann legte er sich auf den Rücken, um mit aller Ruhe nachzudenken. Nicht die geringste Nervosität war an ihm zu bemerken. Er lag lange da und beobachtete die Sache, und als er schließlich aufstand und in der Hütte umherzugehen, tat er es ruhig und beherrscht, ohne Lärm oder Eile.

Über dem Kopf des schlafenden Jim war zufällig ein schwerer Holzpflock an der Balkendecke eingeschlagen. Jakob holte sich ein langes Manilaseil und legte es vorsichtig um den Pflock, so daß beide Enden lose herabhingen. Das eine Ende band er sich selbst um den Leib, während er aus dem anderen eine Schlinge machte, die er ganz langsam, ohne den Schläfer aufzuwecken, um dessen Hals legte. Dann warf er sich mit seinem ganzen Gewicht nach rückwärts und richtete seine Büchse mit gespanntem Hahn auf den Seemann.

Jim erwachte, halb erstickt, verdutzt starrte er in die beiden Stahlrohre.

»Wo ist er?« fragte Kent und lockerte das Seil.

»Du verfluchtes Schwein!« röchelte Jim.

»Wo ist er?«
»Wer?« fragte Cardegee, sobald er etwas nach Luft schnappen konnte.
»Der Goldstaub!«
»Was für ein Goldstaub?«
»Frag nicht so albern, du weißt er recht gut — mein Goldstaub.«
»Was weiß denn ich! Hältst du mich für einen Goldschrank?«
»Du wirst es schon wissen! Jedenfalls schnür' ich dir so lange den Hals zu, bis du draufkommst. Hebst du die Hand, schieß ich dir eine Kugel durch den Kopf.«
»Laß nach!« brüllte Jim, als Kent das Seil anzog.
Kent lockerte das Seil, und der Seemann wand und drehte seinen Hals, um ihn freizubekommen, bis es ihm glückte, die Schlinge unter das Kinn zu schieben.
»Na?« fragte Jakob und wartete auf ein Geständnis.
Aber Cardegee grinste. Mit dem Gehängtwerden war's endgültig vorbei, jetzt galt es nur mehr, den rechten Moment zu erwischen, um sich auf seinen verrückten Gegner zu stürzen, der noch immer das Gewehr im Anschlag hielt. Vielleicht gelang es, ihn durch anhaltendes Parlamentieren zur Unaufmerksamkeit zu verleiten.
Auch Kent erkannte jetzt, daß es seinem Opfer geglückt war, sich der Schlinge zu entziehen. Er konnte sich noch so sehr anstrengen, es gelang ihm nicht mehr, den Körper Jims in die Höhe zu ziehen. Jetzt blieb nur mehr das eine übrig, ihn zu fesseln. Bevor er ihn zum Teufel schickte, mußte er unbedingt wissen, was mit seinem Goldstaub geschehen war. Gesagt, getan, wozu war man früher Weber gewesen, in wenigen Minuten hatte er den Seemann an Händen und Füßen gebunden. Dann schleppte er ihn vor die Tür und legte ihn neben die Hütte.
»Bis Mittag gebe ich dir Frist, dann . . .«
»Dann?«
»Dann schick' ich dich zur Hölle, so wahr ich Jakob Kent heiße. Gestehst du aber, dann will ich dich hier behalten, um dich der berittenen Polizei zu übergeben.«

»Gott verdamm mich, das sind ja herrliche Aussichten. Du Narr, du dreimal verfluchter Narr, du hast anstatt einem Gehirn Dreck im Kopf, du alter Räuber du ...« Eine ganze Viertelstunde ließ Jim seine Flüche niederprasseln, die er aus dem schier unerschöpflichen Reservoir seiner Seemannszeit hervorkramte. Kent, der sich jetzt vollkommen sicher fühlte, holte sich einen Schemel heraus, um sie in aller Ruhe genießen zu können.
Mit der Zeit gingen Jim Cardegee die Flüche doch aus, und er begann im stillen, gründlich über die Sache nachzudenken. Dabei verfolgte er beständig mit den Augen die Sonne, die sich mit peinlicher Eile über den östlichen Himmel emporarbeitete. Seine Hunde, die fühlten, daß etwas nicht in Ordnung war, denn um diese Zeit waren sie schon längst angeschirrt und über alle Berge, beschnüffelten ihn und gaben ihm durch Winseln ihr Mitgefühl zu erkennen.
Als Jim sie mit Füßen abzuwehren versuchte, merkte er, daß er hart am Rande eines Erdlochs lag. Mit einiger Mühe gelang es ihm, einen Blick hineinzuwerfen, dabei sah er, daß es nicht einmal zwei Meter tief war. Dann lag er wieder eine Weile still und dachte darüber nach, wie es ihm gelingen könnte, sich frei zu machen. Er gab jedoch die Hoffnung bald wieder auf, denn die Elchlederriemen, die seine Hände und Füße zusammenbanden, waren stark und unnachgiebig.
Es blieb ihm nichts anderes übrig, als sich in sein Schicksal zu ergeben. Noch hatte er Zeit. Nach seiner Berechnung waren es noch fast zwei Stunden bis zur Mittagszeit, bis zu diesem Zeitpunkt konnte sich manches ereignen. Wie lange er so vor sich hingedöst hatte, wußte er nicht; als er wieder zum vollen Bewußtsein gelangte, stand die Sonne fast im Zenit. Er drehte sich auf die andere Seite, und da sah er auf der Schlittenspur, die nach Sixty Mile lief, einen dunklen Punkt auftauchen, der sich rasch vergrößerte. Immer wieder sah er den schwarzen Fleck sich über die Eisbänke arbeiten und in Senkungen zwischen ihnen verschwinden, aber er wagte nur einen flüchtigen Blick hinüberzuwerfen, aus Furcht, den Verdacht seines Feindes zu erregen.
»Jetzt heißt es, diesen verfluchten Pottkieker zu beschäftigen«,

dachte Jim, »denn wenn er sieht, daß jemand kommt, um ihm ins Handwerk zu pfuschen, ist er imstande, mich vor der Zeit niederzuknallen.«

»Du, hör mal!« rief er nach einer Pause, »glaubst du an Gespenster?«

Jakob Kent erbleichte und blickte scheu auf den Gefesselten. Jetzt sah Jim, daß er auf der richtigen Fährte war, und fuhr daher fort:

»Die Sache ist nämlich die: wenn du einem Gespenst das Wort nicht hältst, dann darf es dir erscheinen. Wenn du mich also vor zwölf Uhr krepieren läßt, so kann es sein, daß ich dir erscheine. Es braucht nur eine Sekunde vor der Zeit zu sein, und ich erscheine dir dann mit dem Kopf unterm Arm — so wahr mir Gott helfe.«

Kent schüttelte sich, wagte aber kein Wort zu sagen.

Nur um Zeit zu gewinnen, redete Jim unaufhörlich weiter. Dann und wann warf er einen verstohlenen Blick auf die Schlittenspur. Der Schlitten hatte jetzt einen Hang erreicht, er war kaum noch zwei Kilometer entfernt, und die Hunde liefen in vollem Trab, leicht und ohne Anstrengung.

»Wieviel Minuten sind es noch bis Mittag?« fragte er.

»Noch drei Minuten.«

Der Seemann machte eine leichte Drehung, um sicher zu sein, daß er in das Loch fallen konnte.

»Wie weit ist es jetzt?«

»Noch zwei Minuten.«

In diesem Augenblick hörte Kent das knirschende Geräusch der Schlittenkufen. Der Mann, der dort herangefahren kam, lag bäuchlings auf dem Schlitten, und die Hunde flogen die gerade Strecke zur Hütte heran.

Kent hob langsam sein Gewehr.

»Es ist noch nicht zwölf Uhr!« bemerkte Cardegee. »Wenn du früher schießt, werde ich dir erscheinen, mit dem Kopf unterm Arm, verlaß dich drauf.«

Kent besann sich und setzte ab.

Der Mann auf dem Schlitten mußte gesehen haben, daß etwas

Ungewöhnliches im Gange war, denn er erhob sich auf die Knie und peitschte wie toll auf seine Hunde los.

Wiederum hob Kent die Büchse.

»Bist du bereit?« sagte er feierlich. »Zwölf Uhr!«

Nur den Bruchteil einer Sekunde zuvor ließ sich Cardegee rücklings ins Loch rollen. Kent drückte los.

Päng! Es gab einen mächtigen Krach, und Jakob Kent sackte zusammen. Da die Rohre mit dem Goldstaub verstopft waren, konnten die Pulvergase nicht entweichen, und die Büchse war nach rückwärts explodiert.

In diesem Augenblick erreichten die Hunde den Schauplatz. Der Fahrer sprang ab und eilte zur Grube.

»Jim«, schrie er, denn er kannte ihn von früher her, »Jim, was ist hier los?«

»Was soll schon los sein! Hilf mir, die Riemen zu lösen, damit ich endlich aus dieser verfluchten Grube heraus kann.«

»Was los ist«, fügte er hinzu, als ihm der andere die Riemen mit dem Klappmesser durchschnitt, »das möcht' ich selber gern wissen.«

Als sie Jakob Kent auf die Seite drehten, sahen sie, daß er mausetot war. Die Büchse, ein veralteter schwerer Vorderlader, lag neben ihm. Das Holz war auseinandergesprengt, und der rechte Lauf zeigte einen mehrere Zoll klaffenden Riß.

Als Jim das Gewehr aufhob, lief ein glitzernder Strom von Goldstaub durch die Sprengstelle heraus, und mit einem Male verstand Jim Cardegee den Zusammenhang.

»Hol's der Teufel!« brüllte er, »also hier hat er seinen verfluchten Goldstaub verborgen. Lauf, Charly, lauf und hol einen Waschzuber!«

Das große Geheimnis

Im Dorfe herrschte große Unruhe. Die schrillen Stimmen der Frauen erfüllte das ganze Lager, die Männer gingen mit finsteren und unschlüssigen Mienen umher, selbst die Hunde spürten die Unruhe und waren bereit, beim ersten Anzeichen eines Aufruhrs in die Wälder zu flüchten. Die Luft war erfüllt von Mißtrauen, kein Nachbar traute dem andern, und selbst seinen besten Kameraden gegenüber fühlte man sich unsicher. Auch die Kinder befanden sich in gedrückter Stimmung, und der kleine Di Ya, die eigentliche Ursache von allem, betrachtete, unter einem Kanu versteckt, die Welt mit vorwurfsvollen Blicken, nachdem er zuerst von Hooniah, seiner Mutter, dann von seinem Vater Bawn eine ordentliche Tracht Prügel bekommen hatte.
Das allerschlimmste aber war, daß man den Zauberer, den Schamanen Scundoo, nicht in Anspruch nehmen konnte, um den Übeltäter aufzuspüren, denn der Schamane war in Ungnade gefallen: er hatte für eine große Reise des ganzen Stammes einen guten Südwind versprochen, statt dessen hatte ein böser Nordwind drei Kanus an den Klippen zerschellt, wobei sogar ein Kind ertrunken war. Er redete sich darauf heraus, daß er einen falschen Sack geöffnet hätte. Wie dem auch sei, die Leute glaubten ihm nicht mehr und brachten ihm auch keine Opfer mehr. So saß er denn in seiner Hütte und tat Buße — so meinten nämlich die Dorfbewohner —, in Wirklichkeit aber fraß er sich an seinen reichen Vorräten voll und grübelte über die Undankbarkeit des Volkes nach.
Die Ursache all dieses Gehabens war, daß Hooniahs Decken verschwunden waren. Diese wunderbar dicken und warmen Decken, auf die Hooniah so stolz war, um so stolzer, als sie sie so billig hatte erwerben können. Ty-Kwan aus dem Nachbardorfe mußte ein Narr gewesen sein, daß er sie so preiswert hergegeben hatte. Sie wußte allerdings nicht, daß die Decken aus dem Besitz eines ermordeten Engländers stammten und Ty-Kwan froh war, sie los-

zuwerden, denn ein amerikanischer Polizeikutter durchschnüffelte die ganze Gegend, und wehe ihm, wenn man die Decken in seinem Besitz gefunden hätte. Alle Frauen beneideten die gute Mutter Hooniah um diesen kostbaren Besitz, und ihr Ruf hatte sich demzufolge bereits weit über die Grenzen des Dorfes hinaus über die ganze Küste Alaskas verbreitet. Nun waren sie verschwunden — man stand vor einem Rätsel.
Wohl zum tausendsten Male erzählte Hooniah die Geschichte: »Ich hatte sie gerade an der Hüttenwand in der Sonne zum Trocknen aufgehängt, als ich mich umdrehen mußte, da sich Di Ya, der Mehldieb und Teigfresser, über einen großen Topf hergemacht hatte. Kaum war ich mit dem Hinternaushauen fertig, denkt euch: da waren die Decken fort!«
»Da waren die Decken fort!« wiederholten die Frauen in ehrfurchtsvollem Erstaunen.
Die eine meinte: »Ein schwerer Verlust.« Die andere setzte fort: »Nie hat es solche Decken gegeben.« Und die dritte beendete: »Der Verlust tut uns allen leid.« Aber alle waren im Grunde ihres Herzens froh, daß der Gegenstand ihres Neides verschwunden war.
Als Hooniah anfing, ihr Sprüchlein zum hundertsten Male herzusagen, unterbrach sie ihr Mann mit müder Stimme: »Es müssen Leute von unserem Dorfe gewesen sein, da keiner von den Spitzbuben aus den anderen Dörfern da war.«
»Wie kann denn so etwas möglich sein?« antworteten die Frauen, »wer hätte es denn sein sollen?«
»Dann muß eine Hexerei im Spiele sein!« sagte Bawn harmlos, ließ jedoch seine schlauen Blicke über ihre Gesichter schweifen.
Vor diesem furchtbaren Worte »Hexerei« machten sich die Frauen ganz klein und sahen sich ängstlich an.
»Es wurde auch schon nach Klok-No-Ton geschickt«, trumpfte Hooniah boshaft auf, »er kommt bestimmt noch diesen Nachmittag.«
Über dem ganzen Dorf lag nun eine beklemmende Furcht, denn Hexerei war das entsetzlichste Unglück, das passieren konnte, und nur ein Schamane vermochte es mit den bösen Mächten aufzu-

nehmen. Von allen Schamanen war Klok-No-Ton der furchtbarste. Sie erinnerten sich noch mit Schauder an den gräßlichen Fall, als er im Leibe eines drei Monate alten Kindes einen Teufel gefunden hatte, der sich erst austreiben ließ, nachdem das Kind eine ganze Woche lang auf Dornen gelegt worden war. Die Leiche warf man dann ins Meer, aber die Wellen schleuderten sie immer wieder an den Strand, und der Spuk hörte erst auf, als zwei kräftige Männer bei Ebbe an Pfähle gebunden und ertränkt wurden.

Und ausgerechnet dieser entsetzliche Klok-No-Ton mußte ins Dorf kommen. Jammerschade, daß Scundoo, der eigene Schamane nicht zur Verfügung stand, denn er war bei weitem milder als der andere. Alle schauderten bei dem Gedanken an Klok-No-Ton, und jeder fühlte sich schon angeklagt. Nur Sime, der Lästerer, machte eine Ausnahme.

Dröhnend lachte er, als man ihm die schreckliche Nachricht mitteilte: »Der Teufel und Klok-No-Ton! Er selbst ist der größte Teufel im ganzen Thlinket-Lande«, meinte er.

Selbst La-lah, der Sünder genannt, war ganz erschrocken bei diesen Worten: »Halte deine Zunge im Zaume«, sprach er, »damit dir nichts Böses zustößt und deine Tage nicht zu kurz werden!«

»Ich bin Sime, kenne keine Angst und fürchte mich nicht vor der Dunkelheit. Ich bin ein starker Mann. Ich frage dich, hast du schon einmal einen bösen Geist gesehen? Ich nicht, du nicht und keiner von uns.«

»Aber Scundoo sieht sie«, entgegnete La-lah, »ebenso Klok-No-Ton. Das weiß ich genau.«

»Woher weißt du das, du Sohn eines Narren?« schrie jetzt Sime, und sein dicker Stiernacken färbte sich dunkelrot.

»Sie haben es selbst gesagt, damit du es genau weißt!«

Simes Zorn erreichte nun seinen Höhepunkt.

»Auch ein Schamane kann irren, denn er ist auch nur ein Mensch.« Er schnalzte mit den Fingern. »Nicht so viel gebe ich für deine Schamanen und ihre Teufel!« Mit diesen Worten durchschritt er den Kreis seiner Zuschauer, die ihm furchtsam und ängstlich auswichen.

»Du bist zwar ein guter Fischer und ein starker Jäger, trotzdem aber ein böser Mensch«, rief ihm einer nach.
»Aber er gedeiht dennoch«, fügte ein anderer hinzu.
Sime drehte sich zurück und antwortete: »Deshalb sei auch du böse und gedeihe. Wenn ihr alle böse wäret, wäre eine Schamane überflüssig. Ihr seid wie kleine Kinder, die die Dunkelheit fürchten!«
Am Nachmittag erschien Klok-No-Ton. Als er beim Landen ausrutschte, lachte Sime und machte eine bissige Bemerkung. Der Zauberer warf ihm einen bösen Blick zu und schritt grußlos durch die scheu zurückweichende Menge zu Scundoos Haus.
Was sich dort abspielte, erfuhr niemand. Ängstlich und untertänig umstanden sie das geheimnisvolle Haus, wo sich die Beherrscher der bösen Geister berieten.
»Ich begrüße dich, weiser Scundoo!« begann Klok-No-Ton die Unterhaltung und wartete, wie ihn sein Konkurrent empfangen würde. Weit überragte er den kleinen Scundoo, der ihm mit einer unwahrscheinlich hohen Stimme, die wie das Zirpen einer Grille klang, antwortete.
»Ich grüße dich auch, weiser Klok-No-Ton. Deine Anwesenheit verschönert den Tag.«
»Mag sein, daß . . .« Klok-No-Ton sah ihn zweifelnd an.
»Ja, ja, ich weiß«, fiel der kleine Schamane ihm ins Wort, »daß schlimme Tage über mich gekommen sind, sonst hätte man dich nicht gerufen.«
»Ich bin untröstlich, Freund Scundoo . . .«
»Aber nein, im Gegenteil, ich freue mich.«
»Wir teilen, was man mir hier geben wird«, schlug der Schamane aus dem Nachbardorf vor.
»Was fällt dir ein, würdiger Klok-No-Ton«, murmelte Scundoo und wehrte mit beiden Händen ab, »ich hege nur den einen Wunsch, dir gefällig sein zu dürfen.«
»Wenn dem so ist, so sage mir, ob die Geschichte mit den Decken dieser Frau Hooniah eine schlimme Sache ist?«
Scundoo lächelte dünn, denn er verstand es, in den Herzen seiner

Mitmenschen zu lesen, und längst hatte er ihre kleinen Seelen erkannt.
»Bald wirst du den Täter erkannt haben«, sagte er, »denn deine Medizinen sind stark und wirksam.«
»Ich hoffe es!« Nach einem Augenblick des Zögerns fragte er vorsichtig: »Waren Spitzbuben von anderen Dörfern da?«
Scundoo verneinte. Dann zog er einen Schuh aus Robbenfell und Walroßhaut aus seinem Rock.
»Ich bekam diesen herrlichen Kamik billig.«
Klok-No-Ton betrachtete ihn neugierig.
»Ich kaufte ihn dem La-lah ab. Meinst du nicht auch, daß er ein merkwürdiger Mann ist?«
»Ja, ja!« erwiderte der große Schamane, aber seine Gedanken weilten scheinbar ganz woanders.
Nach einer fast endlosen Pause setzte Scundoo hinzu: »Heute ist schönes Wetter, und deine Medzin ist stark, o Klok-No-Ton.«
Über dessen Gesicht glitt ein Schimmer der Erleuchtung.
»Du bist ein großer Schamane, o Scundoo. Ich gehe jetzt, aber ich werde deiner stets gedenken.« Ehe er den Raum verließ, drehte er sich nochmals um und sagte so nebenbei:
»Du hast recht, La-lah ist ein merkwürdiger Mann.«
Scundoo lächelte noch dünner und fahler, als er hinter seinem Gast die Tür sorgsam verriegelte.

Als der große Schamane zum Strand kam, bemerkte er Sime, der sein Kanu ausbesserte. Er befahl ihm, die Leute des Dorfes hierher zu bringen. »So befiehlt Klok-No-Ton, der Teufelssucher und Teufelsaustreiber!«
Nur widerwillig kam Sime dem Befehl nach. Der Schamane dagegen war froh, so billigen Kaufes davongekommen zu sein, denn nach seiner Meinung war es am besten, diesen Mann in Frieden zu lassen. Sich mit ihm in einen Streit einzulassen, hielt er für gefährlich, selbst für einen so mächtigen Zauberer, wie er einer war.
Inzwischen hatten sich alle Bewohner des Dorfes am Strande versammelt.

»Das Weib Hooniah soll vortreten!« rief Klok-No-Ton mit fürchterlicher Stimme, so daß allen ein Schauder über den Rücken lief.

»Wo sind deine Decken?«

»Ich hatte sie eben in die Sonne gehängt, und nun sind sie weg«, jammerte sie. Sie wagte nicht, dem Schamanen voll ins Gesicht zu blicken.

»So?«

»Di Ya war Schuld daran.«

»So?«

»Ich habe ihm eine anständige Tracht Prügel versetzt, aber er bekommt noch mehr, da er so viel Unglück über uns arme Leute gebracht hat.«

»Was mit den Decken ist, will ich wissen«, brüllte Klok-No-Ton heiser vor Wut, denn er ahnte, wo die Frau hinauswollte, nämlich von dem Preis abhandeln, den er von ihr verlangte. »Daß du reich bist, das weiß ich.«

»Ich hatte sie eben in die Sonne gelegt«, winselte sie, »und wir sind arme Leute und besitzen nichts!«

Plötzlich erstarrte sein Körper, sein Gesicht bekam ein entsetzliches Aussehen, so daß Hooniah schaudernd zurückwich. Nachher verdrehte er die Augen, ließ den Unterkiefer herabsinken und sprang auf sie zu. Sie erschrak derart, daß sie stolpernd niederfiel und sich am Boden krümmte. Dann begann er, mit seinen Armen beschwörende Bewegungen zu machen, während sein Körper sich wand, als hätte er wahnsinnige Qualen auszustehen. Weißer Schaum stand ihm auf den Lippen. Und er sah wie ein Epileptiker während eines Anfalles aus.

Die Erregung teilte sich allen Anwesenden mit; die Frauen brachen in ein Klagegeheul aus, wobei sie sich im Rhythmus hin und her bewegten. Auch die Männer unterlagen der Wirkung des Teufelsbeschwörers; nur Sime, der rittlings auf seinem Kanu saß, konnte sich dem Einflusse noch entziehen; er sah mit spöttischer Miene dem Treiben zu. Die Beschwörungen nahmen an Schrecklichkeit zu: der Schamane hatte sich die Kleider vom Leibe gerissen, und nur ein

Gürtel von Adlerklauen blieb als Rest übrig. Unter Heulen und Schreien sprang er im Kreise umher. Mit seinen flatternden schwarzen Haaren und den rudernden Armen sah er wirklich wie der leibhaftige Satan aus. Plötzlich aber blieb er wie erstarrt stehen, nur sein krallenartiger Zeigefinger wanderte jetzt von einem zum andern. Das Volk war in die Knie gesunken, während der entsetzliche Finger über sie hinwegglitt. Mit ihm wanderte der Tod, denn der, bei dem er stehenblieb, mußte sterben.
Zuletzt stieß Klok-No-Ton einen furchtbaren Schrei aus, der unheilvolle Zeigefinger hielt über La-lah an, der wie Espenlaub zu zittern anfing und sich im Geiste bereits tot, sein Hab und Gut in alle Winde zerstreut und seine Witwe mit seinem Bruder verheiratet sah. Er versuchte zu leugnen, aber seine Lippen versagten den Dienst, und seine Kehle schien wie ausgedörrt. Der Schamane war, nachdem er sein Werk beendet hatte, in eine Art Ohnmacht verfallen. In Wirklichkeit aber wartete er auf das große Blutgeschrei, das er nur zu gut von seinen früheren Beschwörungen her kannte, wenn sich nämlich der Stamm wie gierige Wölfe über das zitternde Opfer gestürzt hatte. Aber diesmal blieb es aus. Zuerst herrschte Schweigen, dann aber begann sich ein leises Kichern bemerkbar zu machen, das allmählich zu einem Hohngewieher ohnegleichen anschwoll.
»Was soll das bedeuten?« rief er strenge.
»Deine Medizin ist nichts wert, Klok-No-Ton! Bleib in deinem Dorfe! Du hast den Falschen erwischt!« schrien sie durcheinander und bogen sich vor Lachen.
Endlich konnte sich La-lah verständlich machen: »Alle wissen, daß ich acht lange Monate weit von hier weg mit den Siwash-Robbenfängern jagte und erst heute heimgekehrt bin, während die Decken schon früher verschwunden sind.«
»Das ist wahr!« schrien alle, »Hooniahs Decken waren fort, ehe er da war.«
Hooniah selbst hatte sich wieder auf die Beine gestellt, und ihre frühere Zerknirschung war ins Gegenteil umgeschlagen; kühn sah sie ihrem Peiniger ins Gesicht und krähte vergnügt:

»Nichts bekommst du von mir, gar nichts! Deine Medizin ist keinen Schuß Pulver wert!«
Klok-No-Ton aber sah im Geiste seinen Amtsbruder Scundoo, wie er vor sich hinzirpte: »Ich kaufte ihn dem La-lah ab. Es ist schönes Wetter, und deine Medizin ist stark.«
Wie ein Sturmwind durchbrach er die Volksmenge, die ihm widerwillig Platz machte. Höhnische Rufe begleiteten ihn, die Weiber kicherten vergnügt, allem aber setzte Sime die Krone auf, indem er ihm vom Kanu aus einen anzüglichen, saftigen Witz nachschrie.
Klok-No-Ton eilte, ohne sich darum zu kümmern, nach Scundoos Haus, und donnerte an dessen Tür, wobei er die gräßlichsten Verwünschungen ausstieß. Aber er bekam keine Antwort, aus dem Inneren ertönten nur unheimliche Zaubergesänge. Schon war er im Begriff, mit einem Stein die Tür einzuschlagen, als er hinter sich das knurrende Drohen der erregten Menge hörte. Jetzt wußte er, daß seine Autorität vernichtet war und daß er allein einem fremden, ihm feindlichen Volke gegenüberstand. Schon hoben ein paar Männer Steine auf; was blieb ihm anderes übrig, als den Schauplatz zu räumen.
»Am besten ist es, du kehrst wieder dorthin zurück, woher du gekommen bist«, rief einer der Männer.
Klok-No-Ton folgte diesem Rat, machte kehrt und schritt mit grimmiger Wut im Herzen zum Strande hinab. Unter dem Hohnlachen der Dorfbewohner, begleitet von Spottworten der ihn umschwärmenden Kinder, bestieg er sein Kanu. Sobald er aber auf offener See war, schleuderte er einen ohnmächtigen Bannstrahl auf das Dorf und seine Insassen, vergaß dabei nicht, seinen Amtsbruder ganz besonders zu verwünschen.
Die Bevölkerung jedoch zog gemeinsam vor die Behausung Scundoos und bat und flehte so lange, bis dieser sich erweichen ließ und mit erhobener Hand vor die Tür trat.
»Da ihr meine Kinder seid, will ich euch diesmal noch verzeihen«, begann er, »aber es ist das letztemal, daß ich eure Undankbarkeit ungestraft hingehen lasse. Ich weiß schon, was ihr wollt. Euer Wunsch soll erfüllt werden. Heute nacht, wenn der Mond hinab-

gesunken ist, sollt ihr euch vor Hooniahs Haus versammeln. Der Dieb wird dann vortreten und seine gerechte Strafe erhalten. Ich habe gesprochen!«
»Und der Dieb soll den Tod erleiden«, brüllte Bawn, denn er hat Schande über uns gebracht.«
»So soll es sein«, schloß Scundoo und verschwand in seine Hütte.
»Wenn wir den Täter haben, wird wieder der Frieden in uns einkehren«, orakelte La-lah scheinheilig.
»Ihr seid alle Narren«, sagte Sime verächtlich, »wie können erwachsene Männer an einen solchen Unsinn glauben. Von den Frauen will ich ohnehin nicht reden.«
»Du hast unrecht, Sime!« widersprach La-lah, »ich bin ein weitgereister Mann und habe alle Wunder gesehen und weiß daher, daß es so ist. Ich bin La-lah ...«
»... der Sünder ...«
»So nennt man mich, aber ich sollte ›La-lah, der Weitgereiste‹ heißen.«
»Ich bin zwar kein so großer Reisender —« fing Sime von neuem zu sticheln an.
»Halt endlich dein ungewaschenes Maul!« fuhr ihn Bawn an, und die Versammlung ging in Unfrieden auseinander.

Als der Mond unter den Horizont getaucht war, erschien Scundoo vor Hooniahs Haus, wo sich bereits alle Dorfbewohner versammelt hatten. Unter seinem linken Arm trug er einen bejahrten, schläfrigen Raben bei sich, alle anderen Requisiten eines Schamanen hatte er zu Hause gelassen. Auf seine Aufforderung zündeten die Männer einen großen Holzstoß an, und bald darauf erglänzten die Gesichter in dem roten Schein des Feuers.
»Männer und Frauen unseres Dorfes«, begann nun der kleine Schamane seine Ansprache, »hier seht ihr meinen Raben Jelchs, der die Gabe besitzt, Geheimnisse zu erraten und Verborgenes zu sehen. Wir gehen nun ins Haus, setzen Jelchs unter einen großen Topf und stellen beides in den dunkelsten Winkel des Hauses. Im ganzen

Hause soll kein Licht brennen. Dann geht einer nach dem anderen hinein, legt seine Hand auf den Topf und kehrt hierauf wieder zurück. Wenn die Hand des Missetäters den Topf berühren wird, wird der Rabe in sein Krächzen ausbrechen. Ist's euch so recht? Sollte einer von euch etwas Besseres wissen, dann sag' er's. Seid ihr bereit?«

»Wir sind bereit!« tönte es einstimmig zurück.

Scundoo rief als ersten La-lah auf, der sofort ins Haus ging. Jeder spitzte die Ohren, aber es war nichts zu hören, nur das Knirschen der Schritte vernahm man. Als nächster folgte Bawn. Es war nicht anzunehmen, daß er seine eigenen Decken stahl. Auch bei Hooniah und den anderen Frauen ereignete sich nichts. Nun rief Scundoo Sime auf. Aber dieser tat nichts dergleichen.

»Fürchtest du dich vielleicht vor der Dunkelheit?« fragte La-lah anzüglich.

Sime lächelte vor sich hin: »Euer Unsinn macht mir nur Spaß. Dennoch will ich hineingehen, nicht etwa, weil ich an ein Wunder glaube, sondern nur, um euch zu zeigen, daß ich mich nicht fürchte.«

Er überschritt gleichgültig die Schwelle und kam, noch spottend wieder zurück.

»Du wirst einmal eines ganz plötzlichen Todes sterben«, flüsterte ihm La-lah wütend zu.

»Das glaub' ich auch«, gab er hohnlächelnd zurück, »die wenigsten unserer Männer sterben in ihren Betten.«

Die Spannung nahm um so mehr zu, je mehr Leute die Probe bestanden.

Dann und wann machte sich die Erregung in einem nervösen Schrei oder in einem hysterischen Lachen Luft. Nun blieb nur mehr der kleine Di Ya übrig. Er mußte es also sein. Seine Mutter sandte ein Klagegeschrei in den Himmel, während sich die anderen von dem bösen Buben zurückzogen. Dieser war vor Angst halbtot, seine Füße wankten, und der Schamane mußte ihn in die Hütte stoßen, von selber hätte er sich nicht hineingetraut. Man hörte das Knirschen der Schritte und sein Weinen. Dann öffnete sich wieder die

Tür und der Knabe trat heraus. Nichts war geschehen, und er war doch der letzte.
Bawn wandte sich an seine Frau und sagte leise: »Scundoo wird alt, wir werden uns nach einem neuen Schamanen umsehen müssen.«
Der übermütige Sime jedoch stellte sich frech vor Scundoo hin und lachte dröhnend: »Ho, ho, ho! Nichts ist bei eurem Hokuspokus herausgekommen! Nichts! Gar nichts!«
»Leider, leider«, gab dieser sanft zu und senkte nachdenklich seinen Kopf, »und deshalb denke ich an eine neue Probe. Jeder Mann, jede Frau und jedes Kind soll jetzt die Hände über den Kopf emporstrecken!«
Sein Befehl erklang so gebieterisch, daß keiner es wagte, sich auszuschließen. Alle Hände flogen in die Höhe.
»Und jetzt sehe jeder auf die Innenfläche der Hand des anderen, ob sie . . .«
Alle Hände waren von dem Ruß des Topfes schwarz geworden, nur die Simes nicht. Alle Augen richteten sich nun auf ihn, und schon sauste ein Stein durch die Luft und traf ihn auf die Wange.
»Es ist nicht wahr!« schrie er. »Alles ist Lüge! Ich weiß nichts von Hooniahs Decken!«
Wieder flog ein Stein und verwundete ihn an der Stirn, ein dritter folgte. Das Blutgeschrei brach los, und jeder bückte sich und suchte nach einem Wurfgeschoß. Sime begann zu wanken und sank zu Boden.
»Es war nur ein Scherz!« jammerte er verzweifelt, »ich tat es nur zum Spaß.«
»Wo hast du sie versteckt?« Die Stimme Scundoos durchschnitt den Lärm wie ein scharfes Messer.
»Zwischen den Fellen, die von den Balken meines Hauses herunterhängen, aber ich tat es nur zum Scherz.« Seine Worte erstarben unter dem Steinhagel, der ihn zudeckte.
Seine Frau saß etwas abseits, sie weinte schweigend, ihr Haupt sank auf die Knie. Ihr kleiner Knabe aber warf wie die andern unter Lachen und Schreien Steine auf seinen verröchelnden Vater.
Inzwischen kam Hooniah mit den kostbaren Decken angewatschelt.

Scundoo stellte sich ihr in den Weg.
»Wir sind arme Leute und besitzen nur wenig«, leierte sie ihr Sprüchlein herunter, »fordere daher nicht zu viel von uns, o Scundoo.«
Das Volk hatte nun seine Arbeit getan und wandte sich von dem Steinhaufen, der noch ein wenig hin- und herschwankte, ab und wartete begierig auf die Entscheidung seines Schamanen.
»War ich jemals hart?« fragte Scundoo und streckte die Hand nach den Decken aus, »ich nehme mir nur ein paar, die anderen kannst du behalten.«
»Bin ich ein weiser Schamane?« wandte er sich an die Umstehenden.
»Wahrlich, du bist der weiseste unter allen Schamanen!« riefen sie einstimmig.
Und er verlor sich im Dunkeln, die Decken um sich geschlagen, den alten schläfrigen Raben unterm Arm.

Am Ende des Regenbogens

Zwei Gründe waren es, die Montana Kid veranlaßten, sich von seinem Sattel und seinen mexikanischen Sporen zu trennen und den Staub der Idahoranch von seinen Füßen zu schütteln. Erstens wurden die einfachen Verhältnisse, die seit undenklichen Zeiten im Westen herrschten, durch die sogenannte Zivilisation abgelöst, und die neue verfeinerte Gesellschaft sah ihn und seinesgleichen mit offener Mißbilligung an. Zweitens aber hatte die Rasse ihre Grenzen ein paar tausend Meilen weiter gestreckt, so daß für Hunderttausende von Menschen neuer Platz geschaffen wurde. Zwar war das neue Territorium ziemlich unfruchtbar, aber die Menschen, die sonst in der Heimat aus Luftmangel erstickt wären, erhielten Ellbogenfreiheit.
Montana Kid gehörte auch zu diesen. Mit einer Hast, die nur damit zu erklären war, daß ihm mehrere Gerichtsvollzieher auf den Fersen waren und er mehr Mut als Geld besaß, war er an die Küste geeilt. Mit einem Auswandererschiff gelang es ihm, den Hafen von Puget Sound zu verlassen, und, was noch mehr wert war, es gelang ihm auch, das Elend, die Folge von Zwischendeckseekrankheit und Zwischendeckverpflegung, erfolgreich zu überstehen. Natürlich sah er ziemlich gelb und mitgenommen aus, als er an einem milden Frühlingstage am Ufer von Dyea an Land gesetzt wurde. Die dort herrschenden Preise brachten ihm sehr bald die Überzeugung bei, daß das Nordland alles andere als ein Mekka des armen Mannes war. Was blieb ihm anderes übrig, als die Geschäfte dort zu suchen, wo sie am ehesten zu finden waren: bei den Tausenden von begeisterten Pilgern, die das Land in erwartungsvoller Hoffnung überschwemmten. An sie machte sich Montana Kid heran.
Zuerst errichtete er in einem Schuppen eine Spielbank, die er aber bald wieder aufgeben mußte, als seine Praktiken anfingen, die Obrigkeit zu interessieren. Dann spekulierte er mit Hufnägeln, die zu jener Zeit um einen Vierteldollar umgesetzt wurden. Aber auch

dieses Unternehmen schlug fehl, als aus dem Süden eines Tages Hunderte von Tonnen Hufnägel auf den Markt geworfen wurden, so daß er mit Verlust verkaufen mußte. Etwas später organisierte er die Lastträger und schraubte an einem einzigen Tage die Fracht um zehn Cent in die Höhe. Gleichzeitig aber nahm er den armen Teufeln als Dankbarkeit sozusagen, ihre Einkünfte am Pharao- oder Roulettetisch wieder ab. Als es den Lastträgern zu dumm wurde, überfielen sie ihn eines Nachts, teilten die Bank unter sich, zündeten seine Bretterbude an und jagten ihn in die Dunkelheit hinaus.

Alles, was Montana Kid anfaßte, verwandelte sich in seinen unsauberen Händen in Dreck. Er schloß mit unverantwortlichen Persönlichkeiten ein Abkommen über den Transport von Whisky auf unbekannten und gefährlichen Pfaden über die Grenze. Nicht nur, daß er seine indianischen Führer verlor, die Polizei konfiszierte auch seinen gesamten Whiskyvorrat. Kein Wunder, daß er immer verbitterter und rücksichtloser wurde. Am Bennett-See führte er ganze zwanzig Stunden hindurch ein solches Schreckensregiment, daß eine Goldgräberversammlung ihm handgreiflich nahelegte, alsbald zu verduften. Mit einem fremden Gespann folgte er diesem Befehl so schnell er konnte, und erst ein paar hundert Meilen nordwärts getraute er sich wieder unter Menschen, da er genau wußte, daß Hundediebstahl im Norden genau so bestraft wurde wie Pferdediebstahl im Süden. Er lernte nun eine Reihe von vornehmen und reichen Bewohnern von Dawson kennen, die die Absicht hatten, im Frühling nach dem Süden zu reisen. Kid merkte sich ihre Namen und ihre Besitzungen ganz genau. Und da sein Gedächtnis und seine Phantasie im umgekehrten Verhältnis zu seiner Wahrheitsliebe standen, konnte er der Zukunft ruhig in die Augen sehen.

Die Bewohner von Dawson fieberten nach Neuigkeiten, und als sich auf dem Yukon der Schlitten Montana Kids näherte, strömten die Bewohner zum Eis hinaus, um ihn zu empfangen. Nein, Zeitungen hatte er keine bei sich, wußte daher auch nicht, ob Durrant gehängt worden war, wer das letzte Derby gewonnen hatte und ob zwischen den Vereinigten Staaten und Spanien schon der Krieg ausgebrochen sei, er kannte auch Dreyfus nicht, aber er wußte viel über ehemalige Bewohner von Dawson zu erzählen. Ob er von O'Brien gehört hätte? Gewiß, O'Brien war beim Weißen Pferd ertrunken, von der ganzen Gesellschaft war nur Sitka Charley entkommen. Was war mit Joe Ladue? Beide Beine mußten ihm wegen Erfrierung amputiert werden. Und Jack Dalton? Der war mit der ganzen Besatzung des »Seelöwen« in die Luft geflogen. Bettles? Ja, richtig! Bettles war mit der »Carthagena« in der Seymourstraße gestrandet, von dreihundert Mann konnten nur zwanzig gerettet werden. Und Swiftwater Bill? Der war auf dem Le-Barge-See mit sechs weiblichen Mitgliedern einer Varietégruppe im Eis eingebrochen. Dann war auch noch der Gouverneur Walsh mit acht Schlitten bei Thirty-Mile ertrunken. Was war mit Devereaux? Devereaux, das war doch der Kurier? Den erschlugen auf dem Marsh-See die Indianer.

Und das Frage- und Antwortspiel setzte sich auch dann noch fort, als Montana Kid, umringt von mehreren hundert pelzbekleideten Goldgräbern, den Uferrand erreicht hatte. Der Volkshaufen vergrößerte sich zusehends, und als sie beim Opernhause ankamen, drängte sich ein gewaltiger Volkshaufen heran, um nach abwesenden Kameraden zu fragen. Kein Unbekannter war jemals mit so offenen Armen empfangen worden. Von allen Seiten regnete es Einladungen zu einem Drink. Ganz Dawson war auf den Beinen, denn wann hatte es in der Geschichte dieser Stadt jemals eine solche Reihe von Katastrophen gegeben? Jeder Mann von Ansehen, der während des Frühlings nach dem Süden gezogen war, hatte irgendwie sein Leben eingebüßt. Aus allen Hütten strömten sie herbei. Männer mit wilden, verstörten Blicken, Frauen mit Tränen in den Augen, heulende Kinder an der Hand. Bettles' russische Mischlingsfrau zog sich, untröstlich über den Tod ihres Mannes, an ihren Herd zurück und bestreute ihr rabenschwarzes Haar mit weißer Asche. Sogar die Flagge auf der Kaserne wurde auf Halbmast gestellt. Ganz Dawson weinte um seine Toten.

Warum Montana Kid diese Lügen erzählte? Es kann keine andere Erklärung dafür geben, als daß es für ihn eben keine Wahrheit gab. Fünf lange Tage war Dawson eine einzige Trauergemeinde, und fünf

lange Tage war Montana Kid der berühmteste Mann in Klondike. Es ging ihm wunderbar gut dabei: man bot ihm das Beste, was an Wohnung und Essen zu haben war. In den Wirtschaften, in den Bars konnte er umsonst trinken. Selbst die hohen Beamten bemühten sich um ihn.
Eines Tages aber hielt der Regierungskurier Devereaux mit seinen müden Hunden vor dem Büro des Goldregistrators an. Was? Tot solle er sein? Man solle ihm nur eine tüchtige Portion Elchschnitzel geben, dann würde er schon zeigen, ob er noch lebe. Was? Gouverneur Walsh sollte auch tot sein? Der liegt vergnügt im Lager bei Little Salmon, und O'Brien käme, sobald der Fluß offen wäre. Her mit dem Elchschnitzel, damit alle sehen könnten, daß er lebe!
Im Nu hatte sich Dawson wieder verändert. Die Flagge wurde wieder hochgezogen. Die Frau des Bettles wusch sich und zog saubere Kleider an, und dann gab die Gemeinde Montana Kid auf eine deutliche Weise zu verstehen, daß seine weitere Anwesenheit vollständig unerwünscht sei. Kid, wie immer guten Ratschlägen zugänglich, verduftete so rasch wie möglich, allerdings auch diesmal wieder mit dem Hundegespann eines anderen. Dawson wünschte ihm glückliche Reise, nur der Besitzer der Hunde klagte bei der Behörde und lieh sich einen Polizisten aus.
Als Montana Kid Circle City in Sicht bekam, fuhr er drauflos, daß das Eis unter den Kufen schmolz, denn er zweifelte nicht im geringsten daran, daß der Besitzer des Gespanns hinter ihm her sei, und er wünschte nichts sehnlicher, als amerikanisches Territorium zu erreichen, ehe der Fluß aufbrach. Aber am Nachmittag des dritten Tages sah er ein, daß er im Wettlauf mit dem Frühling den kürzeren zog. Er mußte zeitraubende Umwege machen, um den Rissen auszuweichen, die ständig an Ausdehnung zunahmen. Durch die Spalten drang bereits das Wasser und begann über das Eis zu spülen, und als er bei einer Holzhauerhütte auf der äußersten Spitze einer Insel vorfuhr, konnten die Hunde nicht mehr auf den Füßen stehen und schwammen mehr, als daß sie liefen. Besonders freundlich konnte er den Empfang nicht nennen, den ihm die bei-

den Insassen der Hütte bereiteten, aber er kümmerte sich nicht darum, schirrte die Hunde ab und machte sich daran, sein Essen zu bereiten.
Donald und Davy gehörten zur untauglichen Sorte der Grenzbewohner. Geborene Schotten, hatten sie ihr bisheriges Leben auf Kontorstühlen verbracht, bis sie der Goldteufel beim Kragen bekam und veranlaßte, mit ihren Ersparnissen nach Klondike zu reisen, um dort auf gut Glück nach dem gelben Metall zu graben. Bald jedoch hatten sie zu fühlen bekommen, in welch hartes, ungastliches Land sie gekommen waren, und als sie schließlich ohne Geld, ohne Lebensmittel, ohne Lebensmut, nur mit einem brennenden Herzen dastanden, mußten sie noch von Glück sagen, daß sie die P. C. Company für Proviant und freie Heimkehr auf gewisse Zeit zum Holzschlagen anheuerte. Infolge ihrer Unkenntnis war die Wahl auf eine Insel gefallen, auf der zu leben, wenn das Eis brach, bestimmt kein Vergnügen war. Selbst Montana Kid, der gewiß kein Kirchenlicht in bezug auf Landeskenntnisse war, warf sehnsüchtige Blicke auf das andere Ufer, dessen hohe Felshänge hinreichend Schutz gegen alles Eis des Nordlandes versprachen.
Nachdem er sich selbst und die Hunde mit Nahrung versorgt hatte, schlenderte er ins Freie, um sich über die Lage klar zu werden. Am oberen, höher gelegenen Teil der Insel hatten Donald und Davy ihre Hütte errichtet und viele Klafter Holz aufgestapelt. Der Fluß selbst war ein paar Kilometer breit, aber zwischen dem nächsten Ufer und der Insel wand sich ein Arm, der nicht mehr als hundert Meter maß. Einen Augenblick dachte Kid daran, den Versuch zu wagen, zum Festland zu fahren, aber als er die schnell fließende Strömung entdeckte, gab er den Gedanken sofort wieder auf. Ein Stück weiter unten bog der Fluß scharf nach Westen ab und war mit einer Reihe von winzig kleinen Inseln übersät.
Plötzlich bemerkte er, daß etwa ein halbes Dutzend Schlitten, die sich offenbar auf dem Weg nach Dawson befanden, durch das kalte Wasser nach dem unteren Ende der Insel kam. Das Unternehmen war äußerst gefährlich, und die Leute arbeiteten aus Leibeskräften, die Insel zu erreichen. Endlich gelangten sie an ihr Ziel, und eine

Reihe von jungen Burschen kam auf dem Pfad der Holzhauer zur Hütte herauf. Einer von ihnen — er war anscheinend schneeblind — war an einen Schlitten gebunden und taumelte hilflos hinter ihm her. Es waren lauter kräftige Kerle, und ihre abgetragene Kleidung zeugte von einer langen und beschwerlichen Schlittenreise. Montana Kid erwartete sie mit stiller Gelassenheit, denn er wußte sogleich, daß sie ihm nicht gefährlich werden konnten.
»Hallo! Was gibt es in Dawson Neues?« riefen sie, während sie Donald, Davy und Kid der Reihe nach betrachteten.
Die Wildnis kennt keine Zeremonien. Man trifft sich, und bald ist eine Unterhaltung im Gange, als ob man sich schon jahrelang kennen würde. So auch hier. Die Neuankömmlinge hatten nicht viel zu berichten. Was konnte man auch in Minook, tausend Meilen flußabwärts, wo sie überwinterten, schon erleben? Montana Kid jedoch kam direkt aus den Salzwasserländern, der wußte bestimmt allerlei. Und so kam es, daß sie ihn mit Fragen bombardierten, noch ehe sie das Lager aufgeschlagen hatten.
Mit einem Male sahen sie, wie zwei Männer in einem Hundegespann auf einem Stück Eis anjagten, das noch nicht unter Wasser stand. Während sie aber noch hinsahen, kamen die beiden auf das Wasser hinaus und begannen sich herüberzuarbeiten. Hinter ihnen ging das Eis in Stücke und richtete sich kerzengerade in die Höhe. Durch die so entstandene Öffnung trat der Fluß, umspülte sie bis zum halben Leibe und begrub den Schlitten und die Hunde. Trotzdem arbeiteten sich die Männer durch das rauschende Wasser an das Ufer, wo Montana Kid ihnen als erster zu Hilfe kam.
»Ich will einen Besen fressen, wenn das nicht Montana Kid ist!« rief einer der Männer. Er war mit dem roten Hemd der reitenden Polizei bekleidet und hob die rechte Hand zum Gruß.
»Ich bringe für dich eine Vorladung, Montana Kid!« fuhr er fort und schwenkte dabei ein weißes Papier, »und ich hoffe, du leistest keinen Widerstand und folgst uns.«
Montana Kid zuckte bloß mit den Achseln, und der Polizist lächelte dazu.
»Wo sind die Hunde?« fragte der Begleiter.

»Dies hier«, stellte der Polizist vor, »ist Jack Sutherland, Besitzer von Eldorado Nr. 20 . . .«

»Doch nicht der Sutherland von 1892?« fiel der Schneeblinde ihm ins Wort und tastete sich mit all seinen Kräften zu ihm hin.

»Derselbe!« Sutherland ergriff seine Hand, »und wer sind Sie?«

»Ich bin ein weit späterer Jahrgang, aber ich entsinne mich sehr gut. Kameraden, dies ist Jack Sutherland, früher erster Goalman der Universität. Kommt her, ihr Goldgräber. Sutherland, hier ist Greenwich — war auch Goalman vor zwei Jahren.«

»Ich las von Ihnen«, sagte Sutherland und drückte ihm die Hand, »ich erinnere mich mit Vergnügen an Ihren prachtvollen Kampf.«

Greenwich errötete wie ein gelobter Schulknabe, dann machte er verlegen einem anderen Mann Platz.

»Hier ist Matthews, aus Berkeley. Auch ein paar feine Leute aus den Ost-Universitäten sind hier. Kommt heran! Dies hier ist Sutherland, Jack Sutherland!«

Sie stürzten sich über ihn und schleppten ihn ins Lager, wo sie ihn mit trockener Kleidung versahen und ihm zahllose Becher mit gutem schwarzen Tee zu trinken gaben.

Donald und Davy, um die sich niemand kümmerte, setzten sich, wie allabendlich, zum Kartenspiel. Montana Kid und der Polizist schlossen sich ihnen an.

»Da haben Sie ein paar von meinen Kleidungsstücken, auch wird Ihnen nichts anderes übrigbleiben, als neben mir zu schlafen«, meinte Kid.

»Alles, was recht ist, du bist wirklich ein anständiger Kerl«, erwiderte der Polizist, indem er frische Socken anzog, »es tut mir leid, daß ich dich wieder mit nach Dawson bringen muß; hoffentlich werden sie dort nicht allzu hart mit dir verfahren.«

»Nur nicht so schnell!« Kid lächelte ein ganz eigenartiges Lächeln, »noch sind wir nicht fort. Jedenfalls geht es flußabwärts, und du kommst mit.«

»Wieso? Das versteh' ich nicht.«

»Komm mit hinaus — dann will ich es dir zeigen. Die dummen Kerle hier«, er deutete auf die beiden Schotten, die ins Kartenspiel vertieft waren, »die haben sich ihr eigenes Grab gegraben, als sie sich hier niederließen. Stopf dir eine Pfeife, Kamerad — es ist ein guter Tabak —, und genieße dein Leben, solange du es vermagst. Viele Pfeifen wirst du ohnehin nicht mehr rauchen.«
Der Polizist folgte dem vorangehenden Montana Kid; Donald und Davy, die die letzten Worte gehört hatten, standen auf und gingen ebenfalls mit. Auch die Männer aus Minool wurden aufmerksam, als Kid bald flußauf, bald flußab zeigte.
»Was gibt es?« fragte Sutherland.
»Nicht viel«, Montana Kid sprach ganz kaltblütig. »Es wird nur einen Mordsspektakel geben. Geht dort hin zur Biegung. Dort werden Millionen von Tonnen in Bewegung geraten. Und dort auf der anderen Seite wird sich ganz dasselbe abspielen. Was wird dann sein?« Er machte eine dramatische Geste über die Insel hin. »Millionen von Tonnen«, fügte er nachdenklich hinzu.
»Und die Brennholzstapel?« fragte Davy.
Montana Kid wiederholte seine fortfegende Handbewegung über die Insel, woraus Davy in die klagenden Worte ausbrach: »Das kann doch nicht wahr sein, daß die Arbeit von Monaten mit einem Schlag zunichte sein sollte. Das muß doch ein Scherz sein. So sag doch, daß es ein Scherz ist!« fügte er flehentlich zu.
Montana Kid jedoch lachte schneidend und grausam und drehte sich auf dem Absatz um, während Davy sich daranmachte, das Brennholz vom Hange wegzuräumen.
Er wollte haben, daß ihm Donald bei dieser ganz zwecklosen Arbeit helfe, der aber packte ihn am Arm und schrie ihm ins Ohr: »Hör schon mit deinem dummen Greinen auf, du bist ja ganz verrückt, jawohl!«
Davy ließ sich aber nicht abhalten und warf sich wieder über den Holzstapel. Donald jedoch watete zur Hütte zurück, schnallte sich seinen und Davys Geldgürtel um und ging nach der Landspitze, wo eine mächtige Kiefer alle anderen Bäume überragte.
Greenwich kehrte von der anderen Seite der Insel zurück. Er hatte

sich überzeugt, daß es unmöglich sei, über den Seitenkanal zu gelangen. Man war von allen Seiten eingeschlossen.

Der Lärm vom Fluß hörte plötzlich auf, und eine beklemmende Stille folgte. Das Eis hatte sich von den Ufern losgerissen und hob sich mit dem Wasserspiegel. Schnell und geräuschlos stieg es um ganze zwanzig Fuß, so daß das untere Ende der Insel, das niedriger lag, bereits überflutet war. Dann begann die weiße Flut ohne Anstrengung stromabwärts zu gleiten. Nun fing das Getöse neuerdings an, und bald zitterte und bebte die ganze Insel unter den gewaltigen Angriffen der scheuernden Eismassen. Die Männer mußten einander in die Ohren schreien, um sich verständlich zu machen. Eine mächtige Scholle riß ein Dutzend Kiefern mit den Wurzeln aus und steuerte nun geradewegs auf die Hütte los, wobei sie, einem riesigen Messer vergleichbar, Hang und Bäume abrasierte. Gleich darauf wurde das Gebäude wie ein Spielzeug zertrümmert.

»Die Arbeit von Monaten! Und die Heimreise!« jammerte Davy. Kid und der Polizist mußten ihn gewaltsam von den sich bereits in Bewegung setzenden Holzstapeln wegreißen.

Inzwischen saß Donald auf der Spitze der Kiefer und beobachtete die Vorgänge.

Die Flut hielt jetzt an, und das Wasser, das keinen Ausweg fand, begann zu steigen. Immer höher stieg es, es reichte den Männern bereits an die Knie, während die Hunde zu den Ruinen der Hütte schwammen.

Plötzlich aber blieb die Höhe des Wassers konstant.

Montana Kid schüttelte den Kopf: »Es ist schon zusammengeschraubt und kommt nicht mehr herunter.«

»Jetzt kommt es darauf an, welche von den Schraubungen zuerst gesprengt wird«, fügte Sutherland hinzu.

»Wenn die oberste zuerst zum Teufel geht, dann sind wir verloren«, bestätigte Kid.

Die Minookmänner wandten sich ab, aber gleich darauf begann der Schneeblinde ein altes Studentenlied anzustimmen, in das die anderen nach und nach einfielen.

»Donald, Donald, willst du mir nicht helfen?« schluchzte Davy am

Fuß der Kiefer, aber seine blutenden Hände vermochten sich nicht mehr an den Stamm zu klammern, so daß er den Versuch, zu seinem Kameraden hinaufzuklettern, aufgeben mußte.
Jetzt tönte von oben die Stimme Donalds: »Allmächtiger, da kommt es!«
Und knietief im eisigen Wasser stehend, faßten die Minookmänner, Montana Kid und der Polizist einander an den Händen und stimmten den furchtbaren Schlachtgesang der Republik an. Aber die Worte erstarben in dem ungeheuren Lärm, der auf sie losbrach.
Dann stürzte eine mächtige weiße Mauer über die Insel. Bäume, Hunde, Menschen, alles wurde vollständig ausgelöscht. All dies sah Donald, während er oben auf der Kiefer hin und herschwankte.
Gleich darauf wurde auch er in die Eishölle hineingewirbelt.
Es war so, als hätte Gott das Antlitz der Natur reingewaschen.

Ein Herz voll Mut

Eine wolfsartige Schnauze mit traurigen Augen, die einem reifbedeckten Schädel zugehörte, schob den Zeltvorhang auseinander. »Hinaus mit dir! Fahr ab, du miserabler Köter«, brüllten die Insassen des Zeltes, und einer von ihnen, Bettles, schlug sogar mit einem Blechteller nach dem Hund, der sich hierauf schleunigst wieder zurückzog. Louis Savoy band zur Sicherheit die Zeltzipfel zusammen und rückte eine Bratpfanne beiseite, um seine Hände zu wärmen, denn draußen herrschte eine solche Kälte, daß vorgestern sogar das Fahrenheitthermometer zersprungen war, als der Spiritus auf achtundsechzig Grad fiel, und seither nahm die Temperatur noch immer ab. Wer weiß, wie lange diese Kälteperiode noch andauern würde, jedenfalls wäre es unklug gewesen, sich allzu weit vom Ofen zu entfernen. Beging jemand trotzdem diese Dummheit, dann erfror er sich die Lungen, und die Folge war ein trockener, rasselnder Husten, der besonders stark wurde, wenn der Kranke den Duft von frischgebratenem Speck einatmen mußte. Kam dann der Frühling und die Erde taute auf, warf man den Leichnam in eine Grube, aus der er unberührt und eiserstarrt, aufstehen würde, wenn die Posaune des Jüngsten Gerichtes ertönte.

Trotz des vielen Heizens war es im Zelt nicht besonders warm. Die Männer scharten sich um den Ofen und vertraten sich die Füße auf einem Fußboden, der aus Kiefernzweigen bestand, darauf Schlafdecken gebreitet waren. Darunter lagerte der mit Mokassins festgetretene Schnee. Die Hitze des rotglühenden Ofens reichte nicht allzu weit. Kaum drei Fuß davon entfernt lag ein Eisblock, so trocken, als wäre er eben erst vom Bach gebrochen worden. Der Rauch drang durch eine Öffnung des Zeltdaches ins Freie. Auf der Zeltleinwand lagerte eine halbzöllige Kruste von trockenem, weißem kristallisiertem Reif.

In einer Ecke schlief ein junger Bursche, der müde und abgezehrt vor sich hinstöhnte.

»Dreht ihn auf die andere Seite«, sagte Bettles, »er hat Krämpfe.« Von der Berührung wach geworden, fing er zu reden an.
»Der Teufel soll die Schlittenreisen holen«, murmelte er leise vor sich hin, während er sich in seinem Schlafsack aufrichtete. »Ich bin wahrhaftig kein verweichlichter Knabe, habe ganz Amerika kreuz und quer bereist, aber seitdem ich in diesem gottverlassenen Land lebe, benehme ich mich wie ein weibischer Grieche.« Er rollte sich etwas näher zum Feuer, um sich eine Zigarette zu drehen.
»Glaubt nicht, daß ich zu heulen anfange«, fuhr er fort, »ich schlucke schon meine Medizin, wenn sie auch noch so scheußlich schmeckt, aber ihr sollt es wissen, ich schäme mich, schäme mich ehrlich und redlich, das ist alles. Ich liege hier, nach den dreißig dreckigen Meilen, wie ein teesaufendes, schlappschwänziges Muttersöhnchen nach einem Sonntagsausflug. Pfui Teufel! — Gebt mir ein Streichholz!«
»Quatsch nicht so viel, Junge«, meinte Bettles in einem väterlichen Ton und reichte ihm Feuer. »Vergiß nicht, daß man sich an alles erst gewöhnen muß. Du lieber Gott, wenn ich mich an meine eigene erste Schlittenfahrt erinnere! Ich bestand überhaupt nur mehr aus lauter Knoten, und meine Kameraden brauchten einen halben Tag, ehe sie mich wieder geradekriegten. Du hältst dich ganz brav, mein Junge, und ich glaube, du hast auch das Herz am rechten Fleck. Paß auf, nach einem Jahr kannst du mit uns um die Wette laufen. Auch fehlt dir die Fettschicht, die schon manchen tüchtigen Mann ins Jenseits geschickt hat. Man glaubt immer, große und starke Leute sind bei Schlittenreisen ganz besonders widerstandsfähig. Stimmt nicht, stimmt ganz und gar nicht.«
»Das ist mir neu!«
»Dir wird noch manches neu sein, Junge. Ausharren ist das Wichtigste. Ein großer Körper kann Gewaltiges an Kraftanstrengung leisten, aber aushalten? Wer nichts aushält, ist keinen sauren Hering wert. Ausdauer und Körpergröße passen selten zusammen. Kleine, ausgemergelte Leute, die sich hineinverbeißen wie ein Hund in seinen Knochen, das sind die Richtigen.«

»Unsinn!« fiel ihm Louis Savoy ins Wort, »das was ihr sagen. Ich kenne eine Mann, so groß wie ein Büffelochse. Er laufen um die Wette mit dem kleinen Lon McFane, dem kleinen rothaarigen Irländer. Wer gewinnen: die große Mann! He, was sagt ihr jetzt?«

»Na, und was ist's mit Axel Gunderson?« meinte Prince, »das ist der größte Mann, den ich je gesehen habe. Dann denkt an seine Frau, an Unga — sie wog ihre hundertundzehn Pfund, nackt. Sie konnte es in jeder Beziehung mit ihm aufnehmen. Es gab nichts auf Erden, was sie nicht fertiggebracht hätte.«

»Weil sie ihn liebte«, wandte Bettles ein. »Das allein ist es nicht. Es . . .«

Nun mischte sich Sitka Charley ein, der sich auf den Proviantkasten gesetzt hatte: »Brüder, hört, ich will euch eine Geschichte erzählen, die von einem dicken, großen Mann und einer kleinen, schwachen Frau handelt, deren Herz aber größer war als das Büffelherz des Mannes. Sie reisten einen langen und schlimmen Weg bis zum Salzwasser, und die Kälte war schneidend, der Schnee tief und der Hunger groß. Aber die Liebe des Weibes war noch größer — mehr kann man nicht sagen.«

Er schwieg und hieb mit dem Beil kleine Stücke Eis von dem mächtigen Klumpen, der neben ihm lag. Er warf sie in die Pfanne auf den Ofen, wo sie zu Trinkwasser auftauten. Die Männer rückten näher zusammen, selbst der junge Mann mit den Krämpfen wurde ruhiger und hörte zu.

»Ihr wißt, in mir fließt Siwashblut, aber schon als Knabe lernte ich euch kennen und verstand, daß die Erde euch und den euren gehört und daß wir Siwash euch nicht standhalten können. Ich habe viel gesehen und seltsame Dinge erlebt und habe gelernt, eure Handlungen nach eurem Wesen zu messen. Und deshalb — wenn ich harte Worte über einen eures Schlages rede, so weiß ich, daß ihr darüber nicht gekränkt sein werdet, und wenn ich gute Worte über einen meines Volkes rede, so werdet ihr nicht sagen können, in meinen Augen ist ein unehrliches Licht. Ist's nicht so?«

Der ganze Kreis nickte zustimmend.

»Das Weib hieß Passuk. Ich kaufte sie auf ehrliche Weise, aber ich fühlte nichts für sie und kümmerte mich auch nicht darum, wie sie aussah, denn sie blickte kaum auf, war furchtsam und ängstlich, wie es eben Frauen zu sein pflegen, wenn sie einem Fremden, den sie nie zuvor gesehen haben, in die Arme geworfen werden. Ich brauchte ein Weib, das meine Hunde fütterte und mir das Essen kochte. Weiter nichts, und deshalb wählte ich Passuk.

Es ist euch bekannt, daß ich im Dienste der Regierung stand, und das war auch der Grund, warum ich mitsamt meinen Hunden an Bord eines Kriegsschiffes genommen wurde. Passuk kam mit mir. Im Norden, am Rande der Beringsee, setzte man uns an Land — mich, Passuk und die Hunde. Ich erhielt von der Regierung Geld und Landkarten über ein Land, das niemand kannte, und außerdem geschriebene Botschaften, die versiegelt und klug gegen das Wetter gesichert waren. Ich sollte sie den Walfängerschiffen im Nordland überbringen, die am großen Mackenzie-Fluß vom Eise eingeschlossen waren.

Aber mit meiner Geschichte hat dies alles nichts zu tun. Im nächsten Frühjahr, als die Tage länger wurden, zogen wir — Passuk und ich — nach dem Süden, ins Land des Yukon. Es war eine schwere Reise, und wir brauchten lange Zeit, bis wir endlich Forty Mile erreichten. Es war wunderbar, wieder einmal weiße Gesichter zu sehen. Und wieder kam der Winter und mit ihm der Hunger. Der Verwalter der Company gab jedem Mann vierzig Pfund Mehl und zwanzig Pfund Speck. Das war alles, damit mußten wir auskommen. Beständig heulten die Hunde, und unsere Mägen wurden schlaff und die Gesichter furchten sich. Viele starke Männer wurden schwach, und die Schwachen starben wie die Fliegen. Viele litten an Skorbut.

Eines Abends versammelten wir uns im Magazin, und die leeren Regale machten unseren Hunger noch größer. Wir sprachen hin und her, bis jemand den Vorschlag machte, einer von uns müsse nach dem Salzwasser ziehen und der Welt von unserem Elend erzählen. Die Wahl fiel auf mich, weil sie wußten, daß ich ein großer Schlittenfahrer sei. Siebenhundert Meilen waren es bis nach Haines Mission. Ich erklärte mich bereit, wenn man mir die besten Hunde

und den besten Proviant zur Verfügung stellen würde. Passuk sollte mich begleiten.
Alle waren einig, nur der lange Jeff, ein Yankee mit starken Knochen und ebensolchen Muskeln, der gern das große Wort führte, machte Einwendungen. Er sei auch ein großer Schlittenfahrer, meinte er, und von klein auf an Schneeschuhe gewöhnt. Er wollte mit mir gehen, damit er der Mission Bescheid bringen könne, wenn ich umfiele. Ich wußte damals noch nicht, daß große Worte gleichbedeutend mit der Fettsucht waren, und daß Yankees, die große Dinge verrichteten, das Maul hielten. So fuhren wir also los, wir drei — Passuk, der lange Jeff und ich.
Ich brauche euch die Reise ja nicht zu schildern, ihr habt ja selbst schon genug Schnee gestampft. Deshalb will ich auch nicht von der Mühe reden. Meistens machten wir nur zehn Meilen, denn die besten Hunde waren schlecht und der beste Proviant minderwertig. Von Anfang an mußten wir sparen. Am White River hatten wir nur mehr zwei Schlitten, und hinter uns lagen erst zweihundert Meilen. Ein Teil unserer Hunde mußten den übriggebliebenen zur Nahrung dienen.
In Pelly hofften wir uns frisch verproviantieren zu können, aber das Depot war beinahe leer. Der Verwalter zeigte uns das Grab des Missionärs, auf dem ein Steinhaufen lag, um die Hunde fernzuhalten. Es gab dort auch ein paar Indianer, aber keiner von ihnen sollte das Frühjahr erleben.
So zogen wir mit leerem Magen und schwerem Herzen weiter, vor uns lagen noch fünfhundert Meilen. Die größte Mühe machte uns Jeff, dessen Füße eine einzige Wunde waren. Wenn wir ihm die Schuhe anzogen, weinte er. Die Hunde waren so mager, daß ihre Knochen fast durch die Haut stießen. Jeff wollte keine Schneeschuhe mehr tragen, seine Mokassins aber machten große Löcher, und die Hunde, die seiner Spur folgten, hatten doppelte Arbeit. Mein Zureden half nichts, selbst als ich ihn mit der Hundepeitsche schlug, weigerte er sich, die schweren Schneeschuhe anzuziehen. Dafür aber Passuk! Während der starke Mann am Feuer lag und Tränen vergoß, bereitete sie das Essen und half mir beim Abladen

der Schlitten. Ihr war es zu verdanken, daß die Hunde noch lebten, denn mit ihren Schneeschuhen schritt sie voraus und ebnete den Weg. Sie tat dies alles, als ob es selbstverständlich wäre, niemals verlor sie darüber ein Wort. Ich war damals ein junger Kerl und kannte die Frauen noch nicht, so nahm ich ihre Arbeit hin, ohne mir darüber Gedanken zu machen.
Mit dem Manne jedoch wurde es täglich schlimmer, heimlich setzte er sich auf den Schlitten, wenn wir andern weit voraus fuhren. Von nun an kümmerten wir uns nicht mehr um ihn, er konnte machen, was er wollte, er bekam seine Ration, obwohl er nicht das geringste leistete. Abends, wenn wir ums Feuer saßen, kam er angehinkt, und unter Ächzen und Stöhnen schlang er sein Essen hinunter. Dann schlief er. Nicht etwa, daß er krank war, aber er gehörte zu den Männern mit der Fettschicht, von denen unser Freund Bettles gesprochen hat.
Eines Tages kamen uns zwei Gespenster entgegen. Es waren ein Mann und ein Junge, ein weißer Mann und ein weißer Junge. Sie hatten ihre ganze Ausrüstung verloren, jeder trug nur eine Decke über der Schulter. Abends kauerten sie bei uns am Feuer und verrührten etwas Mehl mit warmen Wasser, das tranken sie dann. Sie besaßen noch für acht Tage je eine Tasse Mehl. Sie versuchten mir einen Hund zu stehlen, aber ich hielt ihnen meine Pistole vors Gesicht und sagte, sie sollten ihres Weges gehen. Sie torkelten wie trunken durch die Stille weiter, in der Richtung nach Pelly.
Wir besaßen jetzt nur nur noch drei Hunde und einen einzigen Schlitten, und die Hunde bestanden nur mehr aus Haut und Knochen. Unser Brennholz ging zur Neige, und wir spürten die Kälte mit unserem leeren Magen doppelt so stark. Unsere eigenen Mütter hätten uns nicht erkannt, so schwarz und erfroren sahen wir aus. Wenn ich am Morgen zu gehen begann, kostete es mich Überwindung, nicht laut zu schreien, so sehr schmerzten die Schneeschuhe. Der lange Jeff heulte, nur Passuk gab nie einen Laut von sich.
Am Thirty Mile verloren wir unseren letzten Schlitten und die letzten drei Hunde. Wir brachen im Eis ein, die Hunde versanken im

Fluß. Mit Mühe konnten wir das Ufer noch erreichen. Ich hatte gerechnet, daß uns die Hunde noch für eine Woche Proviant geben sollten, jetzt waren sie fort. Es war nur gut, daß das Geschirr rechtzeitig riß, so daß wir wenigstens den Schlitten retten konnten. Am nächsten Morgen teilte ich den Proviant in drei gleiche Teile. Dem langen Jeff sagte ich, jetzt könne er Schritt mit uns halten oder nicht, wie er es für gut befände, denn jetzt würden wir leicht und schnell vorwärts kommen. Er aber fing zu jammern an, redete von seinen wunden Füßen und sagte uns harte Dinge von Kameradschaft.

Aber auch Passuks Füße waren wund, ebenso die meinen, mehr noch als die seinen, denn wir hatten am Schlitten und mit den Hunden gearbeitet. Jeff schwor, eher sterben zu wollen, als sich wieder auf die Wanderung zu begeben. »Gut, dann wollen wir uns trennen«, sagte ich und nahm eine Kasserolle und eine Axt, während Passuk sich mit den Schlafsäcken belud. Ehe wir weiterzogen, meinte Passuk zu mir: ›Es ist nicht richtig, daß wir diesem Schwächling so viel Proviant zurücklassen. Es wäre besser, er stürbe!‹ Ich verneinte und sprach etwas von Kameradschaft. Sie aber wies auf die Leute von Fort Mile hin, die auf den Proviant warteten. Als ich aber noch immer ablehnte, nahm sie schnell meine Pistole und schoß den langen Jeff nieder. Sie tat es ganz gleichmütig, und in meinem Herzen mußte ich ihr recht geben.«

Die Männer hatten schweigend zugehört, und es lief ihnen kalt über den Rücken, als sie draußen die Hunde hörten, die ihrem Elend durch andauerndes Heulen Luft machten. Nachdem Sitka Charley wieder einige Eisstücke in die Pfanne am Ofen geworfen hatte, erzählte er weiter:

»Nun begann unser Marsch, und Tag für Tag trafen wir auf die Spur des Alten und des Jungen. Auch ein Indianer begegnete uns. Er erzählte uns, daß der Mann und sein junger Begleiter nicht ehrlich geteilt hätten. Seit drei Tagen hätte er kein Mehl mehr. Seine einzige Nahrung bestünde aus gekochten Stücken von seinen Mokassins. Er sah aus wie ein Gespenst.

Er ging uns nicht um Proviant an, denn er konnte sehen, daß wir selbst nur wenig hatten. Ich zog Passuk beiseite und schlug ihr vor, dem Mann ein wenig von unseren Vorräten abzugeben, denn es sei ihm Unrecht geschehen. Ich sah, wie ihre Augen vor Freude aufleuchteten, dann aber schweifte ihr Blick von ihm zu mir, sie preßte die Lippen hart zusammen, dann sagte sie: ›Nein, wir sind noch weit vom Ziel, und auf uns lauert der Tod. Er soll den fremden Mann nehmen und mir meinen Mann Charley lassen!‹ Der Indianer zog schweigend weiter in die Stille hinaus. In der Nacht weinte Passuk. Nie noch hatte ich sie weinen gesehen.

In den langen Tagen, die nun folgten, sprachen wir nur wenig. Nachts schliefen wir wie Tote, und am Tage wandelten wir wie ruhelose Geister dahin. Der Tod begleitete uns. Um uns gab es nichts Lebendes, weder ein Schneehuhn noch einen Schneehasen. Der Fluß gab keinen Laut von sich, und in den Bäumen war der Saft gefroren. Nur die Sterne leuchteten groß und ganz nahe, und tagsüber verhöhnten uns die Nebensonnen, denn sie gaben keine Wärme. Wir gingen und gingen, immer in der Richtung gegen das Salzwasser. Oft stürzten wir am Wege, aber wir fühlten nichts mehr. Nur nicht das Ziel aus den Augen verlieren, darauf richteten sich einzig unsere Gedanken.

Nun war auch unsere letzte Nahrung dahin, wir hatten sie zwischen uns redlich geteilt. Passuk war mit ihren Kräften am Ende. An einem Morgen lagen wir zusammen im Schlafsack, aber wir erhoben uns nicht, wir waren zu müde, um weiterzugehen. Ich beschloß, hier liegen zu bleiben und den Tod zu erwarten, Hand in Hand mit Passuk, denn ich war alt geworden und hatte die Liebe einer Frau kennengelernt. Nach meiner Berechnung mußten es noch etwa achtzig Meilen bis nach Haines Mission sein.

Passuk aber legte ihren Mund an mein Ohr und flüsterte: ›Du bist mein Mann, Charley, und ich bin dir eine gute Frau gewesen. In all den schlimmen Tagen habe ich nicht geklagt, sondern dein Feuer angezündet, deine Hunde gefüttert und die Paddel geschwungen. Wenn du sprachst, lauschte ich, wenn du befahlst, gehorchte ich. War's nicht so, Charley?‹

Und ich sagte: ›Ja, es war so!‹

Und sie sprach weiter: ›Zuerst, als du mich kauftest, ohne mich anzusehen, wie man einen Hund kauft, da haßte ich dich, und in mein Herz zog Bitterkeit und Furcht ein. Aber das ist schon lange her. Du warst freundlich zu mir, so wie ein guter Mensch freundlich zu seinem Hund ist. In deinem Herzen jedoch war kein Platz für mich. Du warst ein gerechter Mann, und ich sah, wie die anderen dich ehrten, und das freute mich. Ich wurde stolz auf dich, und es kam die Zeit, wo du in meinem Herzen Einzug hieltst und alle meine Gedanken dir galten. Dein Herz aber blieb kalt, und es war kein Platz darin!‹

Ich antwortete: ›So ist es! Mein Herz war kalt. Aber dies ist jetzt vorbei. Jetzt ist mein Herz wie der Schnee, der zur Frühlingszeit fällt, wenn die Sonne zurückgekehrt ist. Alles taut in mir, denn die Macht des Winters ist gebrochen, und ich habe die Liebe einer Frau kennengelernt!‹

Passuk lächelte und schmiegte sich noch enger an mich, und ganz leise kam es von ihren Lippen: ›Ich bin froh!‹ Lange lag sie still da, langsam und tief atmete sie, ihr Kopf schmiegte sich an meine Brust. Wieder flüsterte sie: ›Meine Reise nimmt hier ein Ende, und ich bin so müde. Aber vorher möchte ich dir noch etwas sagen. Als ich noch ein kleines Mädchen war, spielte ich einmal in der Hütte meines Vaters. Ich war ganz allein, denn die Männer jagten irgendwo, und die Frauen und Kinder schleppten Fleisch herbei. Plötzlich steckte ein großer brauner Bär seinen Kopf bei der Tür herein. Er schien ausgehungert zu sein, denn er brummte bedrohlich. Zum Glück kam gerade mein Bruder mit dem Fleischschlitten herein. Mit einem brennenden Scheit schlug er den Bären auf die Schnauze, und die Hunde, die sich vom Schlitten losrissen, stürzten sich auf das Tier. Es kam zu einem Kampf, verbunden mit großem Lärm. Das Ende war, daß der Bär erschlagen wurde. In seinem Maul trug er zwei Finger meines Bruders. — Hast du dir den Indianer, der uns begegnete, genau angesehen? Es fehlten ihm der Daumen und der Zeigefinger. Es war mein Bruder, und ich verweigerte ihm den Proviant. Und er ging fort in die Stille.‹

So war die Liebe meiner Passuk, die am Caribou ihre Seele aushauchte. Ehe sie ihre Augen für immer schloß, nahm sie meine Hand und steckte sie unter ihre Parka aus Eichhörnchenfell. An ihrem Gürtel hing ein gefüllter Sack, und jetzt verstand ich ihre Schwäche. Für mich hatte sie sich den Proviant vom Munde abgespart. Sie wollte sterben, damit ich lebe.
Mein Schmerz war so unendlich groß, daß ich den Sack von mir warf und schwor, ohne sie nicht weiterleben zu wollen. Sie aber nahm noch einmal meine Hand, während Tränen ihre Augen verschleierten, und sagte: ›Unter den Männern ist der Name Sitka Charley immer in Ehren genannt worden. Soll er jetzt seine Ehre von sich werfen? Denkt er nicht mehr an die hungernden Leute von Forty Mile, die ihren besten Proviant und ihre besten Hunde hergaben? Wäre es nicht besser, du würdest dich jetzt erheben, die Schneeschuhe anschnallen und deiner Pflicht folgen, auf daß Passuk auch im Jenseits stolz auf dich sein kann?‹
Als ihr Körper in meinen Armen erkaltet war, erhob ich mich, schnallte mir die Schneeschuhe an, nahm den Sack und wankte weiter dem fernen Ziele zu. Meine Knie schlotterten, in meinen Ohren rauschte es, und vor meinen Augen sah ich Flammen. Aber Passuk schritt neben mir, und wenn mich der Schlaf zu überwältigen drohte, weckte sie mich, und wenn ich fiel, hob sie mich auf. So erreichte ich Haines Mission am Meere.«
Damit hatte Sitka Charley seine Geschichte beendet. Es war um die Mittagsstunde. Im Süden, über dem Henderson-Paß, stieg die bleiche Sonne auf. Vor dem Zelt saß ein Wolfshund. Er streckte seine lange Schnauze zum Himmel, und sein Geheul erfüllte die Luft.

Der Damenkrieg

Eines Tages kam es zwischen Freda und Frau Eppingwell zu Meinungsverschiedenheiten. Die Tänzerin Freda war Griechin, sie sagte es wenigstens, aber es gab viele, die daran zweifelten. Niemals aber erzählte sie von ihrer Vergangenheit. Ihr Gesicht hatte entschieden klassische Züge, aber nur dann, wenn sie ruhig war. In Momenten der Aufregung leuchteten ihre Augen mit einer flammenden Leidenschaft, die mit Klassizität nicht das geringste mehr zu tun hatte. Es gab nicht viele Männer, die sie in diesem Zustand gesehen hatten, die wenigsten aber konnten diesen Ausdruck nie mehr vergessen, selbst nach vielen Jahren nicht. Sie trug die kostbarsten Pelze, die im ganzen Lande zwischen Chilcoot und St. Michael zu finden waren, und ihren Namen kannten alle Lebemänner und solche, die sich dafür hielten. Frau Eppingwell dagegen war die Gattin eines Hauptmannes und als solche der Mittelpunkt der vornehmen Gesellschaft von Dawson, die von bösen Zungen als »offizielle Clique« bezeichnet wurde. Sitka Charley hatte mit ihr einmal eine Schlittenfahrt unternommen und war von ihr derart begeistert, daß er sie über alle anderen Frauen stellte. Obwohl Charley ein Indianer war, galt sein Urteil in allen Lagern unter dem Polarkreis.
Beide Frauen, jede auf ihre Art, übten auf die Männer stets großen Einfluß aus. Frau Eppingwell herrschte in ihrem Hause und in der Kaserne, wo sie einen Kreis von jungen Söhnen und Polizeibeamten um sich versammelte.
Freda dagegen herrschte in der Stadt, und die Männer, die ihr untertan waren, gehörten zu denjenigen, die bei den offiziellen Gelegenheiten in der Kaserne auftraten und von Frau Eppingwell in ihrem kleinen Hause oben am Hange mit Tee und Sandwiches bewirtet wurden. Jede der beiden Frauen wußte über die andere ganz genau Bescheid, aber sie waren wie Planeten, die sich nie begegnen, und wenn sie auch zufällig hin und wieder voneinander hörten und neugierig waren, so hatte sie doch niemand je eine Frage stellen hören.

Es hätten sich aus diesem gegenseitigen Verhältnis bestimmt keine Schwierigkeiten ergeben, wenn nicht plötzlich ein dritter Planet aufgetaucht wäre. Dies war ein Modell und nannte sich Loraine Lisznayi. Sie stammte irgendwo aus Ungarn und kam auf einem flotten Hundegespann angerückt. Der Ruf einer kosmopolitischen Berühmtheit ging ihr voraus. Kaum war sie da, fing der Streit zwischen den Frauen an.
Die Geschichte kennt in Klondike jedermann; wie sich die Dinge aber in Wirklichkeit abspielten, wußte nur Sitka Charley. Der hier folgende Bericht stützt sich also hauptsächlich auf ihn.

Es lebte da oben ein Mann, der hieß Floyd Vanderlip. Er war das, was man einen starken Mann nennt. Man erzählte sich, daß er einmal fünfhundert ausgehungerte Männer in Schach gehalten hatte und daß niemand je mit größerer Kaltblütigkeit das Sonnenlicht auf einem Büchsenlauf hatte spielen sehen. Aber dieser starke Mann besaß eine Schwäche, die ihn schon oft mit seiner Charakterstärke, über die er zweifellos verfügte, in Konflikt gebracht hatte: Er war in hohem Grade sinnlich veranlagt. Freilich, in den Jahren, als er nur von Elchfleisch und Lachs lebte und sich auf der Jagd nach dem glänzenden Metall befand, kam diese Sinnlichkeit nicht zur Entfaltung, sie schlummerte sozusagen in ihm. Als er aber das Glück hatte, einen der reichsten Claims* in Klondike zu entdecken, und damit das Recht erhielt, in der guten Gesellschaft das Leben eines reichen Bonanza-Königs zu führen, erwachte seine erotische Neigung und gewann Macht über ihn.
Er erinnerte sich plötzlich eines jungen Mädchens in den Vereinigten Staaten, und da er des Alleinseins müde war, schrieb er ihr einen entsprechenden Brief, dem er einen Scheck beilegte, der völlig ausreichte, um alle Ausgaben, einschließlich Aussteuer und Anstandsdame, zu decken. Der Brief ging an eine gewisse Flossie. Flossie! Den Rest konnte man sich denken. Gleichzeitig errichtete er eine recht geräumige Hütte auf seinem Claim, und auch in

* Goldgräber-Grundstück

Dawson sorgte er für eine entsprechende Unterkunft. Daß er seinen Freunden gegenüber aus seinem Herzen keine Mördergrube machte, zeugte von einer Anständigkeit, aber nicht von seiner Klugheit. Und so kam es, daß Loraine Lisznayi auf ihn aufmerksam wurde. Ihre kosmopolitische Berühmtheit war zu dieser Zeit schon etwas abgegriffen, und die Tage waren längst vorüber, wo sie noch den Besuch von Kardinälen und Fürsten empfangen hatte. Auch ihre pekuniären Verhältnisse befanden sich in einer recht traurigen Verfassung. Ihr erging es wie einem ausgedienten Soldaten, der sich nach einer langen Dienstzeit um einen soliden Ruheposten umsieht, und sie hätte daher gar nichts dagegen gehabt, sich mit einem Bonanza-König einzulassen, von dem sie wußte, daß sich sein Bankkonto auf eine sechsstellige Zahl belief. Natürlich, nur über den Weg einer Heirat, denn nur deswegen war ja sie nach dem Nordland gekommen.
Und als sie eines Tages im Kaufladen der P. C. Company Floyd Vanderlip, der im Begriffe war, für Flossie Tischzeug zu kaufen, begegnete und ihn mit ihren strahlenden Augen anlächelte, hatte sich das Schicksal entschieden.
Solange ein Mann ungebunden ist, wird ihm manches nachgesehen, sobald er aber dumm genug ist, sich an eine Frau zu ketten, wird die Gesellschaft augenblicklich um die gleichen Dinge Aufsehen machen, die sie sonst ohne weiteres geduldet hätte. Bei Floyd Vanderlip wiederholte sich dasselbe Spiel. Flossie war bereits auf der Herfahrt, als sich die Beziehungen zwischen Loraine und dem Bonanza-König immer enger gestalteten. Man sah sie hintereinander auf ihren Schlitten durch die Hauptstraße sausen, die Gesellschaft erfuhr, daß die Ungarin die Journalistin vom Kansas City Star begleitete, als die letztere im Auftrage ihrer Zeitung die Bonanza-Besitzungen photographierte und darüber einen sechsspaltigen Artikel schrieb. Bei dieser Gelegenheit wurden sie in Flossies Hütte königlich bewirtet, und am Tische prangte Flossies Tischzeug. Die nun folgenden Ausflüge und Festlichkeiten erregten den Unmut der männlichen Bevölkerung und forderten die Frauen zu boshaften Bemerkungen heraus. Nur Frau Eppingwell schien

nichts zu hören. Die bösen Zungen trauten sich nicht so recht an sie heran, denn man wußte von ihr, daß sie eher dazu geneigt war, nur Gutes von den Leuten zu glauben, als bösartigen Einflüsterungen ihr Ohr zu leihen.

Freda jedoch war gerade das Gegenteil. Sie hatte nicht die geringste Ursache, die Männer zu lieben, und die Frauen, die sie noch weniger liebte, taten ihr merkwürdigerweise sogar leid, wenn sie vom starken Geschlechte betrogen wurden. Deswegen übertrug sie ihr Mitgefühl auf Flossie, die sich jetzt auf dem beschwerlichen Weg nach dem ungastlichen Norden befand, um einem Manne näherzutreten, der womöglich gar nicht auf sie wartete. Freda hatte von Flossie eine ganz bestimmte Vorstellung. Ihrer Meinung nach mußte sie ein etwas furchtsames junges Mädchen sein, mit einem blonden Wuschelkopf und fröhlichen Augen, unselbständig, ein Mädchen, das gerne schmollte, aber gleich darauf wieder heiter war. Sie stellte sich auch vor, wie die arme Flossie, das Gesicht mit Reif bedeckt, müde hinter dem Schlitten herwankte. Und dies war auch der Grund, warum sie eines Abends Floyd Vanderlip beim Tanz zulächelte.

Nur wenige Männer konnten dem Lächeln der griechischen Tänzerin auf die Dauer widerstehen. Floyd Vanderlip gehörte bestimmt nicht dazu. Die Gunst, in der er bei dem früheren Modell stand, hatte seine Gockelhahngefühle geweckt, und als nun auch Freda ihm Augen zu machen begann, steigerte sich sein Selbstbewußtsein ins Maßlose. Er bildete sich ein, Eigenschaften und Tiefen zu besitzen, für die nur sie, die beiden Frauen nämlich, den richtigen Blick hatten. Worin diese Eigenschaften und Tiefen bestanden wußte er zwar selbst nicht recht, jedenfalls war die Folge, daß er ungeheuer eingebildet wurde. Und er beschloß, die Göttergeschenke dort zu nehmen, wo er sie fand. Gleichzeitig aber begann sich in seinem Inneren eine ganz zarte Stimme zu melden: was war es eigentlich, was er an Flossie so anziehend fand? Er fing langsam an, zu bereuen, daß er nach ihr geschickt hatte. Freda kam natürlich nicht in Betracht. Als Besitzer des größten Claims am Bonanza Creek, als ein Mann mit großer Verantwortung, bekleidete er eine

Stellung, auf die er Rücksicht nehmen mußte. Aber Loraine Lisznayi, das war die richtige Frau für ihn. Sie stammte aus großen Verhältnissen, war gewohnt, mit Anstand und Geschmack Geld auszugeben, so etwas brauchte er.
Aber Freda machte weiter ihre zärtlichen Kulleraugen und zwang Vanderlip, einen Teil seiner Zeit in ihrer Gesellschaft zu verbringen. Das paßte wiederum dem Modell nicht, und sie begann nun ihrerseits, mit schwerem Geschütz aufzufahren. Bei ihrem nächsten Zusammensein blendete sie ihren Anbeter mit den Namen von Fürsten und Königen derart, daß er sich zu wundern begann, wieso diese große Frau auch nur eine Minute ihrer kostbaren Zeit an ihn verschwenden konnte. Diese große Frau zeigte ihm sogar kleine elegante Billetts mit der Überschrift »An meine liebe Loraine« und mit der Unterschrift einer wirklichen, lebenden regierenden Königin. Sie spielte ihr Spiel mit großer Geschicklichkeit, die aber gar nicht notwendig gewesen wäre, denn der gute Vanderlip wurde von Tag zu Tag eingebildeter, so daß er sich nicht im geringsten mehr wunderte, wenn Loraine zwischen ihm und ihren Phantasieherrschern Vergleiche zog, die stets zu seinen Gunsten ausfielen.
Freda jedoch ließ sich durch nichts beirren. Sie war sich ihrer Überlegenheit sicher. Ihre Schmeicheleien merkte keiner, genau so wenig, wie ihr Tadel schmerzte. Wenn ein Mann das Gefühl hatte, daß sie gut von ihm dachte, so wurde ihm dieses Gefühl auf eine so feine Art beigebracht, daß er nicht hätte sagen können, warum und wieso. Und so kam es, daß sich ihre Macht über Floyd Vanderlip täglich vergrößerte. Seine Beziehungen zu Freda wurden immer bekannter, und es war nicht zu vermeiden, daß sie auch der Frau Eppingwell zu Ohren kamen. Auch sie dachte sofort an die bedauernswerte Flossie, die jetzt irgendwo mit ihren Hunden durch den Schnee wanderte, und sie beschloß, dem guten Floyd Vanderlip ins Gewissen zu reden und ihn zu diesem Zwecke so oft wie möglich zum Tee einzuladen. Das hatte ihm gerade noch gefehlt. Sein Stolz nahm gigantische Ausmaße an. Sage und schreibe: drei Frauen bemühten sich jetzt um ihn, und eine vierte befand sich unterwegs. Neben ihm war Paris der reine Waisenknabe.

Der einzige Mensch, mit dem Frau Eppingwell über diese peinliche Sache reden konnte, war Sitka Charley. Aber auch da war Vorsicht am Platze, so daß von beiden Seiten vermieden wurde, Namen zu nennen. Und so kam es zu dem bedauerlichen Irrtum, daß Charley Loraine Lisznayi meinte, während Frau Eppingwell Freda im Auge hatte, als sie von dem »schrecklichen Frauenzimmer« sprachen. Nur darüber gab es keinen Irrtum, als sie beide feststellten, daß Flossie ein ganz junges Mädchen sein müsse und daß ihr zu helfen Christenpflicht sei. Als Sitka Charley nach jener denkwürdigen Unterredung das Haus verließ, dachte er darüber nach, eine wie schlechte Frau Loraine Lisznayi sein mußte und welch edle Damen Frau Eppingwell und Freda waren — daß sie sich für das Wohlbefinden der unbekannten Flossie so sehr interessierten.
Frau Eppingwell war offenherzig wie der Tag, sie war gewohnt, gerade auf eine Sache loszugehen, und so beschloß sie, in die Stadt zu gehen und geradewegs bei Freda vorzusprechen. Bei vollem Tageslicht trat sie in das Haus der Tänzerin, denn sie fühlte sich über das dumme Gerede erhaben, darin stimmte sie mit ihrem Manne, dem Hauptmann, völlig überein. Sie wünschte diese Frau zu sehen, damit basta. Ganze fünf Minuten stand sie bei dreißig Grad Fahrenheit unter Null vor der Haustür der Griechin und parlamentierte mit dem Dienstmädchen. Es war eine Schmach ohnegleichen, als sie unverrichteter Dinge wieder nach Hause gehen mußte. Wie konnte es diese Tänzerin wagen, sie, die Frau eines Hauptmannes, nicht zu empfangen! Wer war denn diese Griechin? Man sollte glauben, es sei umgekehrt, ich sei eine Tänzerin, die von der Tür einer Hauptmannsgattin fortgewiesen wurde, dachte sie erbittert. Niemals wäre es ihr eingefallen, Freda abzuweisen, wenn sie zu ihr heraufgekommen wäre — gleichgültig, in welcher Angelegenheit. Sie schämte sich, daß sie sich einem solchen Hohn ausgesetzt hatte, und sie dachte sehr unfreundlich von der Tänzerin. Sehr zu Unrecht allerdings, denn die Beweggründe, die Freda veranlaßt hatten, die Frau Hauptmann nicht zu empfangen, waren durchaus edle, denn sie verehrte Frau Eppingwell und hätte sich keine größere Freude denken können, als sie in ihrem Heim emp-

fangen zu dürfen. Aber gerade ihre Achtung vor dieser Frau und ihre Achtung vor sich selber, die kein anderer achtete, hatte sie gehindert, zu tun, was ihr höchster Wunsch war. Sie erinnerte sich noch mit Schaudern an den kürzlichen Besuch der Frau Pastor McFee, die sich nicht entblödete, ihr sogar mit Höllenqualen zu drohen. Sollte Frau Eppingwell etwas Ähnliches im Sinne gehabt haben? Sie war sich jedoch nicht bewußt, etwas besonders Schlimmes getan zu haben, und diese Frau, die vor ihrer Tür wartete, konnte sich doch unmöglich um das Heil ihrer Seele bekümmern? Was wollte sie dann eigentlich? Sie lag im Bett, das Gesicht in die Kissen gepreßt, stumm, mit trockenen Augen und trockenen Lippen und litt ebenso wie Frau Eppingwell, als diese zornbebend und schamerfüllt dem Hügel und ihrem Haus zuschritt.

Frau Eppingwell war eine durchaus moderne Frau und außerdem eine gute Menschenkennerin. Sie bemühte sich, alles und alle zu verstehen. Für sie war Weib Weib, ob es in Samt und Seide oder in Lumpen gekleidet war. Sie hätte es gut verstanden, wenn Freda sie mit Hochmut empfangen hätte. Aber diese Behandlung hatte sie maßlos enttäuscht. Diesen Standpunkt Fredas begriff sie einfach nicht.

Einen ganzen Monat setzte sie das Spiel fort, den Mann von der verführerischen griechischen Tänzerin fernzuhalten, bis Flossie käme, die jeden Tag soundso viele Meilen in Schnee und Eis zurücklegte. Auch Freda kämpfte mit aller Macht mit dem früheren Modell, das wiederum alles daransetzte, siegreich aus diesem Kampf hervorzugehen. Floyd war nun endlich in das Stadium getreten, in dem er sich für den zweiten Don Juan hielt.

Das Rennen machte Loraine Lisznayi, vorläufig wenigsten. Sei es, daß sie wie ein herrliches Tier anzuschauen war, oder daß sie ihn mit dem Gerede von Fürsten und Palästen der alten Welt bezauberte, jedenfalls verblendete sie ihn, der sein ganzes Leben in unzivilisierten Verhältnissen zugebracht hatte. Wie sich die Sache auch verhalten haben mag, er ging auf ihren Vorschlag ein, eine schnelle Reise flußabwärts zu unternehmen und in Forty Mile Hochzeit zu halten. In aller Öffentlichkeit kaufte er bei Sitka Charley pracht-

volle Hunde, nicht etwa für einen Schlitten, der wäre für eine Frau wie Loraine, wenn sie sich auf die Reise begiebt, viel zu wenig gewesen, und besuchte dann seine Bonanza-Minen, um für die Zeit seiner Abwesenheit einen Stellvertreter zu bestellen.
Die windige Erklärung, er brauche die Tiere, um Holz von der Sägemühle nach den Flüssen zu fahren, glaubte ihm Sitka Charley nicht einen Augenblick, doch ohne mit der Wimper zu zucken, versprach er dem Bonanza-König, die Hunde zu einem bestimmten Termin zu liefern. Kaum war Floyd abgereist, stellte sich Charley mit großer Erregung bei Loraine Lisznayi ein und erzählte ihr, daß ein gewisser Herr Meyer, ein deutscher Kaufmann, sämtliche feilgebotenen Hunde aufgekauft hätte, so daß er die Vereinbarung mit Herrn Vanderlip nicht einhalten könne. Außerdem schraubt dieser unverschämte Herr Meyer die Preise derart in die Höhe, daß es unbedingt notwendig ist, sich mit Herrn Vanderlip vorher zu besprechen. Ob sie wisse, wo er hingegangen sei? Flußabwärts. Schön, er wolle ihm sofort nachsetzen und ihn von der unangenehmen Verspätung benachrichtigen. Habe er recht verstanden, daß die Tiere bis Freitag abend gestellt sein müßten? Gut, er werde alles versuchen, um die Sache in Ordnung zu bringen. Jetzt wußte Sitka Charley genau, wieviel es geschlagen hatte. Also Freitag abend oder Samstag früh sollte die Reise ins Land der Liebe starten. Eine Stunde später wußte es auch Freda; solange aber der famose Floyd abwesend war, konnte nichts Entscheidendes unternommen werden.
Am Freitagmorgen traf Devereaux, der offizielle Kurier, mit Depeschen für den Gouverneur ein. Er brachte auch die Nachricht mit, daß er Flossie in einem Lager bei Sixty Mile getroffen hätte; Menschen und Tiere befanden sich in der besten Verfassung und mußten im Laufe des morgigen Tages eintreffen.
Diese Nachricht wirkte wie eine Bombe. Nur Frau Eppingwell atmete erleichtert auf: Floyd Vanderlip war oben am Flusse gut geborgen, und ehe ihn die Griechin wieder zu fassen bekam, würde sich seine Braut bereits auf dem Schauplatz zeigen.
Der von vier Seiten umworbene Bonanza-König erhielt in dem Augenblick, als er zu seinem Creek einbiegen wollte, gleichzeitig

zwei Briefe. Den Fredas zerriß er. Nein, er wollte sie nicht besuchen. Es standen heute größere Dinge bevor. Im übrigen kam sie gar nicht in Frage. Anders stand es mit Frau Eppingwell. Er wollte ihrem letzten Wunsche — oder vielmehr dem letzten Wunsche, den sie an ihn richten konnte, nachkommen und sich mit ihr auf dem Ball des Gouverneurs treffen und hören, was sie ihm zu sagen hatte. Nach dem Ton des Briefes zu urteilen, schien es wichtig zu sein. Vielleicht — —? Ein höchst selbstgefälliges Lächeln umspielte seinen Mund. Teufel auch, welch ein Glück hatte er doch bei Frauen! Dann zerriß er auch diesen Brief, streute die Papierschnitzel in die kalte Luft und trieb die Hunde an, daß sie im schnellen Trab seiner Hütte zujagten. Rasch erledigte er seine Angelegenheiten und fuhr so schnell wie möglich wieder nach Dawson zurück. Er hatte noch eine Menge zu besorgen. Vor allem mußte er sich das Kostüm zurechtrichten, das er vor einigen Monaten im Opernhaus getragen hatte. Dann mußte er sich rasieren und schließlich auch etwas essen. Und so kam es, daß er als einziger von allen, die sich für Flossie interessierten, nicht wußte, daß sie so nahe war.
»Also um Mitternacht, punkt zwölf Uhr, bringst du sie an das Wasserloch beim Hospital. Laß mich nicht im Stich, hörst du?« sagte er zu Sitka Charley, der ihm gemeldet hatte, daß im Laufe einer Stunde auch der letzte Hund zur Stelle sein würde. »Hier ist der Goldbeutel, dort die Waage. Wieg dir deinen Goldstaub ab und laß mich dann in Ruhe! Ich muß mich zum Ball fertigmachen.«
Charley wog sich seine Bezahlung ab und begab sich dann zu Loraine Lisznayi.
Zweimal schickte Freda nach der Kaserne, wo der Ball stattfand, und jedesmal kam der Bote ohne Antwort wieder. Kurz entschlossen zog sie ihren Pelzmantel an, bedeckte ihr Gesicht mit einer Maske und begab sich selbst hin. Bei Maskenbällen der Regierungsclique hatte sich im Lauf der Zeit ein bestimmter Brauch eingebürgert, der sich als notwendig erwies, um diese Veranstaltungen vor unerwünschtem Zuzug zu bewahren. Es wurde nämlich ein Komitee bestimmt, dessen Aufgabe darin bestand, hinter jede

Maske zu gucken. Kein Mensch riß sich um diesen Posten, denn die Verantwortung war groß, und die Möglichkeit von Mißverständnissen lag auf der Hand.
Diesmal mußte Prince den Türhüter machen. Er wußte ganz genau, daß ihn diese Aufgabe aller Wahrscheinlichkeit nach die Hälfte seiner Freunde kosten würde — nur um der anderen Hälfte zu gefallen. Drei oder vier von den Leuten, die er abgewiesen hatte, waren Männer, die er aus Goldgräberlagern und von Schlittenreisen kannte — gute Kameraden, aber nicht von der Art, wie sie für eine exklusive Gesellschaft paßte. Über dieses Problem nachgrübelnd, stand er an der Eingangstür, als eine Frau mit leichten Schritten in das Licht trat, Freda! Prince erkannte sie sofort an ihrem Pelzwerk, auch die unverkennbare Kopfhaltung war ihm vertraut. Jede andere hätte er eher erwartet, denn er hielt sie für zu klug, um sich der Schande auszusetzen, abgewiesen zu werden. Er schüttelte ablehnend den Kopf, Freda aber ließ sich nicht beirren, sie trat ganz nahe an ihn heran, lüftete für einen Augenblick ihre schwarze Seidenmaske, und, man sollte es nicht glauben, die Macht ihres Blickes war so groß, daß Prince stillschweigend beiseite trat und sie durchließ. Dann jedoch ersuchte er das Komitee um sofortige Entlassung von dem Posten, den er schlecht ausgefüllt hatte.
Ihr Eintritt in den Saal erregte unliebsames Aufsehen. Schlank und mit einer gewissen rhythmischen Kraft in jeder Bewegung ging sie rastlos und suchend unter den heiteren Gästen umher. Bald blieb sie bei einer Gruppe stehen, bald sah sie forschend eine andere an. Jeder der anwesenden Männer kannte ihr Pelzwerk ganz genau, aber sie schritten nicht ein, schon deshalb nicht, um das Komitee nicht bloßzustellen.
Anders verhielten sich die Damen. Sie kannten weder den Pelz noch die Figur, die darunter steckte, sie wußten nur das eine, daß sie nicht zur Gesellschaft gehörte. Frau McFee, die aus dem Zimmer kam, wo das Souper eingenommen werden sollte — sie hatte dort alles in Ordnung gefunden —, sah hinter den Öffnungen der seidenen Maske die flammenden, suchenden Augen und erschrak. Wo hatte sie diese Augen schon gesehen? In ihrer Erinnerung tauchte

das deutliche Bild einer stolzen, aufrührerischen Sünderin auf, die sie einmal bei einem vergeblichen Versuch, im Dienste des Herrn zu arbeiten, getroffen hatte. Sie fand es vor allem notwendig, Frau Eppingwell von dieser Entdeckung zu unterrichten, und begab sich auf die Suche.

Besagte Frau Eppingwell stand mit Floyd Vanderlip in einer Ecke und war gerade im Begriffe, dem ungetreuen Mann eine kleine Vorlesung über Ethik zu halten, als die bepelzte Dame auf sie zutrat und mit dem Wort »Verzeihung« Floyd Vanderlip mit Beschlag belegte. Mit einem höflichen Neigen des Kopfes gab Frau Eppingwell zu verstehen, daß sie nichts einzuwenden hätte.

In diesem Augenblick rauschte die Frau Pastor McFee heran, und gleich einer Furie riß sie der Dame im Pelz die Maske vom Gesicht. Ein herrliches Antlitz und ein paar strahlende Augen zeigten sich den neugierigen Blicken, die sich aus dem ganzen Saale auf sie richteten. Floyd Vanderlip war dieser Situation ganz und gar nicht gewachsen. Er sah sich hilflos um, und seinen Gesichtsausausdruck konnte man alles eher als gescheit nennen. Auch Frau Eppingwell war ganz verwirrt. Sie verstand absolut nicht, welches Spiel da gespielt wurde, Frau McFee ließ die Gesellschaft aber nicht lange im unklaren.

»Frau Eppingwell«, rief sie mit ihrer schrillen Stimme, »es ist mir ein großes Vergnügen, Sie mit Freda Moloof bekanntzumachen, Fräulein Freda Moloof, wenn ich recht verstanden habe.«

Freda blickte im Kreis umher. Wie sie so mit entblößtem Gesichte dastand, kam sie sich vor, als ob sie von einem hungrigen Wolfsrudel umgeben wäre, das sich auf sie stürzen wollte. Der Gedanke, daß der eine oder der andere mit ihr Mitleid haben könnte, machte sie hart. Sie zog die Verachtung vor. Alles konnte man dieser Frau nachsagen, nur nicht Mangel an Mut.

Und dann geschah etwas Merkwürdiges. »Das ist also die Freda«, dachte Frau Eppingwell, »Freda, die Tänzerin, die Männer ruiniert, von deren Tür ich fortgeschickt wurde.« Sie fühlte die Nacktheit dieses stolzen Geschöpfes, so als wäre sie selbst nackt gewesen. Möglich, daß auch die angelsächsische Abneigung dazu kam,

einen wehrlosen Feind zu bekämpfen, möglich auch, daß sie sich eine größere Kraft im Kampf um den Mann zutraute, vielleicht kam beides zusammen, aber wie es auch sein mag, sie tat etwas Ungewöhnliches: sie wandte sich zu Freda, nahm ihre Maske ab und senkte ihren Kopf zu einem Gruß.
Beide Frauen betrachteten sich eine Sekunde lang, die ihnen wie eine Ewigkeit dünkte. Die eine mit blitzenden Augen, bereit, Trotz zu bieten und den Hohn und die Kränkung über sich ergehen zu lassen, die andere gleichmütig, mit ruhigen Augen und kühlem Urteil, Herrin der Situation, die nicht aus dem Gleichgewicht zu bringen war, eine Gestalt, wie aus kaltem Marmor gehauen. Gewiß, zwischen ihr und jener Freda bestand eine Kluft, darüber es nur einen schmalen, schwanken Steg gab, den, daß sie beide Frauen waren. Freda verstand, und dieses Erkennen machte sie rasend.
»Warum ziehen Sie nicht den Saum Ihres Kleides von mir zurück?« hätte sie ihr am liebsten ins Gesicht geschrien, »speien Sie mich an, verleumden Sie mich, es wäre barmherziger!« Aber sie beherrschte sich, beantwortete den Gruß und wandte sich an Vanderlip.
»Komm mit mir, Floyd«, sagte sie, »ich will mit dir reden.«
Der Bonanza-König befand sich in einer Lage, der er, wie gesagt, nicht im geringsten gewachsen war. Er stieß einen gurgelnden Laut aus, hob unentschlossen seine Schultern und sah beide Frauen flehend an.
»Einen Augenblick, bitte — vielleicht darf ich zuerst mit Herrn Vanderlip sprechen?« Frau Eppingwell sagte es ruhig, ihre Stimme verriet lediglich starke Willenskraft.
Floyd sah sie dankbar an.
»Bedaure, dazu ist keine Zeit mehr. Er muß gleich mit mir kommen.« Auch Freda gewann ihr seelisches Gleichgewicht wieder. Sie fing sogar an, sich zu amüsieren, als sie bei ihrer Gegnerin Anzeichen von Nervosität bemerkte.
»Fräulein Moloof, wer sind sie eigentlich, daß Sie sich erlauben können, über Herrn Vanderlip zu verfügen?«
Der gute Floyd atmete erleichtert auf, er lächelte sogar, denn er war

überzeugt, Frau Eppingwell würde ihn schon aus der Patsche ziehen.
Nur einen Augenblick zögerte Freda, dann holte sie zum Gegenschlag aus.
»Und wer sind Sie, daß Sie mir diese Frage stellen?«
»Ich? Ich bin Frau Eppingwell und ...«
Nun fiel der Schlag.
»Sehen Sie, Sie sind mit einem Hauptmann verheiratet, haben also einen Mann. Ich, ich bin nur eine Tänzerin. Was wollen Sie dann von Floyd?«
»Ein unerhörtes Benehmen!« zischte Frau McFee, aber Frau Eppingwell winkte ab.
»Da Fräulein Moloof Forderungen an Sie zu haben scheint, Herr Vanderlip, und keine Zeit hat, mir ein paar Minuten zu schenken, bin ich gezwungen, mich direkt an Sie zu wenden. Kann ich Sie sprechen, allein — und zwar gleich?«
Floyds Hoffnungsbarometer sank wieder auf den Nullpunkt. Was sollte er tun? Jemand hatte einmal gesagt, die Männer seien nur gesellige, gezähmte und entwickelte Wirbeltiere. Dieser Weise schien recht zu haben, denn als Freda ihre leuchtenden Augen auf den Mann richtete, ungefähr wie eine Tierbändigerin auf einen Löwen, der sich plötzlich einbildet, einen freien Willen zu besitzen, drückte sich das Tier in ihm vor der Peitsche.
»Ja, gern, aber morgen. Morgen, Frau Eppingwell, morgen. Das war es, was ich sagen wollte.«
Er war froh, so billig wegzukommen, wer weiß, welche Unannehmlichkeiten ihm hier noch blühten. Und im übrigen hatte er ja auch bald seine Zusammenkunft beim Wasserloch. Herrgott, diese Freda war doch eine prachtvolle Person!
»Darf ich Sie um meine Maske bitten, Frau McFee?« Und zum erstenmal sprachlos, überreichte diese den geforderten Gegenstand.
»Gute Nacht, Fräulein Moloof!« Frau Eppingwell bewahrte auch in der Niederlage das Großartige ihrer Haltung.
Freda erwiderte den Gruß. In diesem Moment hätte sie die andere am liebsten um Verzeihung gebeten.

Floyd reichte ihr den Arm, aber sie lehnte ab, sie wollte stolz wie eine Königin die Stätte ihres Triumphes verlassen, gefolgt von ihrem Sklaven. So blieb dem guten Vanderlip nichts anderes übrig, als hinter ihr nachzutrippeln, bemüht, sein Gleichgewicht wiederzuerlangen.

Es war bitter kalt; als sie den kurzen Weg zur Behausung der Tänzerin zurückgelegt hatten, war Fredas Gesicht mit Frostkristallen bedeckt, während Floyds Schnurrbart sich in einen Eisklumpen verwandelt hatte, so daß ihm jedes Wort Qualen bereitete.

Anfangs waren beide mit sich selbst beschäftigt: während das Mädchen Freda aus dem Pelz half, stand Vanderlip über den Ofen gebeugt, eifrig damit beschäftigt, das Eis auf seinem Bart aufzutauen. Als er damit fertig war, drehte er sich eine Zigarette, sie aber sah verstohlen auf die Uhr. Es war genau halb zwölf. Wie sollte sie es anfangen, ihn bis Mitternacht festzuhalten? Sie hatte keine Ahnung, in welcher Stimmung er sich befand. Welchen Ton sollte sie anschlagen? Gleichviel, selbst wenn sie eine Pistole gebrauchen müßte, er würde so lange hierbleiben, bis Sitka Charley und Devereaux ihre Schuldigkeit getan hatten.

Aber sie hatte sich ganz unnötig Kopfzerbrechen gemacht, Vanderlip fühlte sich hier in dem warmen Raum recht behaglich. Er genoß seine Zigarette, und es machte ihm Vergnügen, Freda anzustarren. Mit einem gelinden Schaudern dachte er an das Wasserloch und an die Schlittenspur, der er bald in die kalte Nacht hinaus folgen sollte. Er hatte das Gefühl, daß er eigentlich auf Freda böse sein müßte, wegen der Szene, die sie gemacht hatte aber merkwürdig, er spürte nicht den geringsten Zorn. Ohne dieses dumme Frauenzimmer, diese McFee, wäre es überhaupt zu keiner Auseinandersetzung gekommen. Übrigens, Freda hatte sich ganz als Dame benommen und war mit Frau Eppingwell glänzend fertig geworden. Er hätte nie geglaubt, daß ein Mädel so viel Haare auf den Zähnen haben könnte. — Er hätte gern gewußt, warum sie ihn so anschaute. Wollte sie ihn auch heiraten? Möglich wäre es schon. Alle wollten ihn heiraten. Sie sah prachtvoll aus — das mußte man ihr lassen. Und bestimmt war sie jünger als Loraine. Sie konnte fünfundzwanzig sein, mehr bestimmt nicht, wahrscheinlich sogar weniger. Sie würde auch nie dick werden, während man dies bei seiner Loraine nicht wissen konnte. Die hatte sicher schon zugenommen. Aber er würde ihr das Fett schon abtrainieren! Sicher! Sie würde sich Schneeschuhe anschnallen müssen, und er würde sie mit den Hunden vorausgehen lassen Ein unfehlbares Mittel, das Dickwerden zu verhindern. Aber am Mittelmeer, wo sie in einem Schloß wohnen würden, gab es keinen Frost, keine Schlittenreise, keine Hungerperiode. Was dann? Dann würde sie mit jedem Tag älter und fetter werden. Teufel, Teufel! Und dieses Mädchen hier, diese Freda, die würde so bleiben, wie sie war.

Jetzt war es genau Mitternacht, und es war höchste Zeit, zum Wasserloch zu gehen.

»Freda!«

Sie fuhr leicht zusammen. Es war, wie wenn sie aus einem Traume aufgestöbert worden wäre.

»Freda! Ich möchte eigentlich wissen, worüber du mit mir reden wolltest.« Er rückte seinen Stuhl dicht an den Tisch, an dem sie saß.

»Floyd!« Sie sah ihm ruhig in die Augen. »Ich habe die ganze Geschichte satt. Ich will von hier weg. Ich halte es hier nicht mehr aus, bis der Fluß aufbricht. Glaub mir, ich würde darüber sterben. Ich will mich von allen verabschieden, dann heidi — weg von hier. Am liebsten gleich.«

Sie legte ihre Hand auf die seine.

Wieder eine, die mich durchaus haben will, dachte er. Es würde eigentlich Loraine nichts schaden, wenn sie ein bißchen am Wasserloch fröre.

»Nun, und . . ?« Fredas Stimme klang sanft und traurig.

»Ich weiß nicht, was ich sagen soll«, beeilte er sich zu antworten, »ich wüßte nicht, was ich lieber wollte.« Er drückte ihre Hand. War es ein Wunder, daß Freda die Männer verachtete? »Aber du weißt, ich bin verlobt. Und das Mädchen ist auf dem Wege hierher, um mich zu heiraten. Ich verstehe es heute selbst nicht, was mich dazu veranlaßte, um ihre Hand anzuhalten. Ich war eben damals noch verflucht jung.«

Ohne seine Erklärungen zu beachten, fuhr sie fort: »Ich will von hier weg, einerlei, wohin. Ich habe alle Männer, die ich kenne, Revue passieren lassen und bin zu dem Ergebnis gekommen, daß — daß . . .«

»Ich der brauchbarste von der Gesellschaft bin.«

Sie lächelte ihm zu, dankbar, daß er ihr erspart hatte, den Satz zu beenden. Mit ihrer freien Hand zog sie seinen Kopf an ihre Schulter, und der Duft ihres Haares berauschte ihn. Floyd Vanderlip war in bezug auf Frauen nicht verwöhnt. Er hatte mehr Spatenschäfte als Frauenhände liebkost, und so war es kein Wunder, daß er die Gewalt über sich verlor. Wenn er schon Flossie untreu war, warum sollte er nicht auch Loraine die Treue brechen? Freda gehörte bestimmt zu den Frauen, die es verstehen, Geld mit Geschmack auszugeben, aber eine gewisse Vorsicht konnte nicht schaden. Aus diesem Gedankengang heraus war auch seine nun folgende Frage durchaus verständlich, obwohl sie sonderbar genug klang.

»Machst du dir etwas aus Schlössern?«

Freda schüttelte den Kopf.

»Findest du nicht, daß das Leben in Schlössern fett, weichlich und faul macht?«

Die Tänzerin wußte nicht so recht, wohin seine Frage zielte, sie wollte sich daher in keiner Weise festlegen.

»Es kann sehr hübsch sein, aber ich glaube, daß man es bald satt bekommt. Die Welt ist ja so groß, und das Leben kann gar nicht vielseitig genug sein. Man muß auch schwere Zeiten durchmachen, um dann irgendwo mit um so größerem Behagen ausruhen zu können. Ich denke da an eine Jacht in der Südsee, oder an einen kleinen Abstecher nach Paris, im Winter in Südamerika oder Ägypten, Im Sommer in Norwegen, meinethalben auch in England . . .«

»In guter Gesellschaft?«

»Selbstverständlich, in der allerbesten. Und dann wieder einmal zur Abwechslung mit Hunden und Schlitten nach der Hudson-Bai. Ein starker Mann wie du, voll von Lebenskraft und Energie, könnte es nicht ein ganzes Jahr in einem Palast aushalten. Das mag gut sein für weibische Männer, aber du bist nicht für ein solches Leben geschaffen. Du bist so männlich — so ausgesprochen männlich.«

»Findest du?«

»Gewiß, ich weiß es. Hast du nie bemerkt, wie sehr du den Frauen gefällst?«

Sein Gesicht bekam jetzt etwas Schafartiges.

»Du schlägst die tiefsten Saiten im Herzen einer Frau an. Du bist ein Mann, der einen fesseln kann...«

Sie sah auf die Uhr. Es war genau halb eins. Sie hatte Sitka Charley eine halbe Stunde Zeit gelassen. Ihre Aufgabe war beendet. Sie hob jetzt den Kopf und lachte, ein wunderbares, befreiendes, überlegenes Lachen, das aus dem Herzen kam. Sie zog ihre Hand zurück und rief nach dem Mädchen.

»Alice, bitte, helfen Sie Herrn Vanderlip in seinen Pelz. Seine Fäustlinge liegen neben dem Ofen.

Floyd starrte sie an, wie aus den Wolken gefallen.

»Darf ich dir jetzt für deine Freundlichkeit danken, daß du mir so viel Zeit geschenkt hast, es war wirklich nett von dir. Wenn du das Haus verläßt, der erste Weg nach links führt zum Wasserloch. Gute Nacht. Es ist Zeit für mich, zu Bett zu gehen.«

Floyd Vanderlip wollte einen greulichen Fluch vom Stapel lassen, aber begnügte sich, die Fäuste zu ballen und mit den Augen zu rollen. Alice, dadurch erschreckt, ließ den Pelz und die Handschuhe fallen und entfloh. Durch einen brutalen Griff ums Handgelenk zwang er Freda stillzustehen. Aber sie lachte nur. Sie hatte es verlernt, sich vor Männern zu fürchten.

»Bitte, werde nur nicht ordinär«, sagte sie schließlich und machte sich los, »wenn es dir lieber ist, so kann ich ja noch ein wenig aufbleiben. Sei gemütlich, setz dich wieder hin und mach dich nicht lächerlich. Was willst du wissen?«

»Was weißt du vom Wasserloch?«

»Nichts Besonderes. Sitka Charley soll dort ein Stelldichein mit einer gewissen Person haben, die du auch kennen dürftest. Jetzt sind sie über alle Berge, und zwar seit einer halben Stunde. Das ist alles.«

»Ohne mich? Ausgerechnet mit einem Indianer?«
»Über Geschmack läßt sich nicht streiten, namentlich bei Frauen nicht.«
»Wie stehe ich jetzt da? Ich habe Hunde im Wert von viertausend Dollar verloren, dazu noch ein hübsches Mädel, und was habe ich dafür bekommem? Nichts außer dir«, fügte er nach kurzem Nachdenken hinzu.
Freda zuckte die Achseln. »Ist das so wenig?«
»Mach dich übrigens gleich fertig. Ich leihe mir ein Hundegespann aus, und in ein paar Stunden können wir unterwegs sein.«
»Du mußt schon allein fahren, denn ich gehe jetzt ins Bett.«
»Wenn du klug bist, packst du deine Sachen. Wenn ich mit dem Schlitten hier vorfahre, mußt du mit mir, so wahr mir Gott helfe! Vielleicht wolltest du mich an der Nase herumführen, aber da ich nicht auf den Kopf gefallen bin, nehme ich dich jetzt beim Wort.«
Er packte sie neuerlich beim Handgelenk. Obwohl ihr sein Griff weh tat, spielte ein geheimnisvolles Lächeln um ihren Mund, und es war, als lauschte sie angestrengt auf ein Geräusch von draußen. Man hörte das Geläute der Hunde, dazu eine antreibende Männerstimme, und vor dem Hause fuhr ein Schlitten vor.
»Willst du mich wohl jetzt schlafen gehen lassen?« Bei diesen Worten machte sie sich von ihm los und riß die Tür auf. Ein Strom kalter Luft drang ins Zimmer, und auf der Schwelle stand eine Frau in einem bis zu den Knien reichenden Pelz. Hinter ihr flammte das Nordlicht. Sie zögerte einen Augenblick, dann nahm sie ihre Frostmaske ab und blinzelte, von dem weißen Licht der Lampe geblendet. Vanderlip taumelte auf sie zu. »Floyd!« schrie sie auf und warf sich schluchzend in seine Arme.
Was blieb ihm anderes übrig, als die bepelzte Dame zu küssen? Und es war eine sehr hübsche Person, die sich müde und glücklich in seine Arme kuschelte.
»Das war lieb von dir, mir Herrn Devereaux mit frischen Hunden entgegenzuschicken — sonst hätte ich erst morgen hier sein können.«

Floyd Vanderlip blickte Freda verständnislos an, dann aber ging ihm plötzlich ein Licht auf.
»War es von Devereaux nicht nett, dir entgegenzufahren?«
»Du warst wohl schon sehr ungeduldig, mich zu sehen, nicht wahr?« meinte Flossie und schmiegte sich noch enger an ihn.
»Ich verging schon fast vor Ungeduld«, murmelte der gute Floyd, hierauf nahm er sie auf seine Arme und trug sie zur Tür hinaus.
Damit wäre eigentlich die Geschichte zu Ende. Es wäre etwa noch nachzutragen, daß Sitka Charley seine Angebetete bei einem Missionar, dem Hochwürdigen James Brown, ablieferte, der einige Meilen flußabwärts für das Seelenheil der Eingeborenen sorgte. Loraine war üppig, schön und zornig und gebrauchte in ihrem Zorn recht viele häßliche Worte. Ihre Anwesenheit hätte dem heiligen Manne vielleicht sehr geschadet, zum Glück machte sie sich bereits in der Morgendämmerung auf den Weg nach Dawson, und zwar zu Fuß.
Das Schönste und Beste aber ereignete sich erst viele Wochen später, als Frau Eppingwell anläßlich einer großen Regatta unter den Augen der Zuschauer mit ausgestreckter Hand auf Freda zuschritt. Nachdem sie einige Worte gewechselt hatten, sank Freda, die stolze Freda, weinend in die Arme der ebenso stolzen Hauptmannsfrau. Niemals hatte Dawson erfahren, warum Frau Eppingwell eine griechische Tänzerin um Verzeihung gebeten hatte. Daß sie es öffentlich tat, war zumindest unschicklich.
Zum Schluß dürfen wir McFee nicht vergessen. Sie nahm ein Billett erster Klasse auf einem nach Süden fahrenden Dampfer. Außer ihrem Gepäck nahm sie auch die Überzeugung mit, daß die Menschen im Nordland nur deshalb so unchristlich sind, weil es so kalt ist. Wenn man in einem Eisschrank sitzt, fürchtet man nicht das Höllenfeuer. Diese Theorie erzählte sie jedem, der es hören wollte.

Die letzte Chance

Fortune la Pearle kämpfte sich durch den Schnee, dabei verfluchte er sein Pech, die Karten, die Spieler, den Mann, den er erstochen, kurz alles, was sich in der letzten Viertelstunde ereignet hatte. Er betrachtete seine Hände, auf denen das Blut gefror, und der ganze Auftritt stand leibhaftig vor seinen Augen. Es sah den Mann, wie er langsam, an der Tischkante sich festhaltend, zu Boden sank, er sah, wie die Karten nach allen Seiten flogen und wie das Rasseln der Jetons aufhörte. Er sah die entsetzten Gesichter der Spieler, er spürte noch die Stille, die dann plötzlich von einem mächtigen Gebrüll abgelöst wurde. Und jetzt lief er keuchend durch den Schnee, hinter sich die tobende Meute.

Die Türen öffneten sich, und aus den beleuchteten Zelten, Hütten und Tanzlokalen strömten die Menschen, um sich an der Jagd zu beteiligen. Ihre Rufe und das Heulen der Hunde beschleunigten seinen Lauf, so daß es ihm gelang, seine Verfolger abzuschütteln. Die Geräusche wurden leiser und hörten endlich ganz auf. Fortune atmete erleichtert auf, plötzlich aber packte ihn neuerlich die Furcht. Ein Schatten heftete sich an seine Fersen. Er warf einen Blick über die Schulter und sah die unsicheren Umrisse, die sich auf dem unendlichen Schneefelde abzeichnteten.

Mit Grauen in den Augen, fluchend vor Wut, keuchte er weiter, stolperte über Zeltbahnen, ausgespannte Leinen, stürzte und raffte sich wieder empor; wenn er dann seine Schritte verlangsamte, während es ihm schwarz vor den Augen wurde und sein Herz in wilden Schlägen hämmerte, dann tauchte neuerlich der Schatten hinter ihm auf und zwang ihn, den mörderischen Lauf wieder fortzusetzen.

Aber er spürte, daß seine Kräfte nachließen. Er sah, wie der Schatten festere Form annahm und ihm auf den Leib rückte. Fortune la Pearle war Spieler und gewohnt, alles auf eine Karte zu setzen. Biltzschnell überlegte er, dann blieb er mitten in der Einöde stehen und machte hastig kehrt. Er entledigte sich seines rechten Fäustlings, und gleich darauf funkelte ein schußbereiter Revolver im Schneelicht.

»Nicht schießen! Ich bin unbewaffnet!«

Der Schatten stand jetzt vor ihm, und der Klang der menschlichen Stimme wirkte so stark, daß Fortunes Knie zu zittern anfingen, und die Erleichterung, die er empfand, verursachte ihm beinahe Übelkeit.

»Schieß nicht! Bemerkst du nicht, daß ich kein Schießeisen bei mir trage?« rief der Verfolger noch einmal.

»Warum verfolgst du mich dann, zum Kuckuck?« fragte der Spieler und ließ seinen Revolver sinken.

Der Mann zuckte die Achseln. »Kümmere dich nicht darum. Du sollst mit mir kommen!«

»Wohin?«

»Zu meiner Hütte am Rande des Lagers.«

Fortune schüttelte ungläubig den Kopf, diese Verrücktheit verstand er nicht.

»Wer bist du?« fragte er nach einer Weile, »warum soll ich meinen Kopf in die Schlinge stecken, nur weil du es befiehlst?«

»Ich bin Uri Bram«, sagte der andere sachlich, »und meine Hütte liegt drüben am Rande des Lagers. Ich kenne dich nicht, aber ich weiß, daß du einen Menschen ins Jenseits befördert hast — auf deinem Ärmel klebt Blut — und daß du vogelfrei bist und keinen Platz findest, wo du dein Haupt ruhig niederlegen kannst. Und sieh, ich habe eine Hütte . . .«

»So halt doch endlich dein Maul, Menschenskind! Was soll mir deine Hütte? Kehr um, sonst befördere ich dich auch ins Jenseits. Mir kommt's wahrhaftig nicht mehr drauf an. Tausend Menschen sind mir auf den Fersen, und ich soll mit dir in deine Hütte! Am liebsten würde ich umkehren und auf die ganze Schweinebande losgehen. Dann gäbe es wenigstens einen letzten herrlichen Kampf, und diese verfluchte Geschichte wäre zu Ende. Ich hab' dieses dreckige Leben satt.«

Er hielt erschöpft inne. Uri Bram nahm aber jetzt die Gelegenheit

war und hielt eine Rede, die längste, die er wohl in seinem ganzen Leben gehalten hatte.
»Ich rede doch die ganze Zeit von meiner Hütte, wo ich dich so verstecken kann, daß sie dich nie finden können. Und Proviant besitze ich in Hülle und Fülle. Wohin willst du denn? Du hast keine Hunde, und das Meer ist zugefroren. Ehe du nach St. Michael kommst, haben sie dort schon die Neuigkeit ausposaunt, und im Hafen von Anvik ist's genau so. Du hast nicht die geringste Chance, zu entkommen. Daher ist es schon besser, du bleibst bei mir, bis über die Sache Gras gewachsen ist. Nach einem Monat schon haben sie dich vergessen, und vor ihrer Nase kannst du dich verziehen, und sie werden dir kein Haar krümmen. Du mußt wissen, ich habe so meine eigenen Ideen in bezug auf Gerechtigkeit.«
Der Mörder zog aus seiner Tasche ein schmutziges Gebetbuch, dann entblößten beide Männer trotz der Kälte ihre Häupter, und indem der andere seine Hand darauf legte, ließ Fortune la Pearle Uri Bram einen Eid schwören, daß er ihn nie verraten würde.
Ehe Fortune die Schwelle der Hütte überschritt, zauderte er einen Augenblick lang, dann aber gab er sich einen Ruck und folgte dem voranschreitenden Bram. Als die Tranlampe das Innere erhellte, sah er sich in einem ganz wohnlich eingerichteten Raum. Während sein Wirt den Kaffee beisetzte, drehte er sich hastig eine Zigarette. Er setzte sich auf einen Stuhl und streckte behaglich seine Beine gegen den warmen Ofen. Dabei betrachtete er sein Gegenüber. Er sah in ein hartes, gefurchtes Gesicht, dem jede Spur von Humor fehlte. Unter dichten, buschigen Brauen standen ein paar kalte graue Augen, und die vorstehenden Backenknochen gaben dem Gesicht etwas Abstoßendes. Alles an ihm zeugte von schonungsloser Härte. Uri Bram schien ein Mann zu sein, der viel allein lebte und es verstand, seine Gemütsbewegungen sorgfältig vor den anderen zu verbergen. Für Fortune war dieser Mann eine unverständliche Type. Hätte Uri gesungen, wenn er froh, oder geseufzt, wenn er traurig war, so hätte er ihn begriffen; so aber konnte er die rätselhaften Gesichtszüge nicht deuten, sie waren undurchsichtig, der ganze Mensch war ihm unheimlich.

»Hilf mir, Mann«, befahl Uri, als sie den Kaffee getrunken hatten, »wir müssen mit Besuchen rechnen.«
Das Bett in der Ecke bestand aus gewöhnlichen Brettern, die mit Moos bedeckt waren. Diese Bretter ragten am Fußende in ungleicher Länge hervor. Uri nahm drei von ihnen heraus und sägte ein Stück davon ab. Dann wurden sie wieder so angebracht, daß die vorspringenden Reihen nicht unterbrochen wurden.
In die so entstandene Öffnung legte Uri ein paar leere Säcke, darauf schichtete er mehrere Reihen Moos, und darüber breitete er einige Decken. Das sollte das Versteck für Fortune sein. Der breite Schlafsack verdeckte das Loch.
In den nächsten Wochen wurde die Hütte mehrmals durchsucht, aber da niemand den Mörder John Randolphs bei Uri Bram vermutete, ging die Untersuchung nur oberflächlich vor sich, und Fortune blieb unbehelligt.
War die Luft rein, kroch er aus seiner Grube heraus, vertrieb sich die Zeit damit, eine Patience nach der andern zu legen und dabei unzählige Zigaretten zu rauchen. Die beiden sprachen nur selten miteinander, obwohl diese Schweigsamkeit für Fortune drückend war, denn von Natur aus liebte er Heiterkeit, Scherz und Lachen. Sie wechselten höchstens ein paar Worte über das Wetter, die Hundepreise oder auch über die Maßnahmen der Verfolger.
Aus Langeweile begann Fortune ein System auszuarbeiten. Stundenlang mischte er die Karten, teilte sie aus und schrieb sie in langen Reihen auf. Schließlich wurde ihm auch dieses Spiel zu langweilig, und nun konnte er lange Zeit am Tisch sitzen und träumen. Er errichtete Luftschlösser, in denen Croupiers und die Roulettekugel eine große Rolle spielten. In solchen Augenblicken drückte ihn sein tatenloses Dahindämmern am meisten, und das bittere Gefühl eines fehlgeschlagenen Lebens machte sich dann in leidenschaftlichen Ausbrüchen Luft.
»Das Leben ist ein dreckiges Spiel!« oder ähnliche Sprüche bedeuteten die Kulminationspunkte seiner Philosophie.
»Nie habe ich eine wirkliche Chance gehabt«, klagte er oft zu Uri, »seit meiner Geburt nicht. Meine Mutter mochte mich nicht

— warum, daß weiß der Himmel! Niemals gab sie mir eine Chance. Warum gab mir die Welt keine? Warum kam ich in Seattle auf den Hund? Warum reiste ich im Zwischendeck nach Nome und lebte dort wie ein Schwein? Warum ging ich nach Eldorado? Warum fing John Randolph einen Streit mit mir an, daß ich ihn erstechen mußte? Verfluchtes Geschick! Er hatte es reichlich verdient. Warum gab er mir keine Chance? Er wußte genau, daß ich nichts mehr hatte, und doch spielte er weiter. Warum? Warum? Warum?«

Uri Bram antwortete mit keinem Wort. Er rührte sich nicht einmal. Er saß auf seinem Stuhl, ohne ein Lebenszeichen von sich zu geben. Nur hinter seinen trüben, verschwommenen Augen glomm ein winziges Feuerchen.

Oftmals fragte sich Fortune, warum ihm dieser Mann eigentlich geholfen hatte.

Aber alles auf der Welt hat einmal ein Ende. Auch der Blutdurst der Gesellschaft hörte auf. Die Ermordung John Randolphs war bereits Geschichte geworden, und kein Mensch fragte mehr danach. Hätte man den Mörder erwischt, so wäre ganz bestimmt ganz Nome zusammengelaufen, um ihn auf den nächsten Baum zu knüpfen. Wo aber Fortune la Pearle geblieben war, interessierte sie nicht mehr. Sie dachten nur mehr daran, wo sie ihr sauer erworbenes Geld gegen die Annehmlichkeiten des Lebens zu einem möglichst niedrigen Preis eintauschen könnten.

Und so kam es, daß auch Uri Bram eines Nachts mit Hilfe Fortunes seine Schlitten anschirrte und sich auf der winterlichen Schlittenspur nach dem Süden aufmachte. Bei Sankt Michael jedoch bogen sie nach Osten ab und erreichten den Yukon bei Anvik. Immer weiter ging es dem Osten zu, an Koyukuk, Tamana und Minook vorüber, bis sie den nördlichen Polarkreis überschritten. Es war eine sehr beschwerliche Reise, und Fortune wunderte sich darüber, daß der andere sie machte, bis ihm Uri erklärte, er besitze bei Eagle einige Claims. Eagle lag dicht an der britischen Grenze, und die Flagge Englands wehte über dem Barackenlager von Fort Cudahy.

Es war beschlossen, daß sie sich hier trennen sollten. Fortune hatte nichts dagegen. Im Gegenteil, er war froh darüber, denn jetzt kam der Frühling und damit auch die Freiheit; der Boden Kanadas bedeutete für ihn Sicherheit und Leben. Die Zukunft sah wieder rosig aus, Fortune sang und pfiff fröhliche Lieder und malte sich sein Leben in den schönsten Farben. Als alles gepackt war und Fortune schon der Boden unter den Füßen brannte, zog Uri einen Baumklotz ans Feuer und setzte sich.
»Hast du jemals vom ›Weg der toten Pferde‹ gehört?« fragte er sinnend, während Fortune innerlich über die Verzögerung wütend war.
»Manchmal trifft man Menschen unter Verhältnissen, die man nie mehr vergißt«, fuhr Uri leise und bedächtig fort, »und im Jahre 1897 begegnete ich wirklich einmal einem solchen Manne auf dem ›Weg der toten Pferde‹. Damals verdiente der Paß diesen Namen, denn es gehörte eine tüchtige Portion Mut dazu, seine Ausrüstung da hinüberzuschaffen. Wenn die Kälte eintrat, starben die Pferde wie die Fliegen, und dann lagen sie haufenweise auf dem Weg und verfaulten. Sie starben aus den verschiedensten Ursachen: sie ertranken im Fluß oder brachen sich in den Spalten die Beine, viele versanken im Morast oder erstickten im Schlamm. Die Männer schossen sie nieder oder ließen sie verrecken, sie nahmen ihnen die Sättel ab und kehrten nach dem Strand zurück, um neue Pferde zu kaufen. Ihre Herzen verhärteten sich, sie verloren den Mut oder wurden wie Tiere, diese Männer auf dem ›Weg der toten Pferde‹!
Dort traf ich einen Mann, der sich von allen anderen unterschied. Er besaß ein großes, liebevolles Herz. Wenn er rastete, nahm er den Pferden ihre Last ab, damit auch sie sich ausruhen konnten. Er verschaffte ihnen um teures Geld das beste Futter und schnitt sein eigenes Bettzeug zu Streifen, um ihnen die Wunden zu verbinden. Andere Männer sahen ruhig zu, wenn die Sättel faustgroße Löcher in den Rücken der Pferde fraßen, und ließen die Tiere weitertraben, selbst wenn sie kein Hufeisen mehr an den Füßen trugen und unter den Hufen das blutige Fleisch hervorquoll. Er

aber kaufte um seinen letzten Dollar Hufnägel. Ich weiß dies alles sehr genau, denn wir lebten wie Brüder, schliefen im selben Bett und aßen aus dem gleichen Napf. Überall, wo es nottat, half er, ermunterte die Verzagten mit seinem freundlichen Zuruf und gab sich nicht eher zufrieden, bis ein versunkenes Pferd wieder herausgezogen wurde.

Am Ende dieses schrecklichen Weges kam ein Mann auf uns zu, der schon fünfzig Pferde zu Tode gepeinigt hatte. Er wollte um jeden Preis unsere Tiere kaufen. Wir aber dachten an den Schlamm und an das giftige Gras auf dem Gipfel, und wir verstanden uns. Er teilte die Pferde zwischen uns auf, und dann trieb er die meinen nach der einen und ich die seinen nach der anderen Seite. Dort schossen wir sie nieder; der Mann aber, der fünfzig Pferde getötet hatte, verfluchte uns in die tiefste Hölle. Der jedoch, mit dem ich Bruderschaft geschlossen hatte, war . . .«

»War John Randolph. Ist's nicht so?« beendete Fortune den Satz, während ein spöttisches Lächeln über seine Züge glitt.

Uri nickte. »Es ist gut, daß du mich verstanden hast.«

»Wenn es also sein muß, ich bin bereit«, antwortete Fortune, »aber so schnell wie möglich, wenn ich bitten darf.« Er machte jetzt einen müden, verfallenen Eindruck.

Uri Bram stand auf: »Mein ganzes Leben habe ich an einen gerechten Gott geglaubt, und er wartet jetzt darauf, daß der Gerechtigkeit Genüge getan wird. Aber mein Glaube ist so stark, daß ich uns beiden dieselbe Chance zubillige und Gott zwischen uns richten lassen will.«

Fortune atmete erleichtert auf. Jetzt hatte er die Chance, nach der er sich so oft gesehnt hatte, und der Glaube an sein Glück war größer denn je.

»Aber wir besitzen nur eine Schußwaffe«, wandte er ein.

»Wir schießen nacheinander«, sagte Uri, während er den Revolver des anderen untersuchte, »und die Karten mögen entscheiden, wer zuerst schießt.«

Fortunes Herz hüpfte vor Freude, als er die Karten aus seiner Tasche zog, denn jetzt war er in seinem Element; mit zitternden Händen

mischte er die Karten. Uri hob ab, die erste Karte, die er bekam, war ein As.
»Ein Blatt.«
Es war ein Siebener. Jetzt hatte er achtzehn.
»Genug.«
Fortune hielt einen Neuner in der Hand. Die nächste Karte war ein Zehner. Neunzehn.
»Gewonnen!« Es klang wie ein Jubelschrei. Er hatte gewußt, daß ihn die Karten nicht verlassen würden.
Uri nahm seine Niederlage gelassen hin. »Wenn Gott seine Hand zurückhält und du mich triffst, gehören die Hunde und die Ausrüstung dir. In meiner Tasche wirst du eine unterfertigte Übertragungsurkunde finden.«
Dann stellte er sich auf seinen Platz und bot seine Brust der Kugel dar.
Fortune maß fünfzehn Schritte aus, dann zielte er, zweimal senkte er den Revolver. Das dritte Mal aber beugte er das Knie, faßte den Revolver mit beiden Händen und drückte ab. Uri drehte sich halb um seine Achse, dann sank er in den Schnee. Fortune stieß einen leisen Fluch aus, er wußte, daß er seinen Gegner schlecht getroffen hatte, sonst hätte er sich nicht gedreht.
Mühselig erhob sich Uri vom Boden. Am liebsten hätte Fortune noch einmal geschossen. Sogleich aber wies er diesen Gedanken von sich. Das Glück war ihm günstig, betrog er jetzt, mußte er sicher den Betrug an einer anderen Stelle bezahlen, daher zog er ehrliches Spiel vor. Denn, wer wußte, ob der verwundete Uri den schweren Revolver überhaupt noch halten konnte...
»Wo ist jetzt dein Gott, he?« spottete er und übergab dem Verletzten den Revolver.
»Gott hat noch nicht gesprochen«, antwortete Uri Bram, »bereite dich vor, sein Urteil zu hören.«
Fortune stellte sich wieder auf seinen Platz, drehte sich aber so, daß er ein möglichst kleines Ziel bot. Uri stand wankend auf seinen Beinen, und nur mit unsäglicher Mühe gelang es ihm, den Revolver zu heben.

Langsam zielte er auf die linke Brustseite, dann drückte er ab. Fortune drehte sich nicht, aber das heitere San Franzisko verwischte sich, der sonnige Schnee wurde dunkler und dunkler, und mit einem heiseren Fluch gegen sein Leben, dessen letzte Chance er nicht zu nützen verstanden hatte, verhauchte er seinen Atem.

Wo sich die Wege trennen

Muß i denn, muß i denn zum Städtle 'naus,
Und du, mein Schatz, bleibst hier!

Der dieses schwäbische Volkslied sang, war ein Mann mit blonden Haaren und fröhlichen Augen in einem scharfgeschnitten Gesicht. Er goß Wasser in einen Topf mit kochenden Bohnen, hierauf verjagte er mit einem Stock die Hunde von der Proviantkiste. Er tat dies alles so frisch, dabei doch behäbig, daß es eine Freude war, ihm zuzusehen.

Kalte, strahlende Sterne blickten auf eine Reihe schneebedeckter Kiefern herab, die das Lager einsäumten. Im Südosten zeigte sich ein schwacher, grünlicher Schimmer, das erste Zeichen eines beginnenden Nordlichts. Zwei Männer lagen auf einem Bärenfell, das durch eine sechs Zoll dichte Schicht von Kiefernzweigen von dem darunter lagernden Schnee getrennt war. Dahinter hing ein Stück Sackleinen, zwischen zwei Bäumen ausgespannt, zum Schutz gegen den eisigkalten Wind, es hatte aber noch obendrein die Aufgabe, die Wärme des Feuers aufzufangen und zurückzustrahlen. Ein vierter Mann saß auf einem Schlitten, dicht an die Flammen gerückt, und besserte seine Mokassins aus. Ein Haufen gefrorener Erde, daneben eine primitive Winde erzählten davon, daß die Leute im mühseligen Kampfe um das liebe Gold standen. Vier hochkant gestellte Ski sorgten für die Fortbewegung außerhalb des festgetretenen Schnees.

Das einfache Volkslied hörte sich in dieser einsamen Welt so merkwürdig rührend an, daß den Männern ganz eigen ums Herz wurde. Es erfüllte sie mit einem dumpfen Schmerz und einem brennenden Heimweh nach dem fernen Süden.

»So hör doch schon auf, Siegmund! Das hält ja keiner aus!« rief einer der Männer und ballte unter der Decke seine Hände.

»Warum denn, David Wertz?« fragte Siegmund. »Warum soll ich

denn nicht singen, wenn mein Herz voll Freude ist?«
»Weil kein Grund zur Freude da ist! Wie Tiere haben wir im letzten Jahr gelebt und den abscheulichen Fraß hinuntergewürgt.«
Siegmund, der goldhaarige Bursche, ließ seinen Blick in die Runde schweifen, dann fragte er lachend:
»Warum soll ich mich nicht freuen? Es ist doch alles in Ordnung. Du lieber Himmel, das Essen, mir hat es ganz gut angeschlagen.« Und er beugte den Arm und strich sich wohlgefällig über seine starken Muskeln. »Gewiß haben wir wie die Tiere gelebt und geschuftet«, fuhr er fort, »aber werden wir nicht wie Könige bezahlt? Jede Pfanne bringt uns zwanzig Dollar ein, und die goldführende Schicht beträgt ganze acht Fuß. Ein neues Klondike haben wir entdeckt. Das weiß Jim Hawes neben mir ebenso gut wie Hitchcook, der wie ein altes Weib seine Mokassins flickt. Beide klagen nicht, nur du bist ungeduldig und kannst nicht warten, bis der Frühling kommt und wir mit dem Goldwaschen beginnen können. Dann werden wir reich wie Könige sein. Aber nur du kannst nicht warten und willst in die Heimat zurück. Das wollen wir alle, ich sehne mich nach dem Land, in dem ich geboren bin. Aber du greinst wie ein kleines Kind, weil du alles sofort haben willst.« Er begann wieder zu singen:
»Übers Jahr, übers Jahr, wenn mer Träubele schneid't,
Stell' i hier mi' wiedrum ein;
Bin i dann, bin i dann dein Schätzele noch,
So soll die Hochzeit sein.
Übers Jahr, übers Jahr, do is mei Zeit vorbei,
Do g'hör i mein und dein;
Bin i dann, bin i dann dein Schätzele noch,
So soll die Hochzeit sein.«
Die Hunde begannen jetzt zu knurren, sträubten die Haare und drängten sich dicht ums Feuer. Dann vernahm man das Knirschen von Schneeschuhen im gefrorenen Schnee. Siegmund hörte zu singen auf, und gleich darauf beleuchtete die Glut eine pelzbekleidete Gestalt. Unter der Pelzkapuze kam ein weibliches Indianergesicht zum Vorschein, und die Männer begrüßten das Mädchen mit einem

lauten Hallo. Hitchcook rückte beiseite, um ihm einen Platz am Schlitten anzubieten.
»Nun, wie geht's, Sipsu?« fragte er in einer Mischung aus englischen Brocken und der Chinooksprache, »herrscht im Lager noch immer so viel Hunger, und hat der Hexendoktor endlich herausgefunden, was die Schuld ist, daß so wenig Wild und gar keine Rentiere zu sehen sind?«
Ruhig antwortete Sipsu:
»Freilich! Und wir werden bald die Hunde essen müssen. Der Hexendoktor weiß auch den Grund von diesem Unglück, und morgen soll ein großes Opfer veranstaltet und das Lager gereinigt werden.«
»Wen will er den opfern? Ein armes Hascherl von einem Säugling oder eine alte schwache Indianervettel, die dem Stamm nur mehr zur Last fällt?«
»Nein, nein, mit einem solchen Opfer wäre es nicht getan. Die große Not fordert mehr. Er wählte niemand geringeren als die Tochter des Häuptlings, er wählte mich, Sipsu.«
»Das ist doch nicht möglich!« Ganz langsam sprach Hitchcook, und es lag so viel Empfinden darin, daß jeder sehen konnte, wie tief ihn diese Mitteilung berührte.
Sie aber fuhr mit großer Ruhe fort: »Deshalb bin ich gekommen, damit wir uns noch einmal sehen können — zum letztenmal.«
Sipsu entstammte einem primitiven Indianerstamm, und so kam es, daß sie ein Menschenopfer als etwas ganz Natürliches empfand, worüber nicht viel Worte verschwendet werden mußten. Die Gottheiten, die über Licht und Finsternis, über Regen und Frost entscheiden, die das Welken der Pflanzen bestimmen, waren irgendwie beleidigt worden und mußten daher wieder versöhnt werden, und dies konnte nur durch den Tod geschehen, den sie auf vielerlei Art forderten: im siedenden Wasser, im Flusse, durch die Tatzen eines Grizzlybären oder durch eine Krankheit. Der Hexenmeister wußte darüber ganz genau Bescheid und traf seine Wahl mit absoluter Sicherheit. Das war alles ganz natürlich und in Ordnung, denn auch

der Tod war nichts anderes als eine Offenbarung der allmächtigen Götter.
Hitchcook hatte als Angehöriger einer zivilisierten Rasse dafür nicht das geringste Verständnis. Er besaß keine konkreten Traditionen, die sich auf das Jenseits bezogen, war ohne alle Ehrfurcht, und so sagte er bloß: »Nein, das darf nicht geschehen, Sipsu. Der Hexendoktor ist ein Narr, und ihn soll der Teufel holen. Du bist noch jung und hast das Leben vor dir. Das darf nicht geschehen!«
Sie lächelte: »Das Geschick will es. Vielleicht ist es besser so. Du bist weiß und ich rot, und das paßt nicht zusammen. Unsere Wege kreuzten sich, und nun trennen sie sich wieder. Einmal kamen weiße Brüder ins Lager. Große starke Männer waren sie. Sie sagten ebenfalls, es dürfe nicht geschehen, und dann geschah es doch. Kurz darauf waren sie tot.«
Hitchcook wandte sich nun an seine Kameraden: »Hört her, ihr Leute! Da drüben im Lager wollen sie Sipsu ermorden. Wollen wir es dulden?«
Niemand antwortete. sie sahen sich gegenseitig an, schwiegen aber. Siegmund beugte sich zu seinem Hund und streichelte ihn. Er war ein Geschenk des Mädchens, dessen Bild er in einem Medaillon an seiner Brust trug.
Nochmals fragte Hitchcook: »Wollen wir es dulden?«
»Vielleicht ist die Geschichte gar nicht so ernst«, meinte Hawes ausweichend, »vielleicht ist es nur ein Gerede von dem Mädel da.«
»Darum handelt es sich nicht!« In Hitchcook stieg eine Zornwelle hoch, als er ihre Interesselosigkeit sah, »die Frage ist einzig und allein die, ob wir es dulden wollen!«
»Ich sehe keinen Anlaß einzugreifen«, meinte Wertz. »Wenn diese Menschen glauben, daß es so notwendig ist, dann kümmert uns die Geschichte nicht. Sie haben nun einmal eine so verrückte Religion. — Unsere Aufgabe besteht darin, Goldstaub zu finden, um so schnell wie möglich aus diesem verfluchten Lande herauszukommen. Hier ist nur ein Land für Tiere. Und diese braunen Teufel sind auch nichts anderes als Tiere. Wir könnten uns nicht schlecht in die Tinte setzen, wenn wir uns hier einmischen wollten.«

»Er hat ganz recht!« ergriff nun Hawes das Wort. »Wir sind unser vier Mann, dreihundert Meilen von einer weißen Ansiedlung entfernt. Was wollen wir gegen fünfzig Indianer ausrichten? Wir könnten nur unser Leben verlieren und nichts gewinnen. Wir haben Gold; das aufs Spiel zu setzen, wäre Leichtsinn. Ich jedenfalls mische mich nicht ein.«

»Ich auch nicht!« bestätigte Wertz.

Hitchcook sah sich jetzt nach Siegmund um, der wieder sein Lied vor sich hinträllerte: »Was sagst du dazu, Siegmund?«

»Ich bin derselben Ansicht«, sagte er ganz langsam. »Vier Dutzend Indianer haben beschlossen, ein Mädel umzubringen. Können wir es verhindern? Es ist sinnlos, sich gegen die Gebräuche eines Volkes aufzulehnen, wenn man nicht stark genug ist.«

»Wir sind doch stark«, unterbrach ihn Hitchcook, »vier weiße Männer werden wohl mit diesem Haufen Roter fertig werden können. Dann denkt an das Mädchen!«

»Daran denke ich eben«, sprach Siegmund sinnend und streichelte dabei den Hund, »ich denke an mein Mädchen im Süden mit den blauen Augen, das auf mich wartet. Und jetzt, da ich dabei bin, ein Vermögen zu erwerben, soll ich es riskieren?«

»Und ich würde vor Scham vergehen, wenn ich in die blauen Augen dieses Mädchens sähe und dabei an die schwarzen des Mädchens denken müßte, dessen Tod ich nicht verhindert habe«, rief Hitchcook erregt aus.

Doch Siegmund schüttelte abweisend den Kopf. »Du kannst mich nicht zu einer Dummheit verleiten, Hitchcook, du kannst mich ebensowenig toll machen, weil du es selber bist. Mädchen hin, Mädchen her, ich bin geschäftlich hierhergekommen und nicht um irgendwelcher Ideale willen. Ich gebe zu, es ist verflucht traurig für das Mädchen, aber was können wir gegen Gebräuche tun, die Tausende von Jahren alt sind und noch ebensoviel Tausende gelten werden. Sie gehen uns nichts an, sie sind Indianer. Ich bin derselben Ansicht wie Wertz und Hawes und . . .«

Er unterbrach sich, denn die Hunde begannen bedenklich zu knurren, und man hörte das schlürfende Geräusch vieler Schneeschuhe.

Dann tauchten im Scheine des Feuers Indianer auf, einer hinter dem andern, hoch gewachsen, pelzbekleidet, ernst und schweigend. Der Hexendoktor trat vor und sprach mit seinen Kehllauten zu Sipsu. Er sah furchterregend aus, über seinem grotesk bemalten Gesicht erhob sich die böse Schnauze eines Wolfsfelles, das er über die Schulter geworfen trug. Nach den Worten des Hexendoktors war es vollkommen still. Ruhig erhob sich Sipsu und schnallte sich die Ski an.

»Leb' wohl, oh, mein Mann!« sagte sie zu Hitchcook, aber der Mann neben ihr auf dem Schlitten rührte sich nicht, als der Zug in der Tiefe der weißen Wälder verschwand.

Trotz seiner Anpassungsfähigkeit und seines betont zur Schau getragenen Weltbürgertums wäre es ihm nie im Traume eingefallen, eine indianische Frau des Nordens zu ehelichen. Es war nicht irgendein Prinzip, das ihn daran hinderte, eher vielleicht eine Frage des Geschmacks. Sipsu! Es hatte ihm Freude gemacht, mit ihr am Lagerfeuer zu plaudern, nicht etwa, weil er ein Mann und sie ein Weib war, sondern eher, wie es ein Älterer mit einem Kinde tun mag. Auch die Sucht nach Abwechslung hatte das ihre dazu beigetragen. Das war auch alles. Trotz seiner Yankeevorfahren war er Romantiker und verfügte daher über ein großes Maß an Ritterlichkeit. Oft kam es vor, daß sich die geschäftsmäßige Seite seines Lebens im Widerspruch mit den tiefen Gefühlen seines Herzens befand. Kein Wunder, daß ihn das Schicksal der kleinen Sipsu zutiefst berührte. Wertz und Hawes warfen von Zeit zu Zeit besorgte Blicke auf ihn, denn sie fürchteten seine Stärke, die er ihnen in gefährlichen Augenblicken oft bewiesen hatte. Mit ebensoviel Furcht als Neugier warteten sie auf sein Einschreiten. Aber das Schweigen wollte nicht enden, das Feuer begann kleiner und schwächer zu werden, und noch immer rührte sich Hitchcook nicht. Wertz gähnte, reckte sich und teilte mit, daß er gedenke, schlafen zu gehen. Da erhob sich Hitchcook zu seiner vollen Größe.

»Möge der Herrgott euch und eure kleinen Seelen in die Hölle verdammen. Ihr seid nichts als engherzige Geizhälse. Ich bin fertig mit euch!« Obwohl er ganz ruhig sprach, war seine Stärke aus jedem

Worte zu hören. »Kommt her, wir wollen das Geschäftliche erledigen«, fuhr er fort, »wir müssen unsere Habe teilen. Ein Viertel der Claims gehört mir, das steht im Vertrag. Im Sack befinden sich fünfundzwanzig bis dreißig Unzen Gold. Wägt ab, und wir werden teilen. Du, Siegmund, sondere den Proviant in vier Teile und lege mein Viertel beiseite. Vier von den Hunden gehören mir, ich brauche noch vier dazu, dafür bekommt ihr meinen Teil der Ausrüstung und die Goldgräberwerkzeuge. Außerdem lass' ich euch noch meine Unzen Gold und meinen Reserverevolver samt Munition. Seid ihr damit einverstanden?«

Die drei Männer besprachen sich abseits, dann trat Siegmund, der Wortführer, vor: »Wir wollen redlich teilen, Hitchcook. Du erhältst dein Viertel von allem. Nimm oder laß es, wie es dir gefällt. Aber mehr Hunde können wir dir nicht geben, denn wir brauchen sie alle selbst. Du erhältst deine vier, nicht einen mehr. Wenn du deinen Teil der Werkzeuge hier lassen willst, dann tu's. Es ist deine eigene Sache. Aber wenn du sie haben willst, dann nimm sie mit.«

»Wenn nur dem Gesetz Genüge getan wird«, spöttelte Hitchcook. »Aber schnell, beeilt euch! Mir ist alles recht, wenn ich nur bald von diesem Lager und dem Ungeziefer, das darin wohnt, wegkomme.«

Schweigend wurde die Teilung vollzogen. Er band seine wenige Habe auf einen der Schlitten und schirrte seine vier Hunde an. Das Werkzeug ließ er liegen, dagegen warf er ein Dutzend Hundegeschirr auf den Schlitten, wobei er seine ehemaligen Kameraden herausfordernd ansah, als ob er sagen wollte: wenn ihr Mut habt, dann macht Einwendungen. Aber sie zuckten nur die Achseln.

Ein Mann, auf dem Bauche kriechend, bewegte sich langsam durch den Schnee. Rechts und links standen die Elchhautzelte des Indianerlagers. Einmal witterte ihn ein Hund und knurrte. Sofort blieb der Mann unbeweglich liegen. Der Hund näherte sich und schnüffelte, er kam so nahe, daß seine Schnauze den merkwürdigen Gegenstand berührte, der noch nicht da war, als es dunkelte. Da packte Hitchcook mit seiner bloßen Hand die zottige Kehle des Hundes und drückte sie zusammen. Ohne einen Laut auszustoßen, lag das

Tier mit gebrochenem Genick im Schnee. Hitchcook schlich weiter, bis er vor dem Zelt des Häuptlings anlangte. Dort wartete er und lauschte auf die Stimmen, er wollte wissen, ob Sipsu drinnen war. Augenscheinlich befanden sich viele Menschen im Zelt.
Endlich vernahm er auch die Stimme des Mädchens. Er kroch dem Geräusch nach, bis sie nur mehr die Zeltwand trennte. Hier grub er sich tief in den Schnee hinein, bis er sich mit dem Kopf und den Schultern unter der Elchhaut durchgearbeitet hatte. Als er die warme Luft einatmete, wartete er. Der größere Teil seines Körpers befand sich noch im Freien, auf der einen Seite lag ein Haufen Pelze, er konnte sie riechen, zur Sicherheit befühlte er sie. Auf der anderen Seite berührte er ein Pelzkleid, das einen menschlichen Körper umschloß. Das mußte Sipsu sein. Um keinen Fehlgriff zu tun, wäre es ihm lieb gewesen, ihre Stimme zu hören. Er vernahm die Stimme des Häuptlings und des Hexendoktors, und in einem Winkel weinte sich ein Kind in den Schlaf. Nun hob er vorsichtig den Kopf und berührte ganz vorsichtig den Pelzmantel. Dann lauschte er auf den Atem. Es war das Atmen einer Frau. Nun wollte er es wagen.
Er drückte sich fest an sie und er fühlte, daß sie bei der Berührung zusammenzuckte. Nach einer Weile spürte er, wie eine weiche Hand ganz sachte seinen Kopf berührte und auf seinen Locken liegen blieben. Er hob seine Augen und sah in Sipsus Gesicht.
Ihr Blick blieb vollkommen ruhig. So, als ob sie müde wäre, wechselte sie nur die Stellung, stützte sich mit ihren Ellenbogen auf die Felle und öffnete ihre Parka, so daß er vollkommen zugedeckt wurde. Dann neigte sie ihren Kopf, als ob es Zufall wäre, zu ihm hinunter, so daß ihr Ohr auf seinen Lippen zu liegen kam.
Fast unhörbar begann er zu flüstern: »Wenn es dir möglich ist, verlaß das Zelt und begib dich zur Birkengruppe, dort, wo der Bach eine Biegung macht. Dort steht mein Schlitten mit den Hunden. Noch in dieser Nacht fahren wir zum Yukon, um aber schnell vorwärts zu kommen, brauchen wir noch mehr Hunde. Pack alle Hunde, die dir in die Nähe kommen, am Genick und schleppe sie zum Schlitten. Hast du verstanden?«
Sipsu schüttelte zuerst abwehrend den Kopf, aber sie empfand eine

ungeheure Freude, daß sich ein Mann nur ihretwillen in Gefahr begab. Und da sie, wie alle Frauen ihres Stammes, gewohnt war, den Befehlen des Mannes zu gehorchen, so beschloß sie, trotzdem zu folgen, dies um so mehr, als er ein gebieterisches »Geh!« hinzufügte.

Eine halbe Stunde mußte er neben dem Schlitten warten, dann sah er sie kommen, an jeder Hand zerrte sie einen widerstrebenden Hund. Als die eigenen Hunde die fremden Tiere witterte, wurden sie unruhig, aber einige Hiebe mit dem Peitschenstiel schafften Ruhe.

»Schirre die Hunde an!« befahl er, »meine eigenen sollen als Leithunde gehen.«

Nun aber begann ein Höllenspektakel. Die alten Tiere warfen sich über die Eindringlinge, und obwohl Hitchcook sofort mit dem Büchsenkolben dazwischentrat, gelang es ihm doch nicht, den Frieden wieder herzustellen.

»Jetzt bekommen wir Hunde, mehr als wir brauchen«, sagte er unwirsch, indem er sich eine Axt vom Schlitten holte. »Schirr an, was ich dir hinwerfe, und beschütze das Gespann.«

Im Schutze zweier Kiefern wartete er der kommenden Dinge. Inzwischen war das Lager im hellen Aufruhr. Ein schwarzer Fleck, der sich rasch vergrößerte, entpuppte sich als der Vorläufer der Koppel, die sich mit langen Sprüngen näherte. Als der Hund an Hitchcook vorbeisprang, griff dieser zu. Mitten im Sprung packte er ihn bei den Vorderbeinen und versetzte ihm dann einen wohlgezielten Schlag hinter die Ohren, worauf der Hund zu Boden ging. Mit einem Schwung landete er bei Sipsu, die ihm sofort das Geschirr anlegte. Die Koppel, die von dem Schicksal ihres Anführers nichts bemerkt hatte, schoß wie ein zottiger Strom an Hitchcook vorbei. Es gelang ihm, noch drei Hunde zu betäuben und Sipsu zuzuwerfen. Diese arbeitete im Schweiße ihres Angesichts, um mit dem Anschirren fertig zu werden. Endlich stand sie vor dem Schlitten, an den jetzt zehn knurrende Hunde angespannt waren. Hitchcook rief ihr zu: »Nun ist's genug!«

Inzwischen hatte sich ein junger Indianer durch die Hundemeute

durchgearbeitet. Ein schwerer Schlag mit Hitchcooks Gewehrkolben zwang ihn in die Knie, dann taumelte er zu Boden. Hinter ihm lief der Hexendoktor, der den Schlag fallen sah.
»Los!« rief Hitchcook und bei dem schrillen »Tschuk-Tschuk« Sipsus sauste der Schlitten vorwärts. Mit Müh und Not vermochte sie sich auf dem stark rumpelnden Gefährt festzuhalten.
Der Hexendoktor wurde augenscheinlich vom Pech verfolgt, denn er stand mitten auf der Fahrbahn, als der Schlitten ihm entgegenkam. Der Leithund streifte seinen Schneeschuh, der fromme Mann fiel um und die Hunde samt dem Schlitten fuhren über ihn hinweg. Er kam zwar sofort wieder auf die Beine, aber die lange Hundepeitsche Sipsus fuhr über seine Augen, so daß er geblendet mit dem nacheilenden Hitchcook zusammenstieß, der ihm mit den Fäusten den Rest gab. Auf allen vieren kriechend gelangte er wieder ins Lager zurück, und es darf sich niemand wundern, daß er im Zelt des Häuptlings bei der Ratsversammlung eine Rede hielt, bei der die weißen Männer sehr schlecht wegkamen.

»Steht doch endlich auf, ihr Tagdiebe!« schalt Siegmund, »das Essen ist fertig, und ihr seid noch nicht einmal in euren Mokassins.«
David Wertz schälte sich aus der Decke heraus und gähnte, während Hawes sich seine Armsehne rieb, die er sich irgendwo gezerrt hatte.
»Weiß Gott, wo mag heute nacht Hitchcook geschlafen haben«, meinte er und zog seine Schuhe näher zu sich heran. Da sie ganz steif waren, trug er sie, auf den Socken laufend, zum Feuer, um sie aufzutauen. »Seien wir froh, daß wir ihn los sind, obwohl er ein vorzüglicher Arbeiter war«, fügte er hinzu.
»Er war ein herrschsüchtiger Mensch. Diese verfluchte Geschichte mit Sipsu gab ihm den Rest. Meint ihr, daß es die Liebe war, die ihn zum Weggehen veranlaßte?«
»Das glaube ich nicht. Bei ihm ist alles Prinzip. Er fand, daß wir nicht richtig handelten — er hatte damit ja recht —, und handelte danach. Aber ich sehe wirklich nicht ein, warum wir uns hätten

einmischen sollen. Es wäre bestimmt unser Untergang geworden.«
»Prinzip ist etwas ganz Schönes, aber in Alaska ist es fehl am Ort. Meint ihr nicht auch?« Wertz war ebenfalls zum Feuer getreten, um seine Mokassins geschmeidig zu machen.
»Was meinst du, Siegmund, hätten wir einsschreiten sollen?«
Der Angesprochene schüttelte den Kopf. Er hatte alle Hände voll zu tun. Er mußte den Kaffee fertigmachen und in der Pfanne den Speck wenden. Seine Gedanken waren bei seinem Mädchen, und leise trällerte er vor sich hin.
Seine Kameraden zwinkerten sich zu, sagten aber kein Wort. Bis zur Dämmerung waren es noch drei Stunden, obgleich es schon sieben Uhr war. Da auch kein Nordlicht mehr am Himmel stand, umgab sie tiefste Finsternis, nur das Feuer leuchtete wie eine Oase von Licht. Die drei Gestalten hoben sich scharf und deutlich von der Helle ab. Die Stimme Siegmunds wurde lauter:
»Übers Jahr, übers Jahr, wenn mer Träubele schneidt . . .«
Durch die Stille der Nacht gellte eine Büchsensalve. Hawes stieß einen tiefen Seufzer aus, er wollte sich erheben, sank aber dann zusammen. Wertz fiel auf seinen Ellbogen. Ein Strom von Blut brach aus seinem Mund, und Siegmund, der blonde Bursche, hob seine Arme zum Himmel, dann stürzte er mitten in das Lagerfeuer hinein, während das Lied noch in seiner Kehle zitterte.

Siegmunds Hund, den das junge Mädchen ihm geschenkt hatte, war das einzige Lebewesen, das dem Tod entrann. Der Hexendoktor versuchte zwar, ihn totzuschlagen, aber der Hund lief fort, während sein Verfolger in eine Grube stürzte und sich dabei eine Schulter ausrenkte.
Als alle fort waren, schlich sich der Schäferhund ins verlassene und ausgeraubte Lager zurück, und zwei Tage und eine Nacht hörte man sein Winseln um seinen toten Herrn. Darauf verschwand er. Es vergingen Jahre, da merkten die indianischen Jäger eine merkwürdige Veränderung in der Wolfsrasse. Sie waren anders gefärbt, und ihr Pelz zeigte eigenartige Flecken, wie man sie bei einem Wolf noch nicht gesehen hatte.

Das Gesetz des Lebens

Der alte Koskoosh sah schon lange nichts mehr, aber hören konnte er noch alles, was um ihn vorging; sein Gehörsinn nahm jedes kleinste Geräusch zur Kenntnis und deutete es auf die richtige Weise. Er hörte, wie sich Sit-cum-to-ha mit keifender Stimme mit den Hunden herumstritt, damit sie sich vor den Schlitten spannen ließen. Sit-cum-to-ha war die Tochter seiner Tochter, aber es fiel ihr nicht im mindestens ein, sich um ihren alten und schwachen Großvater zu kümmern, der einsam und verlassen auf dem Schnee hockte. Sie nahm sich keine Zeit, sich des todgeweihten Mannes anzunehmen, denn das Leben nahm sie mit aller Macht in Anspruch: Das Lager mußte abgebrochen, ein weiter Weg mußte zurückgelegt werden, und das Tageslicht wartete nicht.
Der Gedanke an den Tod flößte dem Greise einen Augenblick Schrecken ein, und um sich zu vergewissern, daß er noch lebte, strich seine gichtige Hand ein paarmal über den Haufen von trockenem Holz, der neben ihm aufgeschichtet lag. Dann verbarg er sie wieder unter seinem räudigen Pelz. Ein eigentümliches Knarren sagte ihm, daß die Elchhäute zusammengelegt und gepreßt wurden, um sie auf die Schlitten zu verladen. Der Häuptling war sein Sohn und der beste Wildtöter seines Stammes, stark und kraftvoll. Mit mächtiger Stimme schalt er die Frauen ob der Langsamkeit, mit der sie das Gepäck verstauten. Es war das letzte Mal, daß er sie hören sollte, das letzte Mal. Er hörte, wie ein Kind wimmerte und eine Frau es mit sanften, klagenden Kehllauten beruhigte. Es ist die kleine Kortee, dachte der alte Mann, ein unruhiges und etwas schwaches Kind. Vielleicht stirbt es bald, dann begraben sie es in einem Loch, das in den Boden der gefrorenen Tundra gebrannt wurde, und Steine werden daraufgelegt, um die Vielfraße fernzuhalten. Was machte es schon aus, ob man früher oder später starb. Einmal kam er doch, der Tod.
Was geschah jetzt? Aha, die Männer schirrten die Hunde an und

zogen die Leinen fest. Er lauschte. Bald würde er nichts mehr zum Lauschen haben. Nun sausten die Peitschen durch die Luft, und die Hunde, welche die Reise und die damit verbundene Arbeit haßten, jaulten. Nun hörte er, wie die Schlitten einer hinter dem andern in das Schweigen hinausschwankten. Nun waren sie fort, fort aus seinem Leben, und vor ihm lag die letzte bittere Stunde seines Daseins. Doch da hörte er, wie der Schnee unter dem Schritt eines Mokassins knirschte. Eine Hand legte sich weich auf sein Haupt. Es war die seines Sohnes. Wie gut sie tat. Er dachte an viele andere alte Männer, deren Söhne fortzogen, ohne die Hand auf das Haupt ihrer Väter zu legen. Wie gut sie tat! Wie gut, daß sein Sohn geblieben war.

»Geht es dir gut?« fragte er.

»Es geht mir gut«, erwiderte der Greis.

»Neben dir liegt Holz«, fuhr der Sohn fort. »Die Kälte hat nachgelassen. Gleich beginnt es zu schneien.«

»Ja, es schneit schon.«

»Der Stamm hat es eilig. Schwere Lasten sind zu tragen, und die Mägen sind leer. Es liegt ein weiter Weg vor uns. Ich gehe jetzt. Ist es gut?«

»Ja, es ist gut. Ich bin wie ein letztes Blatt am Baume. Der erste Hauch eines Windes, und ich falle ab. Ich habe nur mehr die Stimme eines alten Weibes, und meine Augen sehen den Weg nicht mehr. Ich bin müde. Es ist gut.«

Er ließ sein Haupt sinken, bis die knirschenden Schritte sich im Schnee verloren, und nun wußte er, daß er allein war. Seine Hand tastete nach dem Holz, es war das einzige, das ihn noch von der Ewigkeit trennte. Ein Scheit nach dem andern würde verbrennen, und mit jedem Stück Holz würde er näher an den Tod herankommen. Hatte die letzte Faser ihre Wärme abgegeben, würde die Kälte kommen. Sie würde zuerst seine Füße ergreifen, nachher seine Hände, dann würde sein Körper erstarren, sein Haupt würde auf seine Knie sinken, zum Schluß würde Ruhe eintreten. Das alles würde ganz leicht sein. Alle Menschen müssen sterben.

Er haderte nicht mit seinem Schicksal. Er erkannte das Gesetz des

Lebens und fand, daß es gut war. Dicht an der Erde ward er geboren, dicht an der Erde hatte er gelebt, nun starb er dicht an der Erde. So war das Gesetz. Er wußte genau, daß die Natur nicht gütig war, ihr lag nur an der Erhaltung der Art, das Individuum war ihr gleichgültig. Ob nun das einzelne, sei es ein Mensch, Tier oder Pflanze, seine Aufgabe löste, gleichviel, es starb. Ob es gehorchte oder nicht gehorchte, nur der Gehorsam lebte und lebt ewig.

Koskoosh' Stamm war sehr alt. Als er noch ein Knabe war, gab es schon alte Männer, und die hatten wiederum alte Männer gekannt. So wie sie war er ebenfalls nur eine Episode und würde verschwinden. Die Natur kümmerte sich nicht darum. Die Aufgabe war nur, sich fortzupflanzen, der Tod aber war Gesetz.

Es gibt nichts Lieblicheres als ein junges Mädchen, das wie der Frühling anzusehen ist. Aber ihre Aufgabe liegt noch vor ihr. Ihre Augen blicken noch hell, den jungen Männern gegenüber wird sie bald keck, bald furchtsam und überträgt auf sie ihre eigene Unruhe. Endlich kommt die Zeit, bis sie irgendein Jäger in sein Zelt nimmt, wo sie dann für ihn arbeitet, ihm die Nahrung zubereitet und die Mutter seiner Kinder wird. Mit jedem Kind läßt ihre Schönheit nach, ihr Gesang wird langsam und träge, ihre Augen verlieren den Glanz, und nur die kleinen Kinder legen noch ihre Köpfchen an die runzlige Wange der alten Squaw. Ihr Aufgabe ist beendet. Nur noch eine kurze Weile: wenn der Hunger überhandnimmt, wird sie zurückgelassen, gerade so wie er, mit einem Häufchen Holz an der Seite. So war das Gesetz.

Er nahm behutsam ein Stück Holz und legte es auf das Feuer, dann setzte er seine Betrachtungen fort.

Allen Geschöpfen erging es so. Beim ersten Frost verschwanden die Mücken. Ehe das kleine Eichhörnchen starb, verkroch es sich. Das dicke alte Kaninchen hatte nicht mehr die Schnelligkeit, seinen Feinden zu entkommen. Sogar der gewaltige Elch wurde blind und schwerfällig, und ein paar kläffende Hunde konnten ihn fällen.

Seine Gedanken wanderten zu seinem Vater, den er am Oberlaufe des Klondike mitten im Winter verlassen hatte, bevor der Missionar mit seinen Erbauungsbüchern und seiner Medizinkiste eingetroffen war. Wenn er an den »Schmerzstiller« in der Kiste dachte, hatte er jedesmal mit der Zunge geschnalzt, jetzt lief ihm nicht einmal mehr das Wasser im Munde zusammen. Dieser Missionar war ein sehr unnützer Geselle, er aß für drei, aber Wild schoß er keines, so daß die Jäger murrten. Endlich raffte ihn eine Lungenentzündung hinweg. Die Hunde kratzten seinen Leichnam aus dem Boden und fraßen zum Schluß noch seine Knochen.

Wieder legte er ein Scheit auf den Brand und seine Gedanken wanderten noch weiter zurück bis zu der Zeit der großen Hungersnot, bei der er seine Mutter verlor. In diesem Sommer gab es keine Lachse und im Winter keine Rens. Selbst die ältesten Männer hatten so etwas noch nie erlebt. Die Hunde bestanden nur mehr aus Haut und Knochen, und in den langen Nächten starben Kinder, Frauen und alte Männer. Von zehn Leuten des Stammes erlebte nicht einer die Frühlingssonne mehr. Das war eine Hungersnot!

Aber es kamen auch Zeiten der Überfülle, wo das Fleisch verfaulte und die Hunde arbeitsunlustig wurden, wo sie das Wild laufenließen und die Fruchtbarkeit der Frauen zunahm, so daß die Zelte voll mit herumkrabbelnden Kindern waren. Da wurden die Männer übermütig und fingen mit den anderen Stämmen Streit an.

Nun war er in seine Jugendtage zurückgekehrt. Er erinnerte sich, wie er mit Zing-ha auf die Jagd ging, und das Bild stand wie alle Jugendeindrücke leibhaftig vor ihm. Dann machte man ihn zum Häuptling, und er ward gefürchtet bei den Polly und bei den weißen Männern, die er, Messer gegen Messer, in offenem Kampf getötet hatte.

Beinahe hätte er vergessen, dem Feuer Nahrung zu geben. Er spürte schon den schneidenden Frost. Diesmal legte er gleich zwei Scheite nach, und an dem, was noch übrig war, maß er sein Leben. Hätte Sit-cum-to-ha mehr an ihren Großvater gedacht, so würde sie ihm mehr Holz hingelegt haben, und sein Dasein hätte ein paar Stunden länger gedauert. Was hätte dies schon für Mühe gemacht? Aber sie war ein herzloses Kind gewesen, und seit dem Augenblick, da der Biber, der Sohn Zing-has, sie angelächelt hatte, verlor sie jedes Interesse an alten Leuten.

Was lag schon daran! Hatte er in seiner Jugend etwa anders gehandelt?
Die Stille um ihn bedrückte ihn. Er horchte. Vielleicht hatte sich sein Sohn anders besonnen? Vielleicht kehrte er zurück und nahm ihn wieder mit, bis dorthin, wo die Rens wieder zahlreich wurden und die Bäuche sich wieder füllen konnten.
Angestrengt horchte er. Aber nichts regte sich, nichts. Sein Atmen war das einzige Lebende um ihn, und er fühlte sich sehr einsam.
Doch, was war das?
Ein kalter Schauer rann über seinen Körper.
Ein wohlbekanntes Geheul, ganz in der Nähe, löste die Stille ab. Dann stieß eine kalte Schnauze gegen seine Wange. Mit seiner Hand riß er ein brennendes Scheit aus dem Feuer, und das Tier zog sich, überwältigt von der angeborenen Furcht vor dem Menschen, zurück. Aber ein langgezogener Schrei rief seine Brüder herbei. Von allen Seiten antwortete ihm ein Geheul; hierauf schloß sich um den alten Mann am Feuer ein Kreis, bestehend aus geifernden grauen Tieren.
Er spürte, wie dieser Kreis immer enger und enger wurde. Wild schwenkte er sein brennendes Scheit, das Schnaufen ging in ein böses Knurren über, und keine von den Bestien wich auch nur um einen Schritt zurück, im Gegenteil, sie schlängelten sich immer näher heran.
»Warum sich an das Leben klammern?« dachte er abschließend und ließ den Brand fallen, der zischend im Schnee verlosch.
Das Knurren und Geifern nahm zu und der Kreis verengte sich.
Das Haupt des alten Koskoosh sank müde auf seine Knie. Wozu sich wehren? Erfüllte sich nicht das Gesetz des Lebens?

Jan, der Unverbesserliche

Jan wälzte sich kratzend und um sich beißend auf dem Boden. Er kämpfte mit Hilfe seiner Hände und Füße, grimmig und lautlos. Zwei Männer hingen an ihm und versuchten, den untersetzten, haarigen Teufel unterzukriegen, jedoch sie waren am Ende ihrer Kräfte. Der dritte Mann aber schrie wie besessen, denn sein Finger steckte zwischen Jans Zähnen.

»Hör doch schon mit dem Unsinn auf, Jan«, stöhnte der Rote Bill, indem er seine Arme fest um Jans Hals schlang, so als wollte er ihn ersticken, »so laß dich doch ruhig und friedlich aufhängen, zum Donnerwetter!«

Jan aber ließ den Finger des dritten Mannes nicht los, und wälzte sich zwischen den Töpfen und Pfannen auf dem Boden des Zeltes.

»Du bist kein Gentleman«, schimpfte Taylor, dessen Körper dem Finger gehorsam folgte und sich jedem Ruck von Jans Kopf anzupassen versuchte. »Du hast Herrn Gordon, einen tapferen und braven Mann, gemordet. Du bist ein Mörder und hast keine Ehre im Leib.«

»Du bist kein guter Kamerad«, fügte der Rote Bill hinzu, »sonst würdest du dich ohne Widerstand und in Ruhe hängen lassen. So hör doch endlich auf, Jan. Wir wollen dich ja nur ordentlich hängen, damit die Sache endlich einmal ein Ende hat.«

»Jetzt aber los!« brüllte Lawson, der Seemann.

»Aber mein Finger!« protestierte Taylor.

»Deinen Finger soll der Teufel holen, der hindert uns ja bloß!«

»Aber ich kann nicht, Herr Lawson. Er steckt schon ganz im Hals, und das Schwein hat ihn schon fast ganz aufgegessen!«

»Jetzt klar zum Wenden!«

Jan aber war hochgekommen, und die vier Kämpfenden taumelten gegen die andere Seite des Zeltes in ein Gewirr von Fellen und Decken. Es war gerade noch möglich, der Leiche eines Mannes aus-

zuweichen, der unbeweglich dalag und einen Schuß im Halse stecken hatte.
Und dies alles kam von der Tollheit eines Menschen, der jahrelang unter harten, primitiven Verhältnissen gelebt hatte und wie ein Unmensch herumgekrochen war, während sich vor seinen Blicken die fetten Täler der Heimat zeigten und seine Nase den Duft von Heu und Gras, Blumen und frischgepflügter Erde einzog. Fünf unmenschliche Jahre hatte Jan gearbeitet — am Stuart River, in Forty Mile, Circle City, Koyokuk, überall hatte er bloß gesät, nirgends geerntet, jetzt erst, in Nome, hätte er ernten können, nicht etwa in dem heutigen Nome, sondern dem des Jahres 1897, als Anvil City noch nicht erbaut und der Eldorado-Distrikt noch nicht entdeckt war. John Gordon, als Yankee, hätte wirklich klüger sein können. Aber er knurrte Jan in einem Augenblick an, als er vor Pein mit den Zähnen knirschte und seine Augen rot sahen. Und deshalb roch es im Zelt nach Salpeter, und der eine lag ganz still da, während der andere wie eine umstellte Ratte um sein Leben kämpfte und partout sich nicht auf eine anständige und friedliche Art hängen lassen wollte.
Also, wie gesagt, Jan war in seiner Berserkerwut hochgekommen; schäumend, fluchend, blutend schlugen sich die Männer herum. Taylor war es endlich gelungen, seinen Finger loszubekommen. Die Lampe stürzte um, die Flamme erstickte in ihrem eigenen Fett, und das schwache Mittagslicht vermochte kaum durch das schmutzige Zeltleinen zu dringen.
»Um Gottes willen, Jan, komm doch zu dir«, flehte der Rote Bill. »Wir wollen dir ja nichts tun, nur ein bißchen hängen. Deswegen macht man doch keinen solchen Lärm und schmeißt alles durcheinander. Ich hätte nicht gedacht, daß sich ein Mann, mit dem man so lange zusammen gereist ist, so ungehobelt aufführt. Von dir, Jan, hätte ich es wenigstens nicht geglaubt.«
»Er hat zuviel Fahrt. Pack seine Beine, Taylor, und heb ihn aus.«
»Jawohl, Herr Lawson. Und wenn er hinfällt, legst du dich mit deinem ganzen Gewicht auf ihn.«
Nun war der Teufel erst recht los! Wie eine Sturzsee wankte und

taumelte eine Vierteltonne Menschenfleisch gegen die Zeltwand. Die Pflöcke samt den Seilen wurden ausgerissen, die Leinwand stürzte zusammen und hüllte die Kämpfenden in ihre schmutzigen Falten ein.
Der Rote Bill preßte beide Daumen auf die behaarte Kehle und schrie: »Zum Satan! Jetzt hast du uns schon genug Mühe gemacht. Das Aufhängen dauert nicht einmal eine Minute, und um alles hier wieder in Ordnung zu bringen, brauchen wir mindestens einen halben Tag.«
»So laß mich schon los!« fauchte Taylor auf Bill los. »Du hast ja mich bei der Kehle.«
Der Rote Bill grinste und löste seinen Griff. Gleichzeitig versetzte Jan dem Seemann einen Tritt, so daß er beiseite kollerte, dann schoß er über den Schnee davon.
»Auf, Faulpelze! Buk! Bright! Jetzt ihm nach, schmeißt ihn nieder!« schrie Lawson und taumelte dem Fliehenden durch den Schnee nach. Buck und Bright rannten, gefolgt von den anderen Hunden, an ihm vorbei und holten den Mörder schnell ein.
Für Jan lag kein vernünftiger Grund mehr vor, weiterzulaufen, denn wohin sollte er? Hinter ihm die Meute, vor ihm die unendlichen Schneefelder, und auf der anderen Seite erstreckte sich das zugefrorene Meer. Auch für die Männer lag kein vernünftiger Grund mehr vor, ihm nachzurennen, denn ohne Nahrung und Unterschlupf konnte der Mörder nicht leben. Sie hatten daher nichts anderes zu tun, als zu warten, bis er wieder zurückkam, wenn Kälte und Hunger ihn dazu zwangen.
Inzwischen lief Jan drauflos, ohne zu wissen, wohin. Sein Gehirn faßte nur das eine Wort »Leben«. Buk war der erste, der ihn zu fassen versuchte, aber er sprang daneben. Jan versetzte ihm einen Fußtritt, dabei stolperte er und im Nu spürte er Brights Zähne am Ärmel seiner Jacke, und kopfüber fiel er in den Schnee. Er schlug wie rasend um sich, mit toller Verbissenheit kämpfte er neuerlich um sein Leben. Die Männer und die übrigen Hunde waren unterdessen ebenfalls herangekommen, und sie alle stürzten sich nun über den Mörder. Trotzdem wäre es nicht möglich gewesen, mit dem

Rasenden fertig zu werden, wenn er nicht plötzlich ohne erkennbare Ursache seine Gegner losgelassen hätte und ruhig auf dem Boden liegen geblieben wäre. Zweifelnd und verdutzt ließen sie von ihm ab und zogen sich ein wenig zurück. Jan grinste boshaft.
»Ihr habt mir aufgetragen, höflich zu sein, nun bin ich es. Was wollt ihr von mir?«
»Ja, ja, ja — reg dich nur nicht auf!« beschwichtigte ihn der Rote Bill, »ich hab's ja immer gesagt, du bist ein vernünftiger Kerl. Nur schön ruhig bleiben! Dann werden wir das kleine Kunststück schon nett und sauber vollbringen.«
»Welches Kunststück?«
»Das Hängen natürlich. Sei froh, daß du es mit einem Menschen zu tun hast, der sein Handwerk gründlich versteht.«
»Mich wollt ihr hängen? Mich?«
»Natürlich!«
Jan brach in ein dröhnendes Lachen aus. Mit Mühe erhob er sich vom Boden.
»Habt ihr schon so was gehört! Er will mich hängen! Ho! Ho! Ho! Ich denke ja gar nicht daran. Nicht im Traum denk' ich dran!«
»Aber ich, du Lümmel!« spöttelte Lawson und rollte die abgeschnittene Schlittenleine sorgfältig zusammen. »Heute steht der Richter Lynch auf der Tagesordnung.«
»Einen Moment, bitte!« Jan machte einen Schritt zurück, als wollte er der bereitgehaltenen Schlinge ausweichen. »Ehe es so weit ist, möchte ich noch eine Frage an euch stellen. Kentucky, du weißt, was der Richter Lynch ist?«
»Gewiß! Eine alte Einrichtung von freien Ehrenmännern. Die Behörden sind manchmal bestechlich, aber auf den Richter Lynch kann man sich verlassen, der ist kein Geschäftsmann. Gesetze können gekauft oder auch verkauft werden, aber in unserem Lande herrscht Gerechtigkeit, und wer . . .«
»Hör schon auf mit dem Geschwätz!« unterbrach ihn Lawson. »Hören wir besser zu, was uns der Kerl zu sagen hat.«
Aber Jan ließ nicht nach. Er fragte weiter: »Also, Kentucky, hör

weiter! Wenn ein Mann einen andern totschlägt, hängt ihn dann der Richter Lynch?«
»Freilich, vorausgesetzt, daß die Beweise genügen.«
»Und in diesem Falle reichen diese Beweise aus, um ein paar Dutzend Männer aufzuhängen«, mischte sich der Rote Bill ein.
»Halt den Mund, Bill! Mit dir rede ich später. Noch eins muß ich fragen, Kentucky. Und wenn der Richter Lynch nun diesen Mann nicht hängt, was geschieht dann?«
»Dann — dann kann der Mann hingehen, wohin er will, dann sind seine Hände vom Blute rein, und er ist frei. Dann noch etwas! Unser herrliches Gesetz besagt weiter: kein Mann kann zweimal wegen ein und desselben Verbrechens zum Tod verurteilt werden.«
»Und es geschieht dem Mann dann nichts Böses? Er wird nicht erschossen oder mit einer Keule totgeschlagen?«
»Nein, bestimmt nicht.«
»Gut, habt ihr gehört, was Kentucky soeben gesagt hat? Ihr Dummköpfe! So, und nun spreche ich mit Bill.«
»Freilich, red nur mit mir, und du kannst Gift darauf nehmen, Jan, wenn du schön stillhältst, dann häng' ich dich so fein, daß du stolz darauf sein kannst.«
»Du hast ein kluges Köpfchen, Bill, das weiß ich, und zwei und eins gibt drei, stimmt's?«
Bill nickte.
»Wenn man zwei Dinge hat, dann hat man nicht drei, nicht? So, und jetzt gib acht! Ich will dir nur zeigen, daß drei Dinge zum Hängen notwendig sind. Erstens derjenige, der gehängt werden soll. Der bin ich, schön! Zweitens der Strick, den hat Lawson, schön! Und drittens — muß der Strick irgendwo festgebunden werden. So, nun seht euch alle um, wo findet ihr das dritte Ding, woran ihr den Strick festbinden wollt? Bitte!«
Alle ließen nun ihre Blicke in die Runde schweifen. Sie sahen eine einförmige Schneelandschaft, daneben das Meer mit dem Packeis, die niedrigen Hügel, im Hintergrund nur die sanft abfallenden Ufer.
Bill brach zuerst das Schweigen und begann zu jammern: »Kein

Baum, kein Felsen, keine Hütte, kein Telegraphenmast! Nichts, worauf man einen fünf Fuß großen Mann hängen könnte. Ich gebe es auf.« Wehmütig betrachtete er die Stelle, wo Jans Kopf und Schultern zusammenstießen.

»Ich gebe es auf«, wiederholte er mit trauriger Stimme, »schmeiß den Strick weg, Lawson, hier kann man niemanden aufhängen.«

Über Jans Gesicht glitt ein triumphierendes Grinsen. »Das beste wird sein, ich gehe ins Zelt und zünd' mir meine Pfeife an.«

»Du bist ein Schaf, Bill!« sagte Lawson, »nun wird euch ein Seemann einmal was zeigen. Habt ihr je von einer großen Schere gehört? Nicht? Dann sperrt eure Augen auf!«

Mit großer Hast begann er seine Arbeit. Aus dem Gerümpel, das am Ufer lag, dort, wo im vorigen Herbst die Boote landeten, suchte er zwei lange Ruder heraus. Die band er fast im rechten Winkel dicht unter den Riemenblättern zusammen. Dann grub er im Schnee zwei tiefe Löcher und steckte die Rudergriffe hinein. Am Schnittpunkt befestigte er zwei Halteleinen und machte das Ende des einen an einer Eisscholle am Ufer fest, die andere Leine warf er dem Bill zu: »Hier, mein Sohn, nimm, da hast du deinen Galgen.«

Mit weitaufgerissenen Augen sah Jan, wie sich das Gerüst erhob und einen wahrhaftigen Galgen darstellte.

»Nein, nein«, rief er schaudernd, »ich lasse mich nicht hängen. Kommt heran, wenn ihr euch traut. Ich will lieber sterben, ehe ich mich hängen lasse!«

Mit geballten Fäusten empfing er die Anstürmenden, und im Nu war wieder die schönste Balgerei im Gange. Aber diesmal konnte er der Übermacht nicht mehr widerstehen. Lawson bekam seine Füße zu fassen, und es gelang ihm, sie mit Kabelgarn zusammenzubinden. Und es dauerte nicht lange und man konnte ihn gefesselt zu dem Gestell schleppen, das jetzt friedlich im Schnee lag. Der Rote Bill legte ihm die Schlinge um den Hals. Taylor und Lawson stellten sich an die Halteleinen, um den Galgen hochzuziehen. Bill zögerte noch einen Augenblick, er betrachtete das Werk mit echter Künstlerfreude.

»Schaut hin! Mein Gott, schaut hin!« Ein unsägliches Grauen lag in der Stimme Jans, so daß die anderen erschrocken innehielten. Was sie da sahen, war wirklich geeignet, auch dem Mutigsten Schauder einzujagen. In der zunehmenden Dämmerung sahen sie, wie das zusammengestürzte Zelt, darunter der Ermordete lag, sich langsam erhob und taumelnd wie ein Betrunkener auf sie lostorkelte. Endlich fand John Gordon ein Loch, durch das er seinen Kopf herausstrecken konnte. Mit einem einzigen Blick übersah er die Lage.
»Wartet noch ein wenig, ich bin nicht tot«, rief er dann, und das Zelt begann sich wieder vorwärtszubewegen.
Taylor faßte sich zuerst.
»Gestatten Sie, daß wir Ihnen gratulieren, daß sie so billig davongekommen sind. Es hätte leicht schiefgehen können.« Sechs Hände griffen zu, um Gordon von seiner Umhüllung zu befreien.

»Ihr seid mir feine Gesellen! Kein Teufel kümmert sich um mich, ich hätte euretwegen ruhig verrecken und verfaulen können.« Er ließ eine kräftige Serie von Flüchen folgen. Dann, ruhiger geworden, erklärte er weiter:
»Bin nur betäubt worden. Hast du schon einmal einen betäubten Ochsen gesehen, Taylor?«
»Ich denke schon.«
»Na also. So ging es auch mir. Die Kugel streifte mich zwischen Hirnschale und Halswirbel. Das lähmte mich eine Zeitlang, aber geschehen ist mir nichts.« Dann wandte er sich an den Delinquenten:
»Bindet ihn los! Und wenn du dich nicht schnell bei mir entschuldigst, dann verhaue ich dich, daß dir Hören und Sehen vergeht.«
»Fällt mir gar nicht ein!« rief Jan, der Unverbesserliche, zurück, »laßt mich los, ich werde es euch schon zeigen. Zuerst verhaue ich dich und dann kommen die anderen blöden Hunde dran, einer nach dem andern.«

Nam-Bok, der Lügner

»Schaut hin, eine Bidarka* kommt übers Meer, seht hin! Und darin sitzt ein Mann, der ungeschickt rudert.«
Es war die alte Bask-Wah-Wan, die diese Worte ausrief und nun, mit den kraftlosen Fingern zeigend, aufs Meer hinausstarrte.
»Nam-Bok war immer ein ungeschickter Ruderer«, setzte sie ihr Geplapper fort, und indem sie ihre Augen gegen die Sonne beschattete, blickte sie weiterhin über das Wasser.
Als aber die Frauen und Kinder sie laut auslachten, erstarb ihre Rede zu einem leisen Murmeln, zum Schluß bewegten sich ihre Lippen nur mehr lautlos.
Koogah, der sich mit einer Beinschnitzerei beschäftigte, hob sein ergrautes Haupt und blickte nun ebenfalls auf die See. Die Bidarka, darin ein Mann mit mehr Kraft als Geschicklichkeit versuchte, die heftigen Windstöße zu überwinden, näherte sich nur mühselig dem Strande. Koogah fing wieder an, zwischen den Knien die Rückenflosse eines merkwürdigen Fisches zu schnitzen.
»Bestimmt ist es der Mann aus dem Nachbardorfe, der mit mir über das Elfenbeinschnitzen sprechen will«, sagte er abschließend, »der Bursche ist ungeschickt und wird es nie lernen.« Ob er damit das Rudern oder das Schnitzen meinte, blieb ungeklärt.
»Es ist Nam-Bok«, begann die Alte wieder zu geifern, »ich werde doch meinen Sohn noch kennen. Ich sage es nochmals, es ist Nam-Bok.«
»Das sagst du immer, schon viele Sommer hindurch«, meinte eine Frau. In ihren Worten lag ein sanfter Spott. »Immer wenn das Eis zu schmelzen anfängt, sitzt du am Ufer und hältst Ausschau. Und jeden Mann in einem Kanu nimmst du für Nam-Bok. Dein Sohn ist tot, Bask-Wah-Wan, und die Toten kehren nicht wieder.«
Doch die Alte ließ sich nicht umstimmen. »Nam-Bok!« rief sie mit

* Kleines Ruderboot

schriller Stimme, so daß sie alle im Dorf verblüfft anstarrten. »Nam-Bok!«

Mit Anstrengung erhob sie sich auf ihre alten Beine und hastete zum Strand hinunter. Sie tat es mit solcher Eile, daß sie über ein Kind stolperte, das in der Sonne spielte. Es fing zu weinen an, und die Mutter rief ihr böse Worte nach, ohne daß sich jedoch die alte Frau darum kümmerte. Die übrigen Kinder waren indessen vorausgelaufen und sahen gespannt zu, wie die Bidarka immer näher kam. Beinahe hätte sie der Mann in seiner Ungeschicklichkeit zum Kentern gebracht. Die Frauen folgten nach, und selbst der alte Koogah ließ seinen Walroßzahn fallen und humpelte auf seinen Stock gestützt zum Ufer. Auch die anderen Männer schlenderten paarweise oder zu dritt dem Meere zu.

Die Bidarka stand mit der Breitseite dem Lande zu, und nur das Eingreifen eines nackten Knaben, der sie am Bug packte und an den Strand zog, rettete sie im letzten Augenblick vor dem Kentern. Der Mann im Boot erhob sich, und sein fragender Blick glitt über die versammelten Dorfbewohner. Über seiner breiten Schulter hing eine abgenützte, schmutzige Wolljacke von unbestimmter Farbe, um seinen Hals schlang sich nach Art der Matrosen ein rotes Taschentuch. Seinen kahlgeschorenen Kopf bedeckte eine Fischermütze, und an den Beinen trug er Wollhosen und schwere Schuhe. Für die einfachen Fischer im großen Yukon-Delta bedeutete dieser Mann trotz seines schäbigen Aussehens ein großes Ereignis, denn im Lauf ihres Lebens hatten sie bisher nur zwei weiße Männer gesehen: den Volkszählungsbeamten und einen Jesuitenpater, der sich hierher verirrt hatte. Es waren arme Leute, die hier wohnten. Im Erdboden fand sich kein Gold, sie konnten keine wertvollen Pelztiere jagen, so daß für die weißen Männer keine Veranlassung bestand, bei ihnen zu landen. Dazu kam noch, daß der Alaskasand durch Tausende von Jahren das Meer ausgefüllt und seicht gemacht hatte, so daß größere Schiffe überhaupt nicht landen konnten und auf Grund stießen. Da war es begreiflich, daß viele Einwohner die weiße Rasse nicht einmal dem Namen nach kannten.

Koogah, der Beinschnitzer, erstarrte plötzlich, dann machte er kehrt und lief schleunigst zurück, stolperte jedoch über seinen Stock und fiel hin.

»Nam-Bok«, rief er erschrocken und versuchte, wieder auf seine Beine zu gelangen. »Nam-Bok ist zurückgekehrt, Nam-Bok, der aufs Meer hinausgeweht wurde!«

Die Männer und Frauen schauderten nun gleichfalls zurück, nur Opee-Kwan, der Häuptling, brachte den Mut auf — das war er seiner Stellung schuldig —, vorzutreten, und den Mann eine Zeitlang schweigend anzusehen.

»Es ist wirklich Nam-Bok«, stellte er schließlich fest, daraufhin zogen sich die Weiber furchtsam zum Dorf zurück.

Der Fremde stand mit einem Fuß am Land, während sich der andere noch im Boot befand. Man merkte es ihm an, daß er sprechen wollte, aber kein Ton drang aus seinem Munde.

Bask-Wah-Wan, die Mutter, stimmte einen Gesang an, darin immer die Worte wiederkehrten: »Nam-Bok ist da, la, la, la, ich hatte es immer gewußt, Nam-Bok ist da, la, la, la.« Dabei blickte sie ihm mit ihren müden wässrigen Augen ins Gesicht.

Endlich brach Nam-Bok sein Schweigen: »Ja, es ist Nam-Bok, der zurückgekommen ist.« Das Reden fiel ihm augenscheinlich schwer, und die Kehllaute quollen seltsam über seine Lippen.

»Seid gegrüßt, ihr Brüder«, sagte er, »ihr Brüder aus vergangenen Tagen, ehe mich der Festlandwind entführte.«

Nun stand er mit beiden Füßen auf festem Boden, aber Opee-Kwan, der Häuptling, streckte ihm abwehrend seine Hand entgegen.

»Du bist tot, Nam-Bok!« rief er.

Der aber lachte. »Ich bin dick.«

Opee-Kwan nickte nachdenklich, dann gab er ihm recht: »Tote sind nicht dick, aber keiner, den der Festlandwind entführt hatte, kehrte je zurück.«

»Ich bin zurückgekehrt«, es war bloß die einfache Feststellung einer Tatsache.

»Vielleicht bist du bloß ein Schatten, der Schatten Nam-Boks. Ein Schatten kann gehen und kommen, wie es ihm beliebt.«

»Ich möchte essen. Schatten essen nicht!«

Die Verwirrung des Häuptlings nahm zu, er strich sich wie betäubt über seine Stirn. Auch Nam-Bok wurde ängstlich zumute, als sein Blick die Reihen der Dorfbewohner abtastete, er sah in ihren Augen kein Willkommen. Zwischen den Männnern und Frauen begann ein unruhiges Flüstern, die Kinder verkrochen sich hinter den Erwachsenen, selbst den Hunden sträubten sich die Rückenhaare.
Der Gesang der Bask-Wan ging in ein Wimmern über: »Nam-Bok, ich brachte dich zur Welt, und du lagst an meiner Brust. Ob du nun ein Schatten bist oder nicht, ich will dir zu essen geben.«
Der Sohn wollte sich seiner Mutter nähern, aber ein drohendes Murren hielt ihn ab. Er sagte etwas in einer fremden Sprache, worin das Wort Teufel vorkam, dann fügte er laut hinzu: »Ich bin kein Schatten, sondern ein Mensch.«
Opee-Kwan wandte sich an seine Untergebenen und hielt so etwas wie eine kleine Ansprache: »Wer von uns kann diese geheimnisvollen Dinge verstehen? Wir leben — ein Atemzug — wir leben nicht mehr. Wenn ein Mensch zu einem Schatten werden kann, warum kann ein Schatten nicht wieder zum Menschen werden? Nam-Bok ist gewesen, ist dies nun er selbst oder sein Schatten? Wir wissen es nicht.«
Nun sprach Nam-Bok selber: »Vor vielen, vielen Tagen zog einst der Vater deines Vaters, o Opee-Kwan, fort, und erst nach Jahren kam er wieder. Und keiner verweigerte ihm das Feuer an seinem Herde. Man erzählte sich sogar« — er machte eine Pause, die Zuhörer lauschten gespannt —, »daß Sipsip, seine Klooch, ihm später noch zwei Söhne gebar.«
»Das ist wohl so«, gab Opee-Kwan zu, »aber er ging nicht mit dem Festlandwinde, sondern zog tief in das Herz des Landes, und ins Land hinein kann jeder gehen, so weit er vermag.«
»Genau dasselbe gilt auch vom Meere. Aber das kümmert uns jetzt nicht . . . Man sagt, daß deines Vaters Vater seltsame Dinge erlebt hatte, die er euch nachher erzählte.«
»Ja, ja, seltsame Geschichten erzählte er«, gab der Häuptling zu.
»Auch ich kann seltsame Geschichten erzählen«, meinte Nam-Bok

geheimnisvoll, »und Geschenke habe ich auch«, setzte er schmunzelnd hinzu.
Bei diesen Worten holte er aus der Bidarka einen wundervollen buntfarbenen Schal hervor und hängte ihn seiner Mutter um die Schultern. Die Frauen stöhnten bewundernd auf, und Bask-Wah-Wan ließ den Stoff zärtlich durch die Finger gleiten, während sie dabei einen leisen närrischen Gesang anstimmte.
»Er kann Geschichten erzählen«, murmelte Koogah, »und Geschenke hat er«, raunte ihm eine Frau zu.
Opee-Kwan, selbst neugierig geworden, spürte, daß das Volk seine ablehnende Haltung aufgab, daher sagte er einsichtsvoll: »Gut, gut, der Fischfang hat sich gelohnt, wir haben viel Tran, du kannst mit uns schmausen, Nam-Bok.«
Zwei Männer trugen die Bidarka auf ihren Schultern zum Feuer, und Nam-Bok an der Seite des Häuptlings folgte. Auch die Dorfbewohner schlossen sich an, mit Ausnahme von ein paar Frauen, die sich von dem schönen Schleier nicht losreißen konnten und ihn zärtlich streichelten.
Während der Mahlzeit herrschte ziemliches Schweigen. Die neugierigen Blicke der Umsitzenden störten Nam-Bok, nicht etwa aus Bescheidenheit, sondern weil er den Gestank des Robbentrans nicht vertrug, das aber nicht zeigen wollte.
»Iß, iß, du wirst hungrig sein«, nötigte Opee Kwan, und seine Augen schließend, griff Nam-Bok mit der Hand in den Napf und holte sich mit Todesverachtung ein Stück des verfaulten Fisches heraus.
»La, la, tu nicht schüchtern. Wir haben heuer genug zu essen, und starke Männer haben immer Appetit.« Mit diesen Worten tunkte seine Mutter ein ganz besonders verfaultes Lachsstück in die Trantunke und steckte ihm den triefenden Bissen zärtlich in den Mund.
Das war zuviel! Sein Magen begann zu rebellieren. Um weiteres Unheil zu verhindern, stopfte er sich in seiner Verzweiflung seine Pfeife und fing zu paffen an. In der damaligen Zeit kannten nur wenige Indianer den Genuß des Tabaks, und die Sorte, die sie hin

und wieder von den Eskimos zu kaufen bekamen, war zumeist von ganz abscheulicher Qualität. Der neben Nam-Bok sitzende Häuptling gab zu verstehen, daß er nicht abgeneigt wäre, auch einen Zug aus der Pfeife zu tun, er nahm sie zwischen seine dick mit Tran beschmierten Lippen und sog ein paarmal an der Bernsteinspitze. Nam-Bok würgte der Ekel, es wäre ihm unmöglich gewesen, sie wieder in den Mund zu nehmen, so wandte er sich an Opee-Kwan mit der Bitte, er möge die Pfeife behalten, sie sei ihm ohnehin vom Anfang an beschieden gewesen. Die Leute schleckten ihre Finger ab und priesen die Freigebigkeit des Ankömmlings.

Nach beendeter Mahlzeit erhob sich der Häuptling: »Nachdem der Schmaus zu Ende ist, wollen wir nun von dir die seltsamen Geschichten hören, die du uns versprochen hast.«

Die Umgebung murmelte Beifallsworte, und jeder nahm irgendeine Arbeit zur Hand: Die Männer besserten ihre Waffen aus oder schnitzelten an den Knochen, während die Frauen die Robbenfelle abschabten, sie aufweichten und mittels Sehnenfäden zu Kamikker* verarbeiteten. Nun waren sie bereit zuzuhören. Nam-Bok erlebte jetzt innerlich eine Enttäuschung: oft hatte er sich diese Szene vorgestellt und sich darauf gefreut. Jetzt, als sie Wirklichkeit wurde, fand er nicht den erwarteten Reiz. Dieses armselige, magere Leben hier war nicht zu vergleichen mit dem, das er draußen gewohnt war. Aber jetzt, jetzt würde er ihnen erzählen, daß den Leuten vor Staunen der Mund offenbleiben würde, und seine Augen funkelten in der Vorfreude.

»Meine geliebten Brüder«, begann er mit der Selbstzufriedenheit eines Mannes, der von seinen großen Taten berichten will, »viele Sommer ist es schon her, daß ich von euch fortzog. Es war gerade so ein Wetter wie heute, ihr erinnert euch doch noch? Die Möwen flogen dicht über dem Meer, ein lebhafter Wind strich vom Lande her dem Wasser zu, und es ging über meine Kräfte, mit meiner Bidarka gegen ihn anzukämpfen. Ich band den Überzug der Bidarka dicht um meinen Körper, damit kein Wasser eindringen konnte.

* Stiefel

Die ganze Nacht ruderte ich gegen den Sturm, und als der Morgen dämmerte, sah ich ringsumher nur Wasser — kein Land —, und der Festlandwind hielt mich in seinen Armen und trug mich immer weiter fort. Drei volle Tage und Nächte dauerte mein Kampf, und nirgends sah ich festes Land.

Am vierten Tag verließen mich fast die Sinne. Ich war schon so schwach, daß ich nicht mehr rudern konnte, und der Durst wirbelte mir im Kopf. Das Meer jedoch hatte sich beruhigt, und statt des bösen Festlandwindes säuselte eine schwache Brise aus dem Süden. Und nun erlebte ich das erste Seltsame, und mir war, als hätte ich den Verstand verloren.«

Nam-Bok machte eine Kunstpause, die er benützte, um ein Stückchen Lachs aus seinen Zähnen zu entfernen. Die Männer und Frauen hatten zu arbeiten aufgehört und sahen ihn mit vorgebeugten Köpfen an.

»Was ich sah, war ein Kanu, aber ein Kanu, das so groß war, daß man alle Kanus der Welt darin hätte unterbringen können.«

Laute Rufe des Zweifels wurden laut, und der uralte Koogah schüttelte bedenklich den Kopf.

»Doch, doch! Ich sage euch«, fuhr Nam-Bok hartnäckig fort, »wenn jede Bidarka ein Sandkorn wäre, und es gäbe ebenso viele Bidarkas wie hier am Strand Sandkörner, so würden sie alle zusammen noch kein so großes Boot ausmachen wie jenes, das ich damals vor mir sah. Die Leute nannten es einen Schoner. Dieses Wunderkanu schwamm hinter mir her, und auf ihm standen Männer . . .«

»Ich muß dich unterbrechen, o Nam-Bok«, sagte der Häuptling, »was waren das für Männer? Waren es große Männer?«

»Nein, ganz gewöhnliche Männer, so wie du und ich.«

»Fuhr dieses Wunderkanu schnell?«

»Sogar sehr schnell.«

»Waren die Wände sehr hoch und die Ruder sehr lang?« setzte Opee-Kwan das Frage- und Antwortspiel fort.

Nam-Bok konnte ein mitleidiges Lächeln nicht unterdrücken: »Es waren überhaupt keine Ruder da.«

Den Leuten blieben die Mäuler offen, nur einige Frauen kicherten albern, wurden aber von den übrigen sogleich zurechtgewiesen. Opee-Kwan nahm dem Koogah die Pfeife aus dem Munde, machte ein paar Züge und gab sie dann wieder zurück, während sich auf seiner Stirne nachdenkliche Falten zeigten.

»Du sagst, es waren keine Ruder da?«

»Hinter ihnen blies der Südwind«, erklärte Nam-Bok.

»Aber der bläst doch nur langsam.«

»Der Schoner besaß Flügel — so etwa.« Nam-Bok riß dem alten Opee-Kwan den Stab aus der Hand und zeichnete damit Masten und Segel in den Sand. Die Männer sahen aufmerksam zu. Wie zur Probe aus Exempel begann jetzt der Wind aufzufrischen und verfing sich in dem Schal der Bask-Wah-Wan, der sich alsbald wie ein Segel aufblähte. Die Alte schimpfte und wehrte sich, aber es nützte ihr nichts, sie wurde zum Strand hinuntergeweht und landete auf einem Stapel Treibholz, wo sie hilflos liegen blieb. Die Männer grunzten lebhaft Beifall, denn jetzt glaubten sie verstanden zu haben. Nur Koogah machte noch Einwände.

»Das muß ein verrücktes Ding sein, dieses große Kanu«, er lachte wie ein großes Kind, »ein ganz verrücktes Ding. Es muß also dorthin gehen, wohin der Wind auch geht. Niemand, der mit diesem Boot reist, weiß im voraus, wo es landen wird. Es muß mit dem Wind gehen, ob es nun will oder nicht.«

»Mit dem Wind gehen ist leicht«, mischte sich Opee-Kwan ins Gespräch, »aber gegen den Wind, das ist ganz was anderes, da müssen die Männer kämpfen, aber womit sollen sie kämpfen, wenn sie keine Paddel haben?«

Jetzt wurde Nam-Bok ärgerlich. »Sie brauchten auch nicht zu kämpfen, denn der Schoner ging auch gegen den Wind.«

Die Alten verfielen daraufhin in ein tiefes Schweigen, während die Jungen zu kichern begannen. Nam-Boks Antlitz verfinsterte sich, und er nahm sich vor, nichts mehr zu erzählen.

Nach einer Weile fing Koogah neuerdings zu fragen an: »Dieser Sch-Sch-Schoner war wohl aus einem sehr großen Baum gemacht?«

»Er war aus vielen Bäumen gemacht«, brummte Nam-Bok kurz angebunden.
»Das ist aber seltsam!« ließ sich jetzt der Häuptling vernehmen und stieß Koogah an, der nun vollkommen entmutigt seinen Kopf schüttelte.
»Das ist noch gar nichts«, sagte Nam-Bok, den das maßlose Erstaunen der Zuhörer zum Weitererzählen reizte: »Da hättet ihr erst einen Dampfer sehen sollen. Der ist noch viel größer und ganz aus Eisen gemacht! Nur Eisen, ganz und gar nur Eisen.«
Das war dem Oppe-Kwan denn doch zu viel. »Das kann doch nicht sein! Eisen geht doch unter. Gerade gestern fiel mir mein eisernes Messer ins Meer, und es sank tief, tief unter. Jedes Ding hat sein Gesetz. Auch das Eisen. Nimm deine Worte zurück, Nam-Bok, damit wir dich in Ehren halten können.«
»Es ist aber wirklich so«, erwiderte Nam-Bok. »Der Dampfer ist ganz aus Eisen und sinkt doch nicht.«
»Nein, sag' ich dir, das kann nicht sein.«
»Ja, es ist so, ich hab's mit meinen eigenen Augen gesehen.«
»Das ist gegen das Gesetz.«
Koogah hatte Furcht, das Gespräch würde sich festlaufen, so sprang er geschickt auf ein anderes Thema über. «Sag mir einmal, Nam-Bok, wie finden diese Männer ihren Weg über das Meer, wenn sie keine Küste sehen, nach der sie steuern können?«
»Die Sonne zeigt ihnen den Weg.«
»Wieso?«
»Um den Mittag herum hält der Häuptling des Schoners ein Ding vor die Augen, um damit nach der Sonne zu sehen, und dann läßt er die Sonne von oben bis zum Rand der Erde hinabsteigen.«
»Das ist böse Zauberei!« rief Opee-Kwan, und alle Männer streckten erschrocken ihre Hände zum Himmel, während die Frauen ihre Gesichter verhüllten. »Das ist böse Zauberei! Es ist schlimm, die Sonne, die die Nacht verjagt und uns Licht und Wärme schenkt, auf einen falschen Weg zu leiten.«
»Es ist keine böse Zauberei!« verteidigte sich Nam-Bok, »ich habe

selbst durch das Ding hindurchgeschaut und habe gesehen, wie die Sonne vom Himmel heruntergestiegen ist.«

Alle Umsitzenden rückten von ihm fort, und eine Frau hielt sogar ihrem Säugling das Gesicht zu, damit die Augen des Übeltäters nicht darauf fielen.

»Und was am Morgen des vierten Tages«, fragte Koogah, »als der Sch-Sch-Schoner hinter dir herfuhr?«

»Ich war schon ganz schwach und vermochte nicht mehr zu entfliehen. Ich wurde an Bord gebracht, Essen und Trinken brachte mir wieder Kräfte. Es gab dort nur weiße Männer, und zwar so viele, wie ich Finger und Zehen habe. Sie behandelten mich voll Freundlichkeit, so daß ich Mut faßte und auf alles achtgab, was sie taten. Ich lernte ihre Arbeit verrichten und erhielt dafür Essen und eine Schlafstelle.

Die Tage rannen ins Meer, und wir fuhren weiter, immer weiter, und Tag für Tag zog der Häuptling die Sonne vom Himmel und ließ sich von ihr berichten, wohin wir steuerten. Wenn das Wetter es erlaubte, jagten wir Robben. Das Merkwürdige daran war, daß sie das Fleisch und den Speck wegwarfen und nur das Fell zurückbehielten.«

Für Opee-Kwan bedeutete dies eine ungeheure Verschwendung, und er wollte schon dagegen protestieren, aber ein Fußtritt Koogahs bedeutete ihm zu schweigen.

»Als die Sonne immer weniger zu sehen war und der Frost zunahm, lenkte der Häuptling seinen Schoner dem Süden zu. Wieder vergingen viele Tage, und kein Land war zu sehen, bis wir dorthin kamen, wo die Männer zu Hause waren.

»Das ist nicht möglich«, warf Opee-Kwan erregt ein. »Wenn sie kein Land sahen, wie konnten sie wissen, daß sie in der Nähe ihres Dorfes waren?«

Nam-Bok wurde es langsam zuviel. Zornig schrie er den Häuptling an: »Ich sagte doch, daß der Häuptling die Sonne herunterholte.«

Nur mit Mühe gelang es Koogah, den aufsteigenden Zwist hintanzuhalten, und Nam-Bok fuhr fort:

»Als wir jedoch in der Nähe des Dorfes waren, kam ein starker Sturm, und der Häuptling wußte nicht, wo wir waren.«
»Du hast doch eben gesagt, daß er wußte . . .«
»Schweig doch endlich!« donnerte jetzt Nam-Bok, »du wirst dies nie verstehen, du Narr! Wie gesagt, wir trieben hilflos in der Nacht, als wir plötzlich im Lärm des Sturmes das Geräusch der Brandung vernahmen. Im nächsten Augenblick gab's einen mächtigen Krach, ich fiel ins Wasser und schwamm an Land. Ich der einzige, alle anderen ertranken. Nur die Leiche des Häuptlings wurde ans Land gespült.
Als der Morgen graute, war von dem Schoner nichts mehr zu sehen, und ich schritt ins Land hinein, um nach Nahrung und Menschen zu suchen. Endlich traf ich auf ein Haus, darin weiße Männer wohnten. Sie gaben mir zu essen und waren freundlich, denn ich redete ihre Sprache. Es war ein großes Haus, viel größer als unsere Häuser.«
»Es war ein mächtiges Haus!« sagte Koogah, aber in seiner Stimme lagen Zweifel und Unglauben. »Und viele Bäume müssen gefällt worden sein, um dieses Haus zu bauen«, setzte Opee-Kwan hinzu.
»Aber dieses Haus war gar nichts im Vergleich zu den Häusern, die ich später sehen sollte.«
»Und die Männer sind nicht größer als wir?«
»Nein, sie sind genau so groß wie du und ich«, antwortete Nam-Bok. »Ich schnitt mir einen Stock, um besser gehen zu können, und jedesmal schnitt ich eine Kerbe hinein, wenn ich im Hause einen neuen Menschen sah. Das tat ich, um euch später genau berichten zu können. Ich blieb viele Tage dort und arbeitete. Als Lohn erhielt ich Geld, etwas, das euch unbekannt ist, aber ich sage euch, Geld ist etwas sehr Gutes.
Eines Tages aber ging ich wieder fort, weiter ins Land hinein, und viele Menschen lernte ich kennen, und ich mußte meine Kerben im Stock klein machen, damit alle Platz fänden. Eines Tages fand ich etwas sehr Seltsames. Am Boden lag eine Eisenstange und gleich daneben noch eine. Beide waren so dick wie mein Arm . . .«

»Dann warst du ja reich«, meinte der Häuptling mit Hochachtung, »denn Eisen ist das Wertvollste auf der Welt. Viele Messer könntest du daraus machen.«
»Das schon, aber es gehörte mir nicht.«
»Was man findet, darf man behalten«, entschied Opee-Kwan.
»Nein, das ging nicht, denn diese Stangen waren so lang, daß sie keinen Anfang und Ende hatten, so weit der Blick auch reichte.«
»Nam-Bok, Nam-Bok, das ist viel, viel Eisen«, warnte der Häuptling.
»Und doch war es so, obschon es schwer zu glauben ist, aber meine eigenen Augen sahen es. Ich konnte mich von diesem Anblick nicht losreißen, da plötzlich hörte ich — Opee-Kwan, hast du schon einmal einen Seelöwen brüllen gehört, wenn er zornig war? Stell dir sämtliche Seelöwen vor, und alle diese Seelöwen werden zu einem einzigen Seelöwen, und dieser brüllt zornig, dann kannst du dir das Geräusch vorstellen, das immer näher kam.«
Die Fischer legten ihre Arbeit nieder, blickten den Erzähler erstaunt an, und Opee-Kwan riß seinen Mund sperrangelweit auf.
»In der Ferne sah ich ein fürchterliches Ungeheuer, das sich rasch näherte. Es hatte zwei glühende Augen, spie Rauch aus und schnaufte entsetzlich. Ich riß sofort aus und lief an den Stangen entlang, so schnell ich konnte. Aber das Ungetüm rannte noch schneller, schon spürte ich seinen heißen Atem und sprang zur Seite.«
»Was war dann?« Der Häuptling hatte nun wieder die Herrschaft über seinen Mund gewonnen.
»Dann lief es auf den Stangen an mir vorüber und tat mir nichts. Als ich wieder zur Besinnung kam, war es schon weit weg. Später kam ich darauf, daß es in diesem Land viele solche Ungeheuer gab und daß sich nicht einmal die Frauen und Kinder davor fürchteten. Sie lassen sie sogar für sich arbeiten.«
»Etwa so, wie wir die Hunde für uns arbeiten lassen?«
»Ganz richtig, so wie wir unsere Hunde arbeiten lassen.«
»Und bekommen diese Ungeheuer auch Junge?«
»Nein, was fällt dir ein! Die Menschen machen sie aus Eisen,

füttern sie mit schwarzen Steinen und geben ihnen Wasser zu trinken. Aus den Steinen wird Feuer, das Wasser verdampft und wird dann von den Nüstern ausgestoßen und . . .«

»Hör auf! Hör auf!« unterbrach ihn Opee-Kwan, »wer kann dies verstehen. Erzähl uns lieber von den anderen Wundern.«

»Könnt ihr das nicht verstehen?« rief Nam-Bok verzweifelt aus.

»Nein, wir verstehen es nicht«, tönte es in einem Klagechor der Männer und Frauen zurück.

Nam-Bok dachte verzweifelt an die anderen Maschinen, an den Apparat, der lebende Bilder erzeugen konnte, an das wunderbare Ding, das Menschenstimmen hervorbrachte. Wie sollte er ihnen das alles erklären?

»Ich will euch nur sagen, daß ich selbst auf so einem Ungeheuer durch das Land ritt.«

Der Häuptling hob abwehrend die Hände: »Sag, was dich gut dünkt, wir lauschen.«

»Ich ritt durch das ganze Land, durch viele Dörfer, bis ich zu einem sehr, sehr großen Dorf kam, das an einem Meeresarm lag. Die Häuser dort waren so hoch, daß sie bis zum Himmel reichten und die Wolken an ihnen vorbeitrieben, und es gab sehr viel Rauch. Der Lärm in diesem Dorf übertönte das Gebrüll des Meeres, und man sah dort so viele Menschen, daß ich meinen Stock mit den Kerben fortwarf.«

Koogah konnte sich den Vorwurf nicht ersparen: »Hättest du die Kerben klein gemacht, dann hättest du uns die genaue Zahl bringen können.«

Das war für Nam-Bok zuviel. Zornig fauchte er dem Sprecher ins Gesicht: »Wenn ich die Kerben noch so klein gemacht hätte, du Knochenkratzer, so hätten sie nicht einmal auf zwanzig Stökken — was sag ich — ihr alle zusammen könntet in eurem ganzen Leben nicht so viele Kerben schneiden, selbst wenn jeder von euch zwanzig Hände hätte, als ich Menschen sah, die an mir vorübergingen.«

»So viele Menschen kann es in der Welt nicht geben«, wandte Opee-Kwan fasssungslos ein.

»Was weißt denn du von der Welt und davon, wie groß sie ist?« fragte Nam-Bok, er war an der Grenze seiner Geduld angelangt.
»Aber so viele Menschen können doch nicht an einem einzigen Ort sein?«
»Wie kannst du wissen, was sein oder nicht sein kann?«
»Dazu braucht man kein besonderes Wissen, um sich vorstellen zu können, daß nicht so viele Menschen an einem Ort sein können. Ihre Kanus hätten dann auf dem Meere keinen Platz mehr. Und woher sollten sie ihre Nahrung nehmen? So viele Fische gibt es ja gar nicht.«
»Das glaubst du!« antwortete Nam-Bok abschließend, »aber da ich es mit eigenen Augen gesehen habe, warf ich meinen Stock weg.«
Er gähnte und stand auf.
Ich bin müde. Der Tag war lang, und ich habe viel rudern müssen. Ich geh' jetzt schlafen, morgen kann ich dann weitererzählen.«
Sogleich erhob sich seine Mutter und führte ihren wunderbaren Sohn in ihr Zelt, wo sie ihn mit dicken, übelriechenden Fellen zudeckte, während die Männer am Feuer sitzen blieben und Rat hielten. Es wurde viel geredet und noch mehr geflüstert. Es vergingen die Stunden, und die Männer beratschlagten noch immer. Erst als die Sonne gegen Norden stand, erhoben sich der Häuptling und Koogah, begaben sich in das Zelt der Bask-Wah-Wan und schüttelten Nam-Bok aus dem Schlafe. Das war nicht leicht. Erst als ihn Opee-Kwan am Arm zerrte, kam er zu sich.
»Nam-Bok, steh auf!« befahl er, »es ist Zeit.«
»Wieder ein Schmaus?« lallte Nam-Bok schläfrig. »Ich bin nicht hungrig, laßt mich weiterschlafen.«
»Zeit ist's, daß du fortgehst!« schrie Koogah mit donnernder Stimme.
Opee-Kwan aber besänftigte den Beinschnitzer und sprach mit milder Stimme:
»Als wir noch Knaben waren, besaßen wir zusammen eine Bidarka. Wir gingen gemeinsam auf den Robbenfang und jagten den Lachs.

Du zogst mich aus dem Wasser, als das Meer über meinen Kopf zusammenschlug. Wir waren stets beisammen, hungerten miteinander, froren gemeinsam und lagen unter einem Fell. Und deshalb tut es mir sehr weh, daß du als großer Lügner zurückgekehrt bist. Was du da erzählst, können wir nicht glauben, wir verstehen es auch nicht und wollen nicht, daß sich unsere Köpfe verwirren. Deshalb mußt du wieder weg.«

»Was du geredet hast, kommt aus der Schattenwelt«, setzte Koogah fort, »und du mußt wieder zu ihr zurückkehren. Deine Bidarka liegt bereit. Wir und unser Stamm können nicht schlafen, ehe du nicht fort bist.«

Nam-Bok war jetzt ganz munter geworden. Er starrte die beiden Männer verblüfft an.

»Entweder bist du Nam-Bok, oder du bist sein Schatten«, der Häuptling hatte wieder das Wort ergriffen, »entweder bist du ein schrecklicher Lügner, oder du erzählst uns von Schatten, von denen zu wissen für die Menschen nicht gut ist. Das große Dorf, von dem du erzählst, muß ein Dorf der Schatten sein, darin die Seelen der Toten dahinschweben, denn es gibt viel mehr Tote als Lebende. Die Toten kehren nicht wieder, und es wäre auch nicht schicklich, wenn sie ins wieder erscheinen könnten, es würde dann viel Unglück über uns kommen.«

Nam-Bok wußte nur zu genau, daß er gegen den Beschluß der Männer nichts ausrichten könne, daher ließ er sich ruhig ans Ufer führen, setzte sich in seine Bidarka und nahm seine Ruder zur Hand. Es dämmerte, und im Norden stand, in Nebel getaucht, eine glühende Sonne. Niedrig schwebten die Möwen über dem Wasser, und vom Meer tönte der Schrei einer einsamen Wildgans. Es wehte der scharfe Festlandwind und kündigte Schlechtwetter an.

Geisterhaft schwebte der Singsang des Häuptlings über die See: »Vom Meere kamst du, und zum Meere gehst du, so lautet das Gesetz und alle Ordnung.«

Die alte Mutter nahte humpelnd und rief ihrem Sohn zu: »Ich segne dich, Nam-Bok, mein Sohn, weil du deiner Mutter gedacht hast.«

Koogah aber riß ihr den bunten Schal von den Schultern und warf ihn in die Bidarka.
»Oh, oh, oh, die Nächte sind kalt«, jammerte sie, »er hat meine Knochen erwärmt.«
»Das Ding ist ein Schatten«, versicherte ihr der Beinschnitzer, »und Schatten können nicht wärmen.«
In der Bidarka aber erhob sich Nam-Bok und rief mit weithinschallender Stimme: »Oh, Mutter, die mich gebar. Komm mit mir, meine Bidarka hat Platz für zwei. Komm mit, und ich führe dich dorthin, wo es keinen Frost gibt, sondern Tran und Fische in Überfülle. Willst du mitkommen, o Bask-Wah-Wan?« Während sie zögerte, wurde das Boot abgeschoben, und nur schwach mehr tönte die zittrige Stimme der Alten über das Wasser.
»Ich bin zu alt, mein Sohn, ich komme bald zu den Schatten, noch aber bleibe ich bei den Lebenden. Ich fürchte mich, mit dir zu gehen.«
Ein heller Lichtstrahl der aufgehenden Sonne glitt über das Meer, und das Boot und der Mann erglühten in einem rotgoldenen Glanz.
Keiner der Anwesenden sprach ein Wort. Man hörte nur mehr das Stöhnen des Festlandwindes und die Schreie der niedrig fliegenden Möwen.

Die Fahrt in die Hölle

Zur Zeit des großen Fischfangs versammelten sich die Stämme aus einem Umkreis von vielen hundert Meilen. Vom Norden und Süden, vom Osten und Westen waren sie gekommen, selbst aus Tozikatat und aus Tana-Naws hatten sie sich eingefunden.
Keesh machte Gnob ein Angebot auf seine Tochter Su-Su: »Ich will dir sechs Decken geben, gute, doppelte Decken, dazu sechs große und harte Feilen und sechs scharfe, lange Hudsonmesser. Außerdem biete ich dir zwei Kanus und zehn kräftige, breitschultrige Zughunde. Das Beste aber sind drei Büchsen. Von der einen fehlt zwar der Drücker, aber sonst ist sie vortrefflich.«
Keesh schwieg, und seine Blicke schweiften über die aufmerksamen Gesichter der Männer, die rings im Kreise saßen. Dann fuhr er fort: »O Gnob, du bist der Häuptling der Tana-Naws, und ich, Keesh, Sohn des Keesh, bin der Häuptling der Thungets. Durch die Heirat wird zwischen unseren Stämmen große Freundschaft, und wir werden Blutsbrüder sein für ewige Zeiten. Nun, o Gnob, rede du und sag mir, was du von dieser Sache denkst.«
Der alte Gnob mit seinem knorrigen, verrunzelten Gesicht nickte bedächtig, aber niemand wußte, was sich hinter der undurchdringlichen Maske versteckte. Nur seine kleinen Augen brannten wie glühende Kohlen hinter ihren engen Spalten. Mit einer hohen Greisenstimme piepste er: »Das ist aber nicht alles, o Keesh, Sohn des Keesh.«
»Noch mehr willst du?« fragte Keesh aufgebracht. »Habe ich dir nicht weit mehr geboten, als je für ein Tana-Naw-Mädchen gegeben wurde?«
Durch die Reihen sickerte ein leises Hohngelächter.
»Nein, nein, guter Keesh, darum handelt es sich nicht«, sagte Gnob und gebot mit einer Handbewegung Ruhe. »Der Preis ist durchaus angemessen. Auch wegen des abgebrochenen Drückers will ich nichts sagen. Aber — wie steht es mit dem Mann?«

»Jawohl, wie steht es mit dem Mann?« knurrte es im Kreis.
Die Stimme Gnobs wurde jetzt schrill: »Man sagt, daß Keesh nicht den Weg seiner Väter wandert. Man sagt, daß er fremden Göttern dient und daß er sich fürchtet.«
»Das ist nicht wahr!« schrie Keesh, »das ist eine Lüge! Keesh fürchtet sich vor keinem Manne.«
»Man sagt«, quäkte der alte Gnob weiter, »daß er dem weißen Manne da oben im großen Hause zugehört hätte, daß er vor dem Gott des weißen Mannes sein Haupt beuge, von dem er weiß, daß er kein Blut liebt.«
Keesh neigte schuldbewußt sein Haupt, während sich seine Hände zu Fäusten ballten. Das Hohngelächter verstärkte sich, und man konnte sehen, wie Madwan, der Medizinmann des Stammes, dem Häuptling etwas ins Ohr flüsterte.
Gleich darauf zerrte er einen schmächtigen Knaben hinter dem Feuer hervor, dann legte er ein Messer in Keesh' Hand.
Gnob beugte sich vor: »Das ist Kitz-Noo, ein Sklave. Wenn du den Mut hast, o Keesh, dann stoße ihm das Messer zwischen die Rippen, oder fürchtest du dich, zu töten?«
Der Knabe senkte zitternd sein Haupt und wartete. Keesh sah ihn an, seine Gedanken flogen zu Mr. Brown und seiner Lehre des Heils, er dachte an das Feuer der Hölle, und kraftlos ließ er das Messer fallen. Tief atmete der Knabe auf und entschwand aus dem Lichtkreis. Der Wolfshund, der zu Füßen des Häuptlings kauerte, fletschte die Zähne und schickte sich an, dem Knaben nachzuspringen. Ein Fußtritt des Medizinmannes hinderte ihn daran.
»Was würdest du tun, o Keesh, wenn dich jemand so behandelt?« Mit diesen Worten hielt Gnob dem Hund einen Streifen Lachs vor die Schnauze; als er aber danach schnappen wollte, bekam er einen scharfen Hieb mit dem Stock. »Würdest du es hinterher ebenso machen, Keesh?« Weißzahn, der Hund, kroch zitternd zu Gnob und leckte ihm die Hand.
»Jetzt hör mir gut zu.« Gnob hatte sich mit Madwans Hilfe erhoben. »Ich bin schon sehr alt, daher kann ich dir auch viel erzählen.

Dein Vater, Keesh, war ein mächtiger Häuptling, und der Gesang der Bogensehne in der Schlacht erfreute sein Herz, und ich sah ihn einen Speer so kräftig schleudern, daß seine Spitze den Körper des Mannes durchfuhr. Du aber bist ihm unähnlich. Seitdem du dem Glauben unserer Väter untreu geworden bist, fürchtest du dich vor Blut, nicht nur du allein, sondern dein ganzer Stamm. Das ist nicht gut. Als ich noch ein Knabe war, gab es hier bei uns nicht einen einzigen weißen Mann. Zuerst kamen sie nur einzeln, dann wurden es immer mehr, und jetzt sind es viele. Sie sind ein unruhiges Geschlecht. Es genügt für sie nicht, mit vollem Magen abends am Feuer zu sitzen, immer sind sie rastlos und mühen und plagen sich, so als ob ein Fluch auf ihnen läge, den sie durch die Arbeit sühnen müssen.«

In Keesh tauchte eine unbestimmte Erinnerung an eine Geschichte auf, die ihm Mr. Brown erzählte, die Geschichte von einem Mann, der Adam hieß und vor vielen, vielen Jahren gelebt hatte.

»Und darum legen diese Männer die Hand auf alles, was sie sehen«, fuhr der Häuptling fort, »sie gehen überall hin und sehen alles. Und es kommen ihrer immer mehr, und wenn wir nichts dagegen tun, werden sie bald das ganze Land in Besitz nehmen, und für die Stämme der Raben wird dann kein Platz mehr sein. Wir werden mit ihnen kämpfen müssen, so lange, bis keiner mehr von ihnen übrigbleibt. Dann wird das Land wieder uns gehören, und unsere Kinder und Kindeskinder werden gedeihen und dick werden. Der große Kampf zwischen dem Wolf und Raben wird furchtbar sein, aber Keesh wird nicht dabei sein, weder er noch sein Stamm. Daher wäre es ein Fehler, wenn er meine Tochter heiraten würde. So ist es, und ich habe gesprochen, ich, Gnob, der Häuptling der Tana-Naws.«

»Ich weiß«, entgegnete Keesh, »daß die weißen Männer groß und gut sind, sie haben uns vieles gegeben, was wir bisher nicht gekannt hatten: Decken, Messer und Büchsen, die weiter reichen als der Schrei eines Kindes. Damals, mein Vater erzählte es mir, mußten wir ganz nahe an den Elch heranspringen, ehe wir ihn mit unserem Speer töten konnten. Damals aßen wir Fleisch, Fische und Beeren

ohne Salz. Wer von euch hat noch Lust, Fisch und Fleisch ohne Salz zu essen?«
Ehe sich die Worte Keesh' auf die Umsitzenden auswirken konnten, sprang Madwan, der Medizinmann, auf.
»Ich muß dich was fragen, o Keesh. Der Mann da oben im großen Hause sagt, daß es unrecht sei, zu töten, aber wissen wir nicht recht gut, daß die weißen Männer auch töten? Erinnnert euch an den blutigen Kampf bei Koyokur oder an die Schlacht bei Nuklukyeto, wo drei weiße Männer zwanzig Tozikakats töteten. Wißt ihr noch von dem Weißen, Macklewrath hieß er, der die Männer vom Tana-Naws-Stamme erledigte? Erkläre mir, o Keesh, warum predigt der eine so, während die übrigen anders handeln?«
Keesh versuchte vergeblich, einen Ausweg aus diesen Widersprüchen zu finden, aber Gnob enthob ihn einer Antwort, indem er sagte: »Ich verstehe den klugen Brown ganz gut, er möchte gerne den Raben festhalten, damit ihn die weißen Brüder in aller Ruhe rupfen können. Aber solange noch ein Tana-Naw lebt, der zu kämpfen vermag, und ein einziges Mädchen, das einen Knaben zur Welt bringen kann, so lange soll dem Raben keine Feder gerupft werden.«
Dann wandte sich der Häuptling an einen jungen Mann, der seitwärts am Feuer saß: »Was sagst du, Makamuk, der du der Bruder Su-Sus bist?«
Dieser erhob sich. In seinen Augen glühte eine wilde Mordsucht, und die tiefe Narbe, die sich quer über das Gesicht zog, machte sein Aussehen noch furchtbarer.
Mit betont gleichgültiger Stimme begann er: »Heute ging ich an der Hütte des Macklewrath vorüber. Unter der Tür saß ein kleines Kind, das zur Sonne hinauflächelte. Das Kind sah mich an und begann zu weinen. Die Mutter lief herbei und beruhigte es. Die Mutter war Züka, ein Weib aus dem Stamme der Thunget.«
Im Umkreis erhob sich ein drohendes Murren, Makamuk jedoch zeigte mit seinem Zeigefinger anklagend auf Keesh.
»Ihr Thungets gebt eure Frauen fort, wollt euch aber bei den Tana-Naws andere holen. Ich aber sage dir, Keesh, wir brauchen unsere

Weiber selber, denn sie müssen Männer gebären, viele Männer, für die große Auseinandersetzung zwischen dem Raben und dem Wolf.«

Als der Beifallssturm, der sich darauf erhob, etwas verebbt war, deutete Gnob auf einen anderen jungen Mann: »Und was sagst du, Nossabok, der du der Lieblingsbruder Su-Sus bist?«

Es war ein schlanker und anmutiger Mann mit einer kräftigen Adlernase und der breiten Stirn seiner Rasse. »Auch ich ging an der Hütte des Händlers Macklewrath vorüber«, sagte er mit einer melodiösen, fast mädchenhaften Stimme, die im hohen Maße der seiner Schwester glich, »und dort sah ich Leute deines Stammes, die im Schweiße ihres Angesichts Balken schleppten, die der Händler zum Bau seines neuen Hauses braucht. Ich sah, wie ihre Knie vor Müdigkeit zitterten und hörte sie unter der schweren Last stöhnen. Ich sah auch noch andere, die Brennholz schnitten, das der fromme Brown braucht, um sein Haus warm zu halten. Sie verrichteten Frauenarbeit. Wir Tana-Naws werden uns nie so weit erniedrigen. Wir wollen Blutsbrüder von Männern sein, nicht von Squaws, und die Thungets sind Squaws.«

Nach diesen Worten traf tiefe Stille ein, und Keesh befand sich im Blickfeld aller Anwesenden. Seine Augen wanderten von einem zum anderen, dann stand er auf.

»So«, sagte er ganz ruhig, »so.« Er drehte sich um und verschwand im Dunkel der Nacht.

Er schritt über knurrende Wolfshunde hinweg, und am Rande des Lagers traf er eine Frau, die beim Schein des Feuers bei ihrer Arbeit saß. Sie drehte aus der Rinde der Wurzeln von Schlingpflanzen Schnüre, die zum Fischfang dienten. Er betrachtete eine Weile ihre geübten Hände. Sie war schön anzusehen, wie sie, kräftig gebaut, mit Hüften, die zum Gebären geschaffen waren, bei ihrer Arbeit saß. Das Leuchten des Feuers vergoldete den Bronzeton ihres Gesichtes, darin kohlschwarze Augen glänzten und das von dunklen, schimmernden Haaren umrahmt war.

Endlich brach er sein Schweigen: »O Su-Su, dein Antlitz ruhte freundlich auf mir, aber es ist schon lange her.«

»Ich sah freundlich auf dich, weil du der Häuptling der Thungets bist«, entgegnete sie, »und weil du groß und stark bist. Aber das ist schon lange her. Dann kam der Schamane Brown und lehrte dich viele Dinge und führte deinen Fuß auf Abwege.«

»Ich will dir erklären . . .«

»Sage nichts! Ich weiß schon die Worte, die du sprechen willst, und ich will dir darauf antworten: Jeder Fisch im Wasser und jedes Tier auf dem Lande erzeugt Kinder seiner eigenen Art. Bei den Menschen ist es genauso. Auch die Frauen sollen nur Kinder ihrer Art gebären, und die Jungfrau soll sich nach einem Mann umsehen, der zum Vater für ihre Arbeit taugt. Als ich dich sah, da fühlte ich, daß du der Richtige warst, daß du groß und stark warst, ein Kämpfer gegen Tiere und Menschen, der mir und meinen Kindern Fleisch verschaffen kann und der imstande ist, die Gefahr von mir fernzuhalten. So warst du, ehe dieser Schamane Brown ins Land kam und dich andere Dinge lehrte.«

»Nein, nein, so ist es nicht, Su-Su. Was er mich lehrte, war gut . . .«

»Daß das Töten eine Sünde wäre. Ich weiß, ich weiß. Nun gut, zeuge du Kinder deiner Art, von der Art, die nicht tötet. Aber die Mutter hierfür suche nicht unter den Tana-Naws. Ich verstehe nichts von deinen Dingen, ich weiß bloß, daß die Tage nicht fern sind, wo der Rabe mit dem Wolf ringen wird. Und wir Frauen sind dazu ausersehen, Männer für diese Zeit zu gebären.«

»Su-Su, hör mich an . . .«

»Wärst du ein Mann, dann hättest du schon längst einen Stock genommen und mich gezwungen, dich anzuhören.« Mit einem bösen, spöttischen Lächeln nahm sie ein Bündel Bast und steckte es ihm in die Hand. »Da, nimm, das paßt für dich am besten. Es ist Arbeit für eine Squaw.«

Zornig warf er das Bündel weg, und unter seiner braunen Haut stieg das rote Blut hoch.

Sie aber ließ sich nicht beirren und fuhr fort: »Du weißt, es ist eine alte Sitte: wenn ein Mann im Kampf getötet wird, dann nimmt ihm der Sieger den Skalp. Von dir aber verlange ich mehr. Du darfst mir keinen Skalp, sondern mußt mir ganze Köpfe bringen. Zwei Köpfe verlange ich. Bringst du mir die, dann gebe ich dir keinen Bast, sondern einen perlengestickten Gürtel und ein langes russisches Messer. Dann werde ich wieder freundlich auf dich sehen, und alles wird gut sein.«

»So«, sprach Keesh, in Grübeln versunken. »So«, wiederholte er, dann trat er wieder in dic Nacht hinaus.

»Nicht zwei, sondern drei Köpfe verlange ich, o Keesh, mindestens drei!« rief sie ihm hart nach.

Keesh lebte fortan ein rechtschaffenes Leben, er brachte auch seine Stammesgenossen dazu, nach dem Evangelium zu leben, so wie es von dem Pastor Jackson Brown vorgetragen wurde. Er kümmerte sich während der ganzen Zeit weder um die Tana-Naws noch um die Witze, die sie über ihn machten, noch um das spöttische Lachen der Frauen. Nach Beendigung des Fischfanges zogen die Männer, beladen mit großen Mengen von gedörrtem oder geräuchertem Lachs, wieder in ihre Heimat. Nun hatte Keesh noch mehr Zeit, seine Aufmerksamkeit dem Gottesdienst zuzuwenden, und wenn in den Gebetsstunden sein tiefer Baß den Gesang anführte, dann war der Pastor von ihm begeistert und zögerte nicht, ihn für den besten Neubekehrten zu erklären. Nur der Händler Macklewrath war nicht ganz seiner Meinung. Er glaubte nicht recht an die anhaltende Wirkung, und oft diskutierten er und der Pastor halbe Nächte lang über diesen Fall. So eifrig sich dieser auch bemühte, den Händler zu überzeugen, immer wieder bekam er zu hören: »Lieber Brown, Sie können mir den Schädel einschlagen, wenn dieser Keesh zwei Jahre lang bei seiner Bekehrung beharrt.« Er fügte noch hinzu: »Sollte ich mich getäuscht haben, dann lasse ich mich selber bekehren.«

Eines Tages in den Wintermonaten brachte ein Tana-Naw, als er, um Munition zu kaufen, in die St.-George-Mission kam, die Neuigkeit, daß sich Su-Su für Nee-Koo, einen starken jungen Krieger, interessiere, der dem alten Gnob ein glänzendes Angebot gemacht hatte.

Bald darauf begegnete der Pastor Keesh auf dem Holzwege, der

zum Hause hinaufführte. Keesh hatte seine besten Hunde vor den Schlitten gespannt und trug feinste Schneeschuhe.
»Geht's auf die Jagd, Keesh?« fragte Mr. Brown.
Keesh starrte ihm einen Augenblick ins Gesicht, dann trieb er seine Hunde an.
»Nein, ich fahre zur Hölle!«

Auf einer Waldlichtung standen drei einsame Zelte tief im Schnee eingegraben. Rings herum lag der dunkle, schweigende Wald. Darüber wölbte sich ein bleigrauer, schneedrohender Himmel. Nach einer langen Hungerperiode war es den Jägern gelungen einer Renherde in die Flanken zu kommen, und nun lagen die Jäger friedlich in ihren Elchfellzelten und schliefen. Neben dem Feuer standen aufrecht fünf Paar Ski im Schnee, und daneben saß Su-Su. Sie hatte ihre Eichhornfell-Parka über den Kopf gezogen und am Halse zugebunden. Mit ihren bloßen Händen verzierte sie mit Nadel und Sehnenfasern einen hochroten Ledergürtel mit phantastischen Stickereien. Ein Hund stieß hinter den Zelten ein kurzes scharfes Gekläff aus, und aus einem Zelt drang ein Schnarchen mit Grunzen vermischt.
»Böse Träume«, lächelte Su-Su, »mein Vater wird alt und hat vielleicht abends zu viel gegessen.«
Sie legte Holz aufs Feuer, und während sie nachdenklich hineinstarrte, hörte sie das scharfe Knirschen von zwei Mokassins. Gleich darauf stand Keesh neben ihr, leicht gebückt unter einer Last, die er auf seinem Rücken trug. Er warf den in weichgegerbtes Elchleder eingehüllten Packen gleichgültig in den Schnee und setzte sich neben das Mädchen. Lange blickten sie sich an, ohne zu reden. Endlich brach Su-Su das Schweigen. »Es ist ein weiter Weg von der St.-Georgs-Mission bis hierher.«
Keesh bejahte abwesend, sein ganzes Interesse galt dem gestickten Gürtel. »Aber wo ist das Messer?« fragte er.
»Hier.« Sie holte es unter ihrer Parka hervor, die bloße Klinge funkelte im Lichte des Feuers. »Es ist ein gutes Messer«, fügte er hinzu.

»Gib es her!« befahl er.
»Nein, nein, Keesh«, lachte sie, »wer weiß, ob du dazu geboren bist, es zu tragen.«
»Gib es her!« wiederholte er noch brutaler als zuvor, »ich bin geboren, es zu tragen.«
Ihre Augen sahen plötzlich, wie sich unter der abgeworfenen Last der Schnee rötete.
»Ist das Blut, Keesh?«
»Ja, es ist Blut. Jetzt gib mir den Gürtel und das Messer.«
Mit einem Male ergriff sie eine unerklärliche Furcht, und sie schauerte zusammen, als ihr Keesh den Gürtel entriß.
»Der Gürtel ist für einen dünneren Mann gemacht«, bemerkte er zornig, als er ihn um seinen Leib schnallte.
Su-Su lächelte, und aus ihren Augen brach ein seltsamer Glanz. Kessh hatte recht, der Gürtel war unleugbar zu eng. Was tat's? Sie konnte ja einen neuen nähen. Dann aber wies sie fragend auf den Sack: »Sind das — sind das — die Köpfe?«
»Ja.«
»Sie müssen ganz frisch sein, sonst wäre das Blut gefroren.«
»Ja, ja, sie sind ganz frisch.«
»Und sind sie für mich?« Ihre Stimme klang warm und voll Hoffnung.
»Ja, für dich.«
Keesh riß das Fell auseinander, und die Köpfe rollten vor ihre Füße.
»Vier«, flüsterte er wild, »vier ganze Köpfe.«
Mit weitaufgerissenen Augen starrte sie auf die blutigen Klumpen. Vor ihr lagen das sanfte Antlitz des Jungen Nee-Koo, das verrunzelte Gesicht des alten Gnob, daneben grinste der Schädel Makamusk und als vierter blinzelte mit hochgehobenem Augenlid der Kopf des mädchenhaften Nossabok. Der Schein des Feuers spielte über sie hin, und der blutige Kreis um jeden wuchs zusehends.
Die Schneekruste, von der Wärme aufgetaut, gab nach und Gnobs Schädel rollte sich herum, als ob noch Leben in ihm stäke, und blieb zu ihren Füßen liegen.

Eine Kiefer warf ihre Schneelast ab, und das dumpfe Geräusch weckte Weißzahn, den Hund. Er trabte zum Feuer, seine Haare sträubten sich am Rücken, und seine Nüstern zitterten. Vorsichtig näherte er sich dem Kopf seines Herrn, dann fing er an, die Stirne zu belecken. Plötzlich setzte er sich auf seine Hinterbeine, hob seine Schnauze zum Himmel, und ein langgezogenes Geheul erschütterte die Luft.

Su-Su schreckte empor. Ihr Blick glitt zu Keesh, der, das russische Messer in der Hand, sie aufmerksam betrachtete. In seinem Gesicht lag Entschlossenheit und ein fester Wille, und sie las in ihm das Gesetz. Dann stand sie auf und ließ ihre Parka zurückfallen, so daß ihr schwarzes Haar zum Vorschein kam. Ihre Augen wanderten rings um den Wald, streiften die Zelte, umfaßten den Himmel und damit auch ihr ganzes bisheriges Leben. Ein leichter Windhauch spielte mit ihren Haaren, und einen Augenblick drehte sie den Kopf, so daß er ihr Gesicht streifte.

Dann dachte sie an ihre Kinder, die ungeboren im Mutterschoß bleiben sollten, langsam trugen sie ihre Füße zu Keesh hinüber.

»Ich bin bereit«, sagte sie, und müde senkte sie ihre Augen zur schneebedeckten Erde.

Die Goldschlucht

Es war eine grüne, mit Gras und Bäumen bewachsene Schlucht. In ihrer Mitte weiteten sich die steilen Felsenwände zu einer kleinen, mit federndem Rasen bedeckten Fläche. Still und friedlich war es hier. Sogar der kleine Bergbach, der in mehreren Windungen das Tal durchfloß, hielt in seinem munteren Lauf inne und verbreiterte sich, Ruhe suchend, zu einem Teich. Dort stand ein Hirsch knietief im Wasser, den Kopf mit dem vielzackigen Geweih gesenkt haltend, die Augen träge geschlossen.

Auf der einen Seite des Teiches breitete sich ein Wiesenstreifen aus, der, mit frischem, saftig-grünem Gras bedeckt, sich bis an die dunkeldrohende Felswand erstreckte, welche die Schlucht seitlich von der Außenwelt abschloß. Das andere Ufer des Teiches wurde durch einen sandigen Steilhang gebildet, der weiter oben in starren Fels überging. Feine Grashalme und rote, orangefarbene und goldenschimmernde Blumen bedeckten den Hang und boten ein Bild friedlicher Schönheit, das freilich in dem engen Ausgang der Schlucht seinen wild-romantischen Kontrast fand. Dort verengten sich die schroffen Felsenwände und bemoosten Felsblöcke, in wildem Durcheinander gelagert und von Weinranken, üppig wuchernden Schlingpflanzen und Zweigen aller Art bedeckt, versperrten jede Ausssicht in eine andere Welt. Am Eingang der Schlucht waren die hohen Randberge einer fernen Ebene sichtbar. Wie Zinnen hoben sich die mit Kiefern bewachsenen Gipfel in den Himmel. Weiter hinten, fast schon im Weiß der Wolken und in der Ferne verschwimmend, glitzerten die mit ewigem Schnee bedeckten Spitzen der Sierra in der strahlenden Morgensonne.

Das frische Grün des Grases und des Laubwerks der Bäume war an diesem abgeschiedenen Fleckchen Erde von keinem Stäubchen getrübt. Silbern glänzten die Zweige der drei am Teichufer stehenden Pappeln über der stillen Oberfläche des Wassers. Auf der feinen Rasenfläche des Abhangs blühten Mariposalilien, wie Nachtfalter

hingestreut, die vom Lichte gefesselt einen Augenblick in ihrem Flug innehalten. Die Madrona, deren grüne Stämme schon teilweise ins Rote übergeglitten waren, erfüllten mit dem schweren Duft ihrer mattweißen, glockenförmigen Blüten die Luft. In einschläferndem Rhythmus ertönte das Summen der Waldbienen. Bunte Falter taumelten, trunken von der Sonne, angezogen durch den süßen Blütenduft, von einer Blume zur anderen. Selbst der Bergbach paßte sich der friedlichen Atmosphäre des kleinen Tales an. Leise murmelnd zog er seinen Weg dem Ausgang der Schlucht zu.
Wahrhaftig, im Herzen dieser Schlucht pochte der Pulsschlag der Natur noch gleichmäßig und ruhig. Der Geist, der hier herrschte, war ein Geist des Friedens. Die Unrast und der ewige Kampf des Lebens waren hier einer leicht dahingleitenden Bewegung gewichen, die, von der Gewaltsamkeit fernen Haders und Streitens unberührt, voll harmonischer Kraft das ganze Tal erfüllte.
Auch der ungebärdige Hirsch unterwarf sich willig dem Gesetz der Schlucht. Still und schläfrig stand er noch immer in dem kühlen Wasser des Teiches, bewegungslos, ohne die Störung lästiger Fliegen zu befürchten. Nur wenn das Murmeln des redseligen Baches besonders deutlich an sein Ohr drang, gab er durch eine schwache Bewegung zu erkennen, daß er noch nicht eingeschlafen war.
Da plötzlich straffte sich sein Körper. Hastig drehte er sein gewaltiges Haupt dem Ausgang der Schlucht zu. Die zitternden Nüstern gespannt, hingen seine Augen forschend und suchend an der undurchdringlichen, grünen Blätterwand, die seinen Blicken ein Hindernis bot. Seine Ohren hatten ein bedrohliches Geräusch aufgefangen: das Geräusch einer menschlichen Stimme. Ein eintöniges Lied, gesungen von einer rauhen Männerstimme, erklang; dann das harte Klirren eines aufschlagenden Metallgegenstandes. Ein Sprung, eine flinke Wendung, und der Hirsch stand neben dem Teich auf der Wiese. Nachdenklich spitzte er die Ohren, tat dann ein paar Schritte dem Abhang zu, blieb nochmals stehen und verschwand geräuschlos endgültig aus dem Tal.
Inzwischen wurde die Männerstimme immer deutlicher hörbar. Der Klang der eisenbeschlagenen Stiefelsohlen, die hart auf dem Fels-

boden aufschlugen, kam näher, und die Worte des Liedes, das eher gebrummt als gesungen war, wurden verständlich.
Polternde Geräusche, die das Lied begleiteten, schlugen den Geist des Friedens, der bisher das stille Tal erfüllt hatte, in die Flucht. Die grüne Wand, hinter der der Ausgang der Schlucht verborgen lag, teilte sich. Aus dem Gewirr der Weinranken und des Blätterwerks trat ein Mann hervor. Mit forschendem Blick betrachtete er die Wiese, den Teich, die steilen Hänge; keine Einzelheit entging ihm. Der fremde Mann, der einen vorsichtigen und ruhigen Eindruck machte, hatte jetzt das Bild des vor ihm liegenden Tales in sich aufgenommen. Seine Stimme drückte Anerkennung aus, als er lebhaft ausrief: »Wahrhaftig, dies ist ein erfreulicher Anblick für die Augen eines Goldgräbers! Wie meinem Pferde das grüne Gras hier schmecken wird! Wald und Wasser, Steilhang und Weideflächen, alles ist vorhanden, was man sich nur wünschen kann. Der richtige Platz für einen Goldgräber und die beste Erholungsstätte für meine erschöpften Tiere. Und diese Einsamkeit! Hier wird mich niemand stören. Weiß Gott, ich hätte es nicht besser treffen können!«
Sein lebhaftes Gesicht mit dem gelblichen Teint verriet als hervorstechende Charaktermerkmale Humor und ein frohes Herz. Jeder seiner Gedanken spiegelte sich getreulich in dem Wechselspiel seiner Mienen. Seine Augen, die seinen Gesichtszügen an Ausdrucksfähigkeit nicht nachstanden, waren von einem stark leuchtenden Blau und zeugten von jenem ruhigen Selbstvertrauen, das der Erkenntnis der Welt und der Gesetze des Lebens entspringt. Das Haar, dünn und ungekämmt, wies die gleiche unbestimmbare Tönung wie seine Gesichtsfarbe auf.
Jetzt warf der Mann sein Werkzeug, eine Hacke, eine Schaufel und eine Goldgräberpfanne, die in dem Gestrüpp verborgen gewesen waren, vor sich auf den Boden. Dann trat er selbst vollends hinter den Büschen hervor und richtete sich aus seiner gebückten Haltung auf. Seine abgetragenen Arbeitskleider, bestehend aus einem schwarzen Baumwollhemd, verblichenen Hosen, schweren Schaftstiefeln und einem gänzlich verbeulten Hut, erzählten von einem

harten Leben in Regen und Sonne, Wind und Wetter und von langen Abenden am Herdfeuer.
Wie er so dastand, die Augen vor Entzücken weit geöffnet und den Duft der Blumen genießerisch einsaugend, verwandelte die Freude über den lieblichen Anblick, der sich ihm darbot, sein Gesicht. Die blauen Augen bildeten zwei lachende Spalten, und ein fröhliches Lächeln umspielte seinen Mund, als er ausrief: »Donnerwetter, welch eine Süße, welch ein Duft! Und da gibt es noch Leute, die von Parfum und Eau de Cologne schwärmen. Nun ja, die Städter wissen nicht, was schön ist.«
Bei seiner einsamen Arbeit hatte sich der Mann nämlich angewöhnt, lange Selbstgespräche zu führen, die ihm die Zeit verkürzten. Denn seine Zunge war schnell und beweglich und sehnte sich danach, seine Gedanken auszudrücken.
Jetzt ließ sich der Mann am Ufer des Teiches nieder und kostete von dem Wasser. »Das hat gut geschmeckt«, stellte er anerkennend fest, indem er sich mit dem Handrücken den Mund abwischte. Inzwischen hatte der Steilhang, der vom anderen Ufer des Teiches zur Höhe emporstieg, seine Blicke auf sich gezogen, und wie er so platt auf der Erde lag, glitt sein geübtes Auge suchend und forschend die Felsenhänge hinauf und hinunter. Sich langsam vom Boden erhebend, gab er sein Urteil ab: »Nicht schlecht«, meinte er in Bezug auf den Steilhang, als er Hacke, Schaufel und Pfanne zur Hand nahm.
Unterhalb des Teiches überquerte er, geschickt von Stein zu Stein springend, den Bach. Dort, wo der Steilhang das Ufer des Teiches bildete, blieb er stehen, hob eine Schaufel voll Erde aus und schüttete die Erde in die Pfanne. Dann hockte er sich am Bach nieder, tauchte das Gefäß halb unter das Wasser und schwenkte es sachte hin und her. Immer schneller und schneller wurden die kreisenden Bewegungen der Pfanne, kleinere und größere Erd- und Kieselteilchen kamen an die Oberfläche und glitten über den Rand des Gefäßes hinweg. Um den Prozeß des Auswaschens zu beschleunigen, hielt der Mann manchmal inne und suchte die größeren Steine mit den Fingern heraus. Jetzt befanden sich nur mehr dünner Sand

und kleinere Kieselsteine in der Pfanne. Mit unendlicher Vorsicht setzte der Goldgräber seine Arbeit fort; seine Bewegungen wurden langsamer, behutsamer. Ein letztes Mal schwenkte er die Pfanne, die jetzt nur mehr wenig Wasser enthielt. Der Boden des Gefäßes war mit einer dünnen, schwarzen Schicht überzogen, die der Mann einer sorgfältigen Untersuchung unterzog. Da! Ein winziger goldig flimmernder Punkt fesselte seine ganze Aufmerksamkeit. Nochmals spülte eine Flut von Wasser über den Boden des Gefäßes hinweg. Dann kehrte er die Pfanne um, ließ ihren Inhalt auf den Boden gleiten und entdeckte unter der schwarz schimmernden Sandkörnern einen neuen goldenen Punkt.
Der Mann unterzog sich seiner selbst gestellten Aufgabe mit größter Genauigkeit. Immer kleiner wurde die Menge schwarzen Sandes, die er auf den Rand der Pfanne gleiten ließ, um sie dort auf ihren Goldgehalt zu prüfen. Kein noch so kleines Sandkörnchen entging seinen forschenden Blicken. Endlich zeigte sich ein Goldkorn in der Größe eines Stecknadelkopfes, aber achtlos spülte er es wieder in die Pfanne hinein. Zwei weitere Goldkörner krönten seine Mühe mit Erfolg, und wie ein guter Hirte, der jeden Verlust seiner Herde beklagt, achtete er auf sie. Schließlich fanden sich nur mehr Goldkörner auf dem Boden des Gefäßes. Aber anstatt, wie zu erwarten gewesen wäre, in einen lauten Ausruf der Freude auszubrechen, schleuderte er den Ertrag seiner mühevollen Arbeit mit dem letzten Rest des noch vorhandenen Wassers aus der Pfanne.
Nur seine blauen Augen verrieten die Erregung, in der er sich befand, als er sich nach getaner Arbeit vom Boden aufrichtete. »Sieben«, murmelte er beglückt vor sich hin, »sieben.« Er konnte sich nicht genug daran tun, die verheißungsvolle Zahl zu wiederholen, die sich auf nachlässig weggeworfene Goldkörner bezog. Nachdenklich prüfend betrachtete er den steil ansteigenden Berghang. Seine Augen funkelten vor Spannung, seine Haltung drückte die Wachsamkeit eines jagenden Raubtieres aus.
Es dauerte nicht lange, so stürzte er sich wieder in die Arbeit. An einer anderen Stelle des Bachufers wurde die Pfanne mit frischer Erde gefüllt und von neuem ausgewaschen. Nachdem der goldene

Inhalt des Gefäßes aufs genaueste überprüft worden war, schleuderte er den kostbaren Fund wie das erstemal achtlos in den Bach. »Fünf«, murmelte er vor sich hin, »fünf.« Er verlegte seine Arbeitsstätte weiter bachabwärts: mußte aber bei jeder neuen Pfanne feststellen, daß die Zahl der Goldkörner abnahm. Als sich am Boden des Gefäßes endlich nur mehr ein einziger goldig schimmernder Punkt vorfand, unterbrach er seine Tätigkeit und zündete ein Feuer an. Dann warf er die Pfanne in die Flammen und ließ sie da liegen, bis sie blau-schwarz anlief. Nach einer sorgfältigen Untersuchung nickte er beifällig. Jetzt war er beruhigt. Bei dieser Färbung der Pfanne konnte ihm kein Goldkörnchen entgangen sein.

Er schritt weiter bachabwärts. Im Inhalt dieser Pfanne befand sich nur mehr ein einziges Goldkorn, in der nächsten kein einziges mehr. Aber die Resultate, die er erzielt hatte, erschienen ihm noch immer nicht sicher genug; unverdrossen arbeitete er weiter. Drei weitere Pfannen wurden mit Erde gefüllt, aber kein Goldkorn war mehr zu entdecken, eine Tatsache, die ihn keineswegs entmutigte. Ganz im Gegenteil, seine Zuversicht wuchs bei jedem Mißerfolg und als er sich erhob, brach er siegesfreudig in die Worte aus:

»Diesmal geht die Sache richtig. Wenn das nicht stimmt, muß der Teufel mit im Spiel sein.«

Er kehrte an die Stelle zurück, an der er die erste Schaufel Erde ausgehoben hatte, und begann seine Arbeit am Oberlauf des Baches von neuem. Die Resultate, die die Probepfannen hier ergaben, waren erstaunlich. Die Zahl der Goldkörner wuchs. »Vierzehn, achtzehn, einundzwanzig, sechsundzwanzig«, zählte er beglückt. Am Oberlauf des Baches erzielte er die reichste Ernte: fünfundzwanzig Körner.

Die Sonne stand schon hoch am Himmel, aber der Mann war noch immer in seine Arbeit vertieft, er dachte nicht daran, sich Ruhe zu gönnen. Immer weiter schritt er das Ufer des Baches entlang, und obwohl der Ertrag seiner Mühe längst schon wieder geringer geworden war, ließ er sich in seiner Tätigkeit nicht stören.

»Geradezu wunderbar, mit welcher Eindeutigkeit das Gold abnimmt«, rief er triumphierend aus, als auf dem Boden der letzten

Pfanne auch kein einziges Goldkorn mehr schimmerte. Endlich, nachdem er seine Versuche mit dem gleichen Ergebnis noch mehrere Male wiederholt hatte, richtete er sich zu seiner vollen Höhe auf, warf einen befriedigt-stolzen Blick auf den Berghang und stellte dann fest: »Aha, da haben wir's jetzt. Das dort oben scheint eine ›Tasche‹ zu sein.« Es war, als ob er seine Worte an einen unsichtbaren Zuhörer richtete, der irgendwo auf dem Steilhang verborgen lag. »Warte nur, du entgehst mir nicht. Ich komme auch dort hinauf, so wahr ich hier stehe.«

Nach einem langen Blick auf die strahlende Sonne, die jetzt im Zenit des leuchtend blauen Himmels gerade über ihm stand, wandte er sich um und schritt, der Reihe der Löcher folgend, die er mit der Schaufel ausgehoben hatte, dem Ausgang der Schlucht zu. Unterhalb des Teiches überquerte er den Bach und verschwand dann, wie er gekommen war, durch die grüne Wand, die die Schlucht von der Außenwelt abschloß. Nur seine Stimme, er hatte ein neues Lied zu singen begonnen, störte die Stille des Tales und verhinderte den Geist des Friedens, die Herrschaft über sein Reich wieder anzutreten.

Nach einer kleinen Weile wurde das heftige Geräusch aufschlagender Hufe auf dem Felsenboden hörbar. Die grüne Wand bewegte sich heftig, und das Blattwerk der Bäume und Sträucher wogte wie in qualvollem Kampfe hin und her. Jetzt erklang das harte Klirren eines metallenen Gegenstandes. Eine heftige Männerstimme, scharfe, befehlende Worte ertönten; dann der Fall eines schweren Körpers, ein Schnaufen und Stöhnen. Endlich brach unter fallenden Zweigen und Blättern ein Pferd aus dem Dickicht hervor. Das Tier war schwer bepackt und schleifte abgerissene Ranken und Blätter hinter sich her. Wie erstaunt starrte es auf die Weite des Tales, die sich so unverhofft vor ihm aufgetan hatte, senkte schließlich den Kopf und begann zufrieden an dem zunächststehenden Grashalm zu rupfen. Ein zweites Pferd tauchte aus dem Blättergewirr auf, stolperte über die bemoosten Felsblöcke und sank dann, mühsam sein Gleichgewicht wiederfindend, mit seinen Vorderhufen tief in den weichen Wiesengrund ein. Auf dem Rücken dieses

Pferdes war ein hoher, stark abgenützter mexikanischer Sattel befestigt.

Jetzt trat auch der Mann aus dem Blättergewirr hervor, packte das Bündel und den Sattel, warf beides auf den Boden und sah sich nach einem passenden Lagerplatz um, während die Tiere ruhig weiterweideten. In kürzester Zeit hatte er mit Hilfe einer Handvoll von Steinen eine Feuerstatt gebaut. Ein Bündel trockenes Reisig — und alles war für ein Feuer bereit. Dann zauberte er aus dem Bündel noch eine Bratpfanne, eine Kaffeekanne ind seinen Tagesproviant hervor.

»Du lieber Gott«, brach er aus, »wie mir der Magen heute wieder knurrt. Ich könnte Sägespäne essen.«

Bei diesen Worten richtete er sich aus seiner gebückten Haltung auf und suchte in seinen Hosentaschen verzweifelt nach Streichhölzern. Aber seine Gedanken waren anscheinend schon wieder von der Bereitung des Essens abgeglitten; nachdenklich kehrte sein Blick zu dem Abhang und dem Teich zurück. Die Finger, die die Streichhölzer bereits gefaßt hatten, ließen ihre Beute wieder los, und seine Hand, die er aus der Tasche hervorzog, blieb leer.

Zögernd blieb er noch einen Augenblick stehen. Unentschlossen wanderte sein Blick von dem vor ihm liegenden Proviantsack hinüber zu den Bergen und wieder zurück. »Ein einziger Versuch noch«, meinte er schließlich, wandte sich vom Lagerplatz ab und überquerte den Bach. »Viel Sinn hat es freilich nicht«, murmelte er, seine Handlungsweise vor sich selbst zu entschuldigen suchend. »Aber schließlich muß ich ja niemanden Rechenschaft darüber ablegen, wenn ich mein Mittagessen einmal um zwei Stunden verschiebe.«

Einen halben Meter hinter dem Loch, das er zuletzt gegraben hatte, nahm er seine Arbeit wieder auf; eine neue Reihe von Löchern entstand, neue Probepfannen wurden gefüllt, ausgewaschen und sorgfältig auf ihr Ergebnis untersucht. So versunken war der Mann in seine Arbeit, daß er nicht merkte, wie die Zeit verging, die Sonne im Westen tiefer sank und die Bäume immer längere Schatten warfen. Schon war eine dritte Reihe von Probelöchern entstanden, und langsam den Berghang hinaufgeklettert, legte der Unermüdliche diese letzte Reihe quer über den Hang. Das Ergebnis seiner Mühe veränderte sich nicht. Die mittleren Löcher jeder Reihe ergaben die reichste Ausbeute. Weiter nach außen zu nahm die Goldernte regelmäßig ab. Höher und höher stieg der Mann, kürzer und kürzer wurden die Reihen, die allmählich die Form eines umgekehrten V annahmen und aller Wahrscheinlichkeit nach am oberen Ende des Hanges zu einem Punkt zusammenschrumpfen mußten wobei der Aufstrich und der Abstrich des Buchstabens die Umgrenzung des Gebietes bildeten, in dessen Erde die kostbaren Goldkörner verborgen lagen.

Unentwegt ließ der Mann seine Augen den Abhang hinauf zur Höhe wandern, dorthin, wo seiner Schätzung nach die Spitze des V, das Ende des Goldfeldes, das in der Sprache der Goldgräber »Tasche« genannt wurde, liegen mußte. All seine Sehnsucht konzentrierte sich darauf, diesen Punkt zu erreichen. »Sei gut, Tasche«, rief er gutgelaunt aus, »und komm mir ein Stückchen entgegen.« Dann fügte er, als ihm keine Antwort als das Echo seiner Stimme zuteil wurde, resigniert, doch entschlossen hinzu: »Auch recht, wenn du nicht willst, dann laß es eben bleiben. Aber das eine kann ich dir sagen, ich werde hinaufkommen. Dann aber lasse ich mich nicht mehr länger foppen.«

Die Arbeit wurde immer mühsamer, denn jede einzelne Pfanne mußte vom Abhang zum Bach hinuntergetragen werden. Aber der Mann ließ es sich nicht verdrießen, und seine Hartnäckigkeit wurde durch das immer reichere Ergebnis seiner Tätigkeit belohnt. Je höher er den Hang hinaufkam, desto zahlreicher wurden die Goldkörner, die er jetzt nicht mehr wegwarf, sondern in einer leeren Backpulverdose aufbewahrte.

Dämmerung fiel über das Tal und kündete den nahen Abend an; der Goldgräber aber war in seine Arbeit zu vertieft, daß er nichts von dem merkte, was um ihn herum vorging. Erst als ihn die Dunkelheit die Goldkörner, die sich auf dem Boden der Pfanne absetzten, nicht mehr sehen ließ, fuhr er aus seiner Versunkenheit auf, und mit dem verwundertsten Gesicht von der Welt rief er aus: »Der

Teufel soll's holen. Heut' hab ich vor lauter Arbeit sogar auf meinen knurrenden Magen vergessen.«

Unbeholfen stolperte er mit seinen vom Bücken steifen Gliedern den Hang hinunter, schritt langsam seiner Lagerstatt zu und entzündete jetzt endlich das Feuer, das er sich schon am hellen Mittag zu diesem Zwecke hergerichtet hatte. Genießerisch verzehrte er sein Abendbrot, das aus Rührei, Speck und aufgewärmten Bohnen bestand. Nach beendeter Mahlzeit zündete er sich beim Schein des ausgehenden Feuers seine Pfeife an, legte sich behaglich zurück und freute sich über den Vollmond, der die ganze Schlucht mit seinem sanften Licht erhellte. Nach einer kleinen Weile stand er auf, zog aus dem Bündel sein »Bettzeug« hervor, streifte die schweren Stiefel ab und richtete sich für die Nacht zurecht. Fest in seine Decke eingehüllt, lag er nun ruhig da. Sein Gesicht, das dem Himmel zugekehrt war, leuchtete im Mondlicht so weiß wie das eines Toten. Plötzlich stützte er sich noch einmal auf den Ellbogen auf und warf einen letzten grüßenden Blick auf den Hang. »Gute Nacht, Tasche«, murmelte er schon halb im Schlaf, »gute Nacht!«

Von der harten Arbeit des Tages ermüdet, schlief der Goldgräber fest bis in die frühen Morgenstunden. Erst als ihm der erste Strahl der aufgehenden Sonne ins Gesicht fiel, wachte er auf. Es dauerte eine ganze Weile, bis er sich in der ungewohnten Umgebung zurechtfand und sich erinnerte, auf welche Weise er in dieses Tal gekommen war.

Die Morgentoilette nahm hier in dieser abgeschiedenen Wildnis nicht viel Zeit in Anspruch. Sobald der Mann seine Stiefel angezogen hatte, wanderte sein Blick von neuem über die Schlucht, magnetisch angezogen von dem Berghang, in dessen Erde er am Tage zuvor die Goldkörner gefunden hatte. Aber nur einen Augenblick schwankte er, dann überwand er die Versuchung und wandte sich entschlossen dem improvisierten Herd zu, um sich ein Feuer anzuzünden. »Nur ruhig, Bill, nur nichts übereilen«, redete er sich dabei selbst gut zu. »Du hast ja nichts davon, wenn du dich abhetzt und abschwitzt. Das Gold läuft dir nicht davon. Selbst die Tasche wartet so lange, bis du dein Frühstück gegessen hast. Wie wär's mit einer

kleinen Abwechslung in deiner Speisefolge? Abwechslung, das ist's, was du brauchst. Der Mensch lebt nur einmal, und das Essen hält bekanntlich Leib und Seele zusammen.«
Gesagt, getan. Der Goldgräber schritt ans Ufer des Baches, wo er sich eine kurze Rute von einem Weidenbusch schnitt. Dann zog er eine Schnur aus seiner Hosentasche, an der eine ganz verbogene und verbeulte Fliege hing. Erwartungsvolle Spannung malte sich in seinen Gesichtszügen, als er seinen Köder ins Wasser warf. »Am frühen Morgen, so sagt man«, murmelte er voll Hoffnung, »beißen die Biester am liebsten an.« Seine Erwartung wurde erfüllt. Schon einen Augenblick später rief er frohlockend aus: »Na, hab' ich's nicht gesagt, hab' ich nicht recht gehabt?« Eilig, um keine Zeit zu versäumen, zog er mit bloßen Händen eine fast dreißig Zentimeter lange, fette Bachforelle aus dem Wasser. Beim Fischen hatte er offenbar Glück. Nachdem er noch drei weitere Fische gefangen hatte, machte er sich an die Zubereitung des reichhaltigen Frühstücks, das er mit gutem Appetit verzehrte. Als er sich satt gegessen hatte und sich guter Laune auf den Weg zu seiner Arbeitsstätte machte, kam ihm ein neuer Einfall. Nachdenklich blieb er stehen. »Muß doch einmal nachsehen, ob die Luft rein ist. Vorsicht ist die Mutter der Weisheit. Am Ende schleicht sich noch ein Fremder in mein Jagdrevier ein.« Aber dem Gedanken folgte nicht die Tat, und mit den Worten: »Eigentlich bin ich doch recht leichtsinnig«, schlug er die Warnung, die er sich selbst erteilt hatte, in den Wind und setzte seinen Weg weiter fort. Mit frischen Kräften ging's nun ohne weitere Verzögerung an die Arbeit, der er bis zum Einbruch der Dunkelheit ohne Unterbrechung nachging. Als er sich endlich aus seiner gebückten Stellung aufrichtete, waren seine Beine steif und wie abgestorben. Alle Muskeln schmerzten ihm. Sich mit der Hand den Rücken reibend, meinte er nachdenklich: »Jetzt hab' ich zum zweiten Mal mein Mittagessen vergessen. Zu dumm! Wenn ich mich nicht ordentlich zusammennehme, wird es mit mir noch so weit kommen wie mit den verfluchten Kerlen, die sich aus lauter Goldgier nicht einmal mehr Zeit zum Essen und Schlafen nehmen. Nein, Bill, so weit darf es mit dir nicht kommen.«

Als er sich später zur Nachtruhe zurechtlegte und in seine Decken hüllte, brummte er noch immer unzufrieden vor sich hin. »Schuld daran ist nur diese verfluchte Tasche. Tag und Nacht läßt mir der Gedanke an sie keine Ruhe.« Auch diesmal waren die Worte: »Gute Nacht, Tasche!« seine letzten vor dem Einschlafen.
Am nächsten Morgen stand er wie am vorhergehenden Tage mit der aufsteigenden Morgensonne auf. Nachdem er sein Frühstück in aller Eile beendet hatte, machte er sich an die Arbeit. Sein Arbeitseifer steigerte sich zu einem wahren Fieber, als die Probepfannen immer mehr Goldkörner enthielten. Seine Wangen nahmen eine unnatürlich rote Farbe an. Hitze, Müdigkeit und Zeit waren vergessen. Immer weiter wurde der Weg, den er zurückzulegen hatte, um seine mit neuer Erde gefüllte Pfanne am Bache auswaschen zu können, aber auch dies machte ihm nichts aus. Ganz im Gegenteil, er nahm sich jetzt nicht mehr die Zeit, in ruhigem Tempo den Hang abwärts zu schreiten, sondern lief keuchend, immer wieder über die verstreut umherliegenden Felsbrocken stolpernd, dem Bache zu. Langsam wurde die Form des durch die Lochreihen gebildeten V deutlicher erkennbar. Schon lag seine Arbeitsstätte über hundert Meter vom Bachufer entfernt. Gleichzeitig wurde auch das Gebiet, dessen Erde die goldene Saat in sich trug, immer schmaler, so daß es dem Mann möglich war, im Geiste den Punkt zu errechnen, an dem sich die beiden Seitenlinien des V treffen würden. Sein Ziel lag weit oben am Hang, und es galt noch viele Probepfannen auszuwaschen, bevor es erreicht war. »Zirka zwei Meter oberhalb des Manzanitenstrauches«, sagte er sich tröstend vor, wenn er zu erschlaffen drohte.
Aber die Versuchung wurde stärker und stärker, und als er ihr endlich nicht widerstehen konnte, rief er entschuldigend aus: »Wozu diese mühselige Plackerei, Bill, wenn du es dir um so viel leichter machen kannst. Versuche dein Glück! Diesmal stimmt es gewiß!« Entschlossen hielt er im mühevollen Graben inne, und ohne auch nur die angefangene Lochreihe zu beenden, kletterte er zu der Stelle empor, sie seinen Berechnungen nach mit der Spitze des umgekehrten V identisch sein mußte. Oben angekommen, nahm er sich nicht

einmal die Zeit, frisch Atem zu holen, sondern begann hastig die Pfanne mit Erde anzufüllen. Dann eilte er zum Bach hinunter, um sie auf ihren Inhalt zu prüfen. Aber kein einziges Goldkorn war auf dem Boden des Gefäßes zu finden. Wütend kehrte er auf den Hang zurück und begann tiefer zu graben. Aber alle seine Mühe blieb vergebens, und obgleich er mindestens ein Dutzend Pfannen auswusch, blieb die goldene Belohnung aus.
Jetzt wurde er wütend und verfluchte sich in gotteslästerlicher Art, weil er der Versuchung erlegen war und so viel Zeit und Kraft erfolglos vergeudet hatte. Immer noch grollend schritt er schließlich wieder den Hang hinab und nahm die Arbeit an derselben Stelle auf, die er vorhin leichtsinnig verlassen hatte. »Eile mit Weile, Bill, langsam kommt man auch zum Ziele«, sprach er sich tröstend zu. »Eigentlich solltest du bereits wissen, daß dir das Glück niemals mühelos in den Schoß fällt. Nur immer langsam voraus, nur nicht den Kopf verlieren. Die sicherste Methode ist immer die beste.«
Immer kürzer wurden die Querlinien, die über den Hang liefen, immer tiefer die Löcher, die der Mann ausheben mußte, um den goldenen Lohn für seine Mühe einheimsen zu können. Unten am Bache, wo die Querlinien am breitesten waren und er mit seiner Arbeit begonnen hatte, lagen die Goldkörner knapp unterhalb der Erdoberfläche, hier oben aber enthielt der steinige Sand selbst in fünfundzwanzig und dreißig Zentimeter Tiefe noch kein einziges Goldkorn. Immer mühseliger wurde die Arbeit. Schon mußte er drei Meter tiefe Gruben graben, um einen Erfolg zu erzielen, und noch immer war er von seinem Ziel, der Spitze des V, weit entfernt. »Wer weiß, wie tief das Gold an der Spitze liegt; der Teufel soll's holen«, stieß er mißmutig hervor, indem der sich aufrichtete, um seinen steifen Rücken zu reiben.
Fieberhaft arbeitend, mit schmerzenden Muskeln und müden Gliedern grub er den weichen Boden um, langsam aber stetig der verheißungsvollen Höhe näher kommend. Vor ihm bedeckten bunte Blumen, süßen Wohlgeruch ausströmend, den schütteren Grasboden des Hanges; hinter ihm herrschte die grauenvollste Verwüstung. Es war, als ob die liebliche Wiese durch einen Lavastrom

verheert worden wäre. Wie die Schnecke, die durch ihren scharfen Saft alle Schönheit verdirbt und zunichte macht, hatte seiner Hände Arbeit achtlos die Wunder der Natur vernichtet.
Je größer die Mühe wurde, desto ausgiebiger wurde auch der Gewinn, und über dem ständig wachsenden Goldinhalt der Pfannen vergaß der Mann seine schmerzenden Glieder. Zwischen zwanzig und dreißig Cent schwankte nun der Gewinn, den er pro Pfanne erzielte, und als er endlich bei Einbruch der Dämmerung einen Goldwert in der Höhe eines Dollars verzeichnen konnte, fand er sich reichlich belohnt.
Als er sich diesen Abend in seine Decke einhüllte, stellte er trocken fest: »Jetzt wird's gefährlich für dich, Bill, jetzt mußt du aufpassen, daß kein Rivale dir deine kleine Weide streitig macht.« Schon halb in den tiefen Schlaf der Erschöpfung versunken, riß er sich noch einmal empor und ermahnte sich mit scharfer Stimme: »Morgen heißt's früh aufstehen, Bill, und keine Müdigkeit vorschützen! Verstanden? Du mußt dich umtun, ob sich nicht doch irgendein verdammter Schnüffler auf deine Spur gesetzt hat, um dir deine Goldgrube streitig zu machen. Also, morgen vor Sonnenaufgang! Vergiß nicht, aufzustehen!«
Wie er sich's vorgenommen hatte, geschah es auch. Am nächsten Morgen gelang es ihm wirklich, der Sonne zuvorzukommen, und als ihre ersten Strahlen in die grüne Schlucht fielen, war der Goldgräber eben im Begriffe, die Felswand an einer weniger steilen Stelle zu erklimmen. Am Gipfel angelangt, bemerkte er mit Genugtuung, daß ihn ringsumher nur die Einsamkeit der Natur umgab. So weit sein Blick reichte, schloß sich eine Bergkette an die andere an, bis er endlich weit drüben im Osten von den schneebedeckten Gipfeln der Sierra, dem Rückgrat des Berglandes, festgehalten wurde. Dem Westen zu wurden die Berge niedriger und gingen schließlich in ein sanftes Hügelland über, das in eine weite Ebene mündete. Forschend glitten die Augen des Goldgräbers über die Landschaft, die sich zu seinen Füßen ausbreitete, und ohne ein Gefühl an die Schönheit der Natur zu verschwenden, die sich seinen Blicken in all ihrer Pracht darbot, konzentrierte sich seine ganze Aufmerksamkeit auf

eine schwache Rauchwolke, die er unten in seiner eigenen Schlucht zu erkennen glaubte. Schließlich mußte er zugeben, daß er sich getäuscht und den dunkelviolett brodelnden Morgennebel irrtümlicherweise für eine Rauchspirale angesehen hatte. Diese Erkenntnis füllte seine Brust mit neuem Mut.

»He, du, Tasche«, rief er triumphierend ins Tal hinab. »Jetzt hat dein letztes Stündlein geschlagen! Warte nur, gleich werde ich mich auf den Weg machen, gleich werde ich unten sein!«

Trotz der Behinderung durch die schweren Schaftstiefel schwang sich der Mann leicht und behend wie ein Gemse von der schwindelnden Höhe der Steilwände hinab, ohne der Gefahren zu achten. Rutschende Felsblöcke, morsches Gestein, das unter seinen Tritten locker wurde und abglitt, versetzten ihn nicht in Furcht. Auch dort, wo die Glätte des Felsens keine Angriffspunkte bot, zögerte er keinen Augenblick; geschickt schwang er sich, den trügerischen Boden kaum mit den Fußsohlen berührend, von Felsvorsprung zu Felsvorsprung, jeden auch noch so geringen Halt geistesgegenwärtig ausnützend. Schließlich, als das rasende Tempo des Abstiegs seiner Ungeduld nicht mehr genügte, ließ er kurz entschlossen die Wand fahren und rutschte, gewaltige Massen abgesplitterten Gesteins hinter sich herschleifend, den steilen Abhang hinab.

An diesem Tage hatte er bei seiner Arbeit besonders guten Erfolg. Schon in der ersten Pfanne waren Goldkörner im Werte von zwei Dollar enthalten. Die beiden Seitenlinien des V befanden sich nur mehr in einigen Metern Entfernung voneinander, das ersehnte Ziel winkte ihm schon aus nächster Nähe. Die Erde für die Probepfannen mußte er bereits aus fünf Meter Tiefe ausheben, um auch nur den geringsten Erfolg verzeichnen zu können. Allerdings verlohnte sich's der Mühe; denn der Boden war hier nicht mehr mit Goldkörnern bestreut, sondern bestand aus purem Gold, so daß der Mann bei sich beschloß, diese Stelle gesondert zu bearbeiten, sobald die »Tasche« gefunden und ausgebeutet war. Trotz allen Erfolges nahm die Laune des Goldgräbers seltsamerweise stetig ab, und als in den späten Nachmittagsstunden das goldene Erträgnis einer Probepfanne auf ungefähr vier bis fünf Dollar gestiegen war, hielt er in seiner Arbeit inne, kratzte sich nachdenklich hinter dem Ohr und prophezeite in düsterem Tone: »Da stimmt etwas nicht, Bill, irgend etwas ist da nicht in Ordnung. Aber laß dich's darum nicht verdrießen! Letzten Endes gibt es nur zwei Möglichkeiten. Entweder liegt das Gold der Tasche über den ganzen Abhang verstreut, oder die Mine ist so reichhaltig, daß du sie gar nicht auf einmal ausbeuten kannst. Das allerdings wäre zum Teufelholen. Nur daran zu denken, einen Teil des Goldes hier zurücklassen zu müssen!« Er lachte laut auf bei der Vorstellung, in eine Zwangslage zu kommen, in der sich das Angenehme mit dem Unangenehmen in so sonderbarer Weise paarte.

Diesmal saß er noch in der Dunkelheit am Bach und versuchte mit schmerzenden Augen eine letzte Probepfanne auszuwaschen, die Gold im Werte von fünf Dollar enthielt. »Jetzt bräuchte ich elektrisches Licht, um weiterarbeiten zu können«, brummte er ungehalten vor sich hin.

Während der Nacht, die diesem von Glücksgütern gesegneten Tage folgte, wälzte er sich lange ruhelos hin und her, bevor er Schlaf finden konnte. Sein Herz pochte wild vor Aufregung, und sein Blut pulsierte schneller in den Adern als gewöhnlich. Immer wieder riß er die schweren Lider gewaltsam hoch und murmelte: »Wenn es doch endlich hell werden wollte! Wo die Sonne nur so lange stecken mag!«

Als er am Morgen nach einem kurzen Schlummer erwachte, standen noch die letzten Sterne blaß am Himmel. Ohne den Sonnenaufgang abzuwarten, begab er sich an die Arbeit. Heute galt es die Tasche zu finden.

Die Querreihe, die er nun ausheben mußte, bestand nur mehr aus drei Gruben, so nahe war er seinem Ziele schon gerückt.

Jetzt endlich war er dabei, das letzte, entscheidende Loch zu schaufeln, gerade an der Stelle, an der die Seiten des umgekehrten V zusammenliefen.

Seine Aufregung hatte sich zu fieberhafter Erwartung gesteigert, so daß er sich bisweilen selbst zur Geduld ermahnte: »Nur ruhig, Bill, nur ruhig, jetzt kann's an nichts mehr fehlen. Hier und nir-

gends anders muß die Tasche sein«, beruhigte er sich, tiefer und tiefer grabend.
Nachdem er auf diese Weise ein vier bis fünf Meter tiefes Loch ausgehoben hatte, stieß er mit dem Spaten auf einen härteren Widerstand. Fachmännisch stellte er fest: »Verrotteter Quarz.« Jetzt nahm er die Hacke zur Hand, lockerte das mürbe Gestein damit auf und hob dann mit der Schaufel die zerkleinerten Felsenbrocken aus. Mit einer hastigen Bewegung warf er das Werkzeug von sich und ließ sich auf die Knie nieder. Seine scharfen Augen hatten ein goldiges Flimmern entdeckt. Wie die Bauern beim Kartoffelgraben zuweilen die Erde mit den Händen von den Früchten reiben, um sie zu reinigen, nahm der Goldgräber jetzt mit unendlicher Vorsicht ein verwittertes Quarzstück in die Hand, um es zu bearbeiten. Die Spannung, die sich auf seinen Gesichtszügen gemalt hatte, wich bald einer hellen Freude. Überrascht rief er aus: »Aber das sind ja ganze Klumpen, faustgroße Klumpen!« Nur die eine Hälfte des Quarzstollens, den er in den Händen hielt, bestand aus wirklichem Quarz, die andere war reines Gold. Er ließ den kostbaren Fund in die Pfanne fallen und untersuchte fiebernd vor Aufregung und Gier das nächste Stück. Wiederum hielt er reines Gold in den Händen. Nein, so etwas hatte er noch nie zuvor erlebt. Die Grube war die reinste Schatzkammer und schien zum größeren Teil aus Gold und zum kleineren Teil aus verwittertem Quarz zu bestehen. Ein besonders großer Klumpen des edlen Metalls, der in der Sonne wie ein großer Edelstein blitzte und leuchtete, fiel dem Mann in die Augen. Behutsam nahm er ihn in die Hand und drehte ihn langsam, wobei er sich an dem feurigen Gefunkel des Goldes ergötzte. »Weiß Gott«, sagte er dann mit dem Unterton tiefster Befriedigung in der Stimme, »was die Leute doch alles reiche Goldfunde nennen. Wenn sie beim Auswaschen einer Pfanne einen armseligen Gewinn von dreißig oder vierzig Cent erzielen, schätzen sie sich schon glücklich. Die haben eine schöne Ahnung! Hierher müßten sie kommen, meine Mine sehen und dann vor Neid platzen. Hier besteht die Erde nur aus Gold, und darum will ich der Schlucht auch den Namen »Goldschlucht« geben.

Er war noch damit beschäftigt, den Quarz vom Gold zu reiben, als ihn plötzlich eine sonderbare Unsicherheit überfiel, die unheimliche Vorahnung einer ihm drohenden Gefahr. Es war, als ob sich eine kalte Hand um seinen Hals legte und ihn zu erwürgen drohte. Erstarrend vor Schrecken, fühlte er das Blut in seinen Adern stocken, er spürte, wie das von Schweiß nasse Hemd ihm kalt an der Haut klebte. Noch nie zuvor hatte er es so deutlich empfunden, was es bedeutet, von einer feindlichen Atmosphäre umgeben zu sein. Ein schwarzer Schatten war zwischen ihn selbst und das Leben getreten, und in diesem Augenblick stand er dem Tode näher als dem Leben.

Blitzschnelle Berechnungen kreuzten sich in seinem Gehirn. Was sollte er tun? Der drohenden Gefahr offen gegenübertreten? Er überwand den ersten Impuls, aufzuspringen und sich den Gegner anzusehen. Es gelang ihm ganz im Gegenteil, des Entsetzens der ersten Sekunde Herr zu werden, sich zur Ruhe zu zwingen und äußerlich gelassen in seiner vorigen Stellung sitzen zu bleiben. Jede Fiber, jedes Organ war gespannt, um den Gegner zu erkennen, ohne zu zeigen, daß auch er sich einer Gefahr bewußt war. Während er anscheinend voll Eifer die Goldklumpen vom Quarz reinigte, glitt sein Blick nach einer Waffe suchend über den Boden. Aber da lag nur Gold, Gold und wieder Gold; denn auch die Hacke, die unter anderen Umständen eine gute Waffe abgegeben hätte, konnte ihm in diesem Falle wenig nützen. Mit einem Schaudern wurde sich der Mann stärker denn zuvor der tiefen Hilflosigkeit seiner Lage bewußt. Er konnte sich ja seines Angreifers nicht einmal erwehren; eingesperrt und kampfunfähig war er in diesem fünf Meter tiefen Erdloch, dieser Falle, aus der es kein Entkommen gab.

Kalte Ruhe und Gefaßtheit überkam ihn bei diesen Erwägungen. Nichts konnte ihn retten. Und sich still in sein Schicksal fügend, fuhr er mechanisch fort, das Gold von den Quarzstücken zu säubern und in die Pfanne zu werfen. Die Minuten dehnten sich in atemloser Spannung zu Ewigkeiten — da — ein lauter Knall traf sein Ohr. Unmittelbar darauf verspürte er einen heftigen Schlag auf der linken Seite des Rückens. Ein brennender Schmerz, der von der getroffenen Stelle ausging und sich allmählich über den ganzen Körper verbreitete, ließ ihn heftig auffahren; aber noch ehe er ganz auf den Füßen stand, brach er hilflos zusammen. Im Fallen bedeckte er mit der Brust die Pfanne, die seinen ganzen Goldschatz beinhaltete; das Gesicht preßte sich in den gelockerten Boden ein. Die Beine verkrümmten sich des beengten Raumes wegen. Ein eisiger Schauer ließ seine Glieder erzittern; nochmals weiteten sich die Lungen wie zögernd, ein langer Seufzer ertönte. Dann strömte, während der Körper schlaff zusammensackte, langsam, langsam die Luft aus den Lungen aus.

Jetzt wurde oben, am Rande der Grube, die Gestalt eines Mannes sichtbar, der einen rauchenden Revolver in der Hand hielt und lange und nachdenklich auf den unter ihm liegenden unbeweglichen Körper starrte. Der Anblick seines Opfers schien den Fremden nicht allzusehr aus dem seelischen Gleichgewicht zu bringen. Langsam und mit Genuß ließ er sich am Rand der Grube nieder, legte seinen Revolver auf die Knie, suchte dann längere Zeit in seiner Hosentasche herum und zog endlich einen Tabaksbeutel und einen schmalen Streifen braunen Papiers hervor. Nachdem er von dem Tabak so viel, als man mit zwei Fingern greifen kann, auf das Papier gestreut hatte, rollte er sich mit vorsichtigen Bewegungen eine Zigarette. Genießerisch zog er den Rauch durch die Lunge. Es war, als ob eine schreckliche Szene, bei der er der Hauptbeteiligte gewesen war, schon längst aus seiner Erinnerung geschwunden sei. Endlich war die Zigarette ausgeraucht. In weitem Bogen den Stummel von sich werfend, sprang der Mann auf die Füße und trat bis an den Rand der Grube vor. Die Hände am Erdreich aufgestützt, glitt er, den Revolver noch immer in der Rechten haltend, vorsichtig auf den Boden des Loches hinab. Einen Augenblick lang baumelte er in der Luft. Dann ließen seine Hände den Rand der Grube los, und er ließ sich den letzten halben Meter in die Tiefe fallen. Seine Füße hatten kaum den Boden berührt, als er sich von der Hand des totgeglaubten Goldgräbers herumgerissen fühlte. Im Bruchteil einer Sekunde hatte er die Pistole schußbereit. Ein ohrenbetäubender Knall ertönte, und schon war der enge Schacht des Erdloches durch dichten Rauch vernebelt. Rückwärts taumelnd erlag der Fremde der Wucht, mit der der Angreifer auf ihn prallte. Der Goldgräber aber erkannte geistesgegenwärtig seine Chance und warf sich mit dem vollen Gewicht seines Körpers auf dem am Boden Liegenden. Noch einmal versuchte der Fremde zu schießen, aber der Goldgräber, schneller als er, stieß ihm mit einer flinken Bewegung den Arm zur Seite. Der Schuß ging los. Klatschend bohrte sich die Kugel in die weiche, erdige Wand der Grube ein.

Nun begann ein wildes Ringen um die Waffe, deren Besitz den Kampf zwischen den beiden Männern endgültig entscheiden mußte. Währenddessen begann sich der Rauch, der den engen Erdschacht erfüllte, langsam wieder zu verflüchtigen. Aber bevor sich der Fremde, der noch immer auf dem Rücken lag, mit der Umgebung vertraut machen konnte, wurde er von neuem geblendet. Diesmal durch eine Handvoll Erde, die ihm sein Gegner ins Gesicht schleuderte. Dieser unerwartete Schachzug seines Kampfpartners brachte ihn aus der Fassung. Unwillkürlich lockerte sich der Griff, mit dem er den Revolver umfaßt hielt. Vor seinen Augen wurde es dunkler und dunkler, bis endlich die Außenwelt ganz seinen Sinnen entrückt war. —

Schuß um Schuß knallte. Erst als das Pistolenmagazin leer war, warf der Goldgräber die Waffe, die ihn zum Siege verholfen hatte, mit weitem Schwunge von sich. Noch immer atemlos vom Kampf, setzte er sich auf die Beine des Toten. Ein tiefes Aufatmen. Dann keuchte er empört: »Dieser verdammte Schuft, dieser elende Kerl! Spioniert mir nach, läßt mich die ganze Arbeit tun, und wenn ich dann endlich am Ziele bin, will er den Lohn meiner Mühen einheimsen.« Er steigerte sich gleichsam in eine immer stärkere Erregung hinein. Jetzt, wo er die Gefahr gemeistert hatte, ließ die Anspannung seiner Nerven nach, und weinte beinahe vor Wut und Erschöpfung. Endlich raffte er sich zusammen. Nach einem langen Blick auf die mit Erde und Sand halb verdeckten Gesichtszüge des Toten, die ihm unbekannt waren, brummte er: »Hab' den Kerl noch nie zuvor im Leben gesehen! Solch eine Gemeinheit, solch eine Feigheit! Mich in den Rücken zu schießen! Einen wehrlosen Men-

schen hinterrücks zu erschießen! Recht geschieht ihm, daß er jetzt so steif und still daliegt. Der Teufel soll ihn holen!«
Nachdem er so einer tief gefühlten Meinung Ausdruck verliehen hatte, wandte er seine Aufmerksamkeit seiner eigenen Wunde zu. Behutsam öffnete er sein Hemd und befühlte die schmerzende Stelle sorgfältig. Dann atmete er erleichtert auf. »Da habe ich einmal Schwein gehabt. Die Kugel ist glatt durchgegangen. Wahrscheinlich hat der Feigling beim Abdrücken des Revolvers gezittert. Na, dir hab' ich's wenigstens gründlich gegeben, du Schuft, du Meuchelmörder!«
Stöhnend kletterte er die Wand der Grube empor. Ein Schatten glitt über sein Gesicht, als er bemerkte, daß er seine körperliche Beweglichkeit eingebüßt hatte, und seufzend stieß er hervor: »So eine Wunde macht verdammt steif in den Gliedern. Höchste Zeit für dich, Bill, von hier fortzukommen und dir einen anständigen Verband zurechtzumachen.«
Langsam stolperte er den Hang hinunter seinem Lagerplatz zu. Aber schon eine halbe Stunde später kehrte er, das Packpferd am Leitseil führend, zu der Goldader zurück. Sein Hemd stand über der Brust weit offen. Darunter sah man einen ungeschickt angelegten Verband hervorblitzen. Den linken Arm bewegte er vorsichtiger und langsamer als den rechten. Sonst war ihm nichts Besonderes anzumerken. Bei der Grube angelangt, machte er sich sofort an die Arbeit. Mit Hilfe eines Strickes, den er dem Toten um den Leib schlang, gelang es ihm nach vieler Mühe, den schweren Leichnam aus der Grube zu heben. Dann stieg er selbst in die Grube hinunter und arbeitete schwer mehrere Stunden hindurch, um seinen reichen Goldfund in Sicherheit zu bringen. Jedesmal, wenn er innehielt, um sich auszuruhen und nach der schmerzenden Schulter zu greifen, murmelte er vor sich hin: »Nein, eine solche Gemeinheit, mich hinterrücks niederzuschießen.«
Als er endlich seinen Goldschatz geborgen, ihn in Bündeln und Decken verpackt und verschnürt hatte, überschlug er im Geiste seinen Gewinn. »Ja, selbst wenn noch zweihundert Pfund Quarz dabei sein sollten bleiben mir noch immer zweihundert Pfund. Hast du's

auch richtig erfaßt, Bill? Zweihundert Pfund Gold, mindestens zweihundert Pfund Gold! Das sind vierzigtausend Dollar!«
Vergnügt vor sich hingrinsend, kratzte er sich den Kopf. Da verwandelte sich plötzlich sein Gesichtsausdruck; seine Finger waren auf eine rauhe Stelle gestoßen; es war dieselbe Stelle, an der ihn die zweite Kugel gestreift hatte.
Ärgerlich trat er noch einmal an den Toten heran. »Du hättest mich wohl gerne umgelegt, wie? Jetzt hast du, was du verdienst. Aber ich will ein übriges tun und dich einscharren, obwohl du es nicht verdient hast.« Mühsam schleppte er den bereits erstarrten Körper zum Rand der Grube. Dann versetzte er der Leiche einen Stoß mit dem Stiefel, so daß sie mit einem dumpfen Stöhnen auf dem Boden des Loches aufschlug. Als der Goldgräber einen letzten Blick auf seinen toten Gegner warf, sah er, daß das Gesicht des Toten der Sonne zugewandt war. Er bückte sich nach dem Spaten und füllte das Loch mit Erde an.
Sobald dies geschehen war, bepackte er das Pferd mit seiner Ausbeute und führte es auf den Lagerplatz zurück. Da die Last für das Tier zu schwer wurde, lud er einen Teil des Goldes dem Reitpferd auf. Die weniger kostbaren Teile seiner Ausrüstung, das Kochgeschirr, die eisernen Rationen und das Werkzeug wurden achtlos zurückgelassen.
Die Sonne stand hoch am Himmel, als der erfolgreiche Goldgräber mit seinen schwerbepackten Pferden das Tal verließ. Den Tieren fiel es diesmal noch schwerer, sich ihren Weg durch die grüne Wand zu bahnen, die die Schlucht von der Außenwelt abschloß. Das Reitpferd, das an das Tragen so schwerer Lasten nicht gewöhnt war, brach sogar zusammen, so daß der Mann das Gold noch einmal abladen mußte, um das Tier überhaupt wieder auf die Beine zu bringen. Nachdem auch diese Schwierigkeit glücklich überwunden war, schob der Mann ein letztesmal die Zweige und Ranken der Blätterwand auseinander und steckte seinen Kopf aus dem Dickicht hervor. Nach einem langen Blick auf die Stätte seines Wirkens sagte er noch einmal: »So ein Schuft!« und verschwand dann endgültig.

Heftig, dann immer sanfter und sanfter schwankten die Zweige der Bäume hin und her, die durch die Tiere in Bewegung gesetzt worden waren. Der Klang der eisenbeschlagenen Hufe auf dem Felsboden, ab und zu durch einen Fluch oder ermahnenden Zuruf unterbrochen, entfernte sich immer weiter. Zuletzt erhob der Mann seine Stimme und sang.

Aber auch die Töne seines Liedes wurden schwächer, und als der letzte Ton verklungen war, schlich sich der Geist des Friedens auf leisen Sohlen wieder in das Tal zurück, das wie zuvor verlassen dalag. Leise murmelnd und plätschernd zog der Bach, der sich über die wieder eingetretene Stille freute, seinen Weg talabwärts. Ungestört zogen die Bergbienen, Honig suchend, von einer Blume zur anderen, wie zuvor wiegten sich die schlanken Wipfel der Pappeln in der leichten Brise, taumelten die Schmetterlinge trunken vom Licht der Sonne, die ihre Strahlen über das Tal ergoß, über die Wiese.

Nur die Spuren der Pferdehufe und die aufgewühlte Erde des Abhangs erzählten davon, daß der Friede der Natur durch das Eindringen des Menschen kurz gestört worden war.

Der Bund der Alten

Vor dem Kriegsgericht, bei dem es um Leben und Tod ging, stand ein Mann, ein Eingeborener vom Weißfischfluß, der in den Yukon mündete. Nicht nur ganz Dawson, auch die Bevölkerung der weitesten Umgebung stand unter dem Eindruck dieses Ereignisses.
Die Eroberer, die Angelsachsen, hatten es von jeher für notwendig befunden, den besiegten Völkern harte Gesetze aufzuerlegen. Aber für die Straftaten Imbers schienen sie doch nicht ganz ausreichend zu sein. Auch die härteste Strafe, die Todesstrafe, schien noch zu milde für ein Verbrechen zu sein, dem Dutzende von Menschenleben zum Opfer gefallen waren.
Die Zahl der Opfer, deren Blut an seinen Händen klebte, konnte sich nicht genau feststellen lassen, sosehr sich auch einzelne bemühten. Die armen Ermordeten waren alle weiße Menschen gewesen, und sie waren allein, zu zweien oder scharenweise erschlagen worden. Merkwürdigerweise war hierfür kein vernünftiger Grund zu finden, die Morde geschahen völlig sinnlos und unüberlegt. Weder die berittene Polizei noch die Polizeihauptleute, nicht einmal der Regierungsgouverneur war imstande, Licht in dieses Dunkel zu bringen.
Das Unbegreiflichste aber bestand darin, daß sich Imber freiwillig in Dawson stellte. An einem Frühlingstage, der Yukon murrte schon unter seiner Eisdecke, stieg der alte Indianer mühsam über die Uferböschung und blieb blinzelnd in der Hauptstraße stehen. Die Vorübergehenden sahen, wie unsicher und schwach er auf seinen Beinen stand und wie er sich dann torkelnd auf einem Holzstapel niederließ. Dort blieb er den ganzen Tag sitzen und starrte auf die weißen Menschen, die an ihm vorüberkamen. Viele wandten sich nach ihm um oder machten über den alten Mann eine Bemerkung.
Später, als die Angelegenheit schon im Mittelpunkt des Interesses stand, brüsteten sich viele damit, schon damals das Seltsame der Erscheinung erkannt zu haben.

Aber erst Jung Dickens war es vorbehalten, der Held des Tages zu werden. Jung Dickens war mit großen Hoffnungen und etwas Geld ins Land gekommen, um hier sein Glück zu machen. Es erging ihm wie so vielen anderen, dem Traum vom Gold folgte ein nüchternes Erwachen, und um sich das Geld für die Rückreise zu beschaffen, hatte er eine bescheidene Stellung bei der Makler-Firma Holbrook & Mason angenommen. Das Kontor dieses Unternehmens befand sich nun gerade gegenüber dem Brennholzstapel, auf den sich Imber gesetzt hatte. Er saß schon dort, als Dickensen zum Frühstück ging, und als er zurückkehrte, war der seltsame Alte noch immer dort.

Da er augenblicklich nichts zu tun hatte, beobachtete ihn Dickensen vom Fenster aus, und da er eine romantische Ader hatte, verglich er den merkwürdigen Alten mit dem Schutzgeist der Siwashrasse, der keine andere Beschäftigung hatte, als die weißen Eindringlinge zu beschwören und zu verwünschen. Die Stunden verflossen, und noch immer saß Imber reglos auf seinem Platz, und keine seiner Muskeln rührte sich. Dickensen erinnerte sich an einen Mann, der lange Zeit steif und aufrecht auf einem Schlitten in der Hauptstraße gehockt hatte und von dem alle Vorübergehenden glaubten, daß er sich ausruhe, bis sie darauf kamen, daß er schon lange kalt und tot war. Er war mitten in der Stadt erfroren. Um ihn in den Sarg hincinzubckommen, mußte er erst am Feuer aufgetaut werden —. Dickensen schauderte, als er daran dachte.

In der Mittagspause trat Dickensen auf die Straße, um eine Zigarre zu rauchen und frische Luft zu schnappen. Bei dieser Gelegenheit traf er auf Emily Travis, die zufällig vorbeikam. Emily war ein liebes, feines, herziges Ding und hatte obendrein den Vorzug, die Tochter eines schwerreichen Minen-Ingenieurs zu sein. Dementsprechend war sie auch angezogen. Jung Dickensen deponierte seine Zigarre auf dem Fensterbrett und zog artig den Hut.

Sie unterhielten sich etwa zehn Minuten, da schrie plötzlich Fräulein Travis erschrocken auf, als sie zufällig Dickensen über die Schulter blickte. Der junge Mann drehte sich um, und was er da sah, ließ auch ihn erschrecken. Imber hatte seinen Holzstoß ver-

lassen und schritt wie ein lebender Leichnam auf das junge Mädchen zu, wobei er ihr unentwegt ins Gesicht stierte.
Jung Dickensen nahm seinen ganzen Mut zusammen, zitternd trat er dem Indianer entgegen. »Was willst du?« herrschte er ihn an.
Imber ließ sich jedoch nicht beirren, er schritt ganz nahe an Emily Travis heran, betrachtete sie von oben bis unten, als wollte er sich jeden Quadratzentimeter ihrer Gestalt fest einprägen. Vor allem schienen ihn ihr braunes, seidenweiches Haar und ihre rosigen Wangen zu interessieren. Er umkreiste sie, so wie ein Pferdehändler ein Pferd von allen Seiten betrachtet, um seinen Wert zu bestimmen. Bei diesem Rundgang fesselte ihn besonders die rosig schimmernde Ohrmuschel, dann sah er lange in die blauen Augen. Nun tat er etwas sehr Seltsames: er legte seine linke Hand auf ihren Oberarm, während er mit der anderen Hand ihren Unterarm hob und zurückbog. In seinem Gesichte prägte sich Verwunderung, gemischt mit Widerwillen, aus und mit einem verächtlichen Grunzen ließ er den Arm wieder fallen. Hierauf drehte er sich zu Dickensen und redete mit einem Kehllaut auf ihn ein. Der junge Mann verstand kein Wort, und Emily lachte amüsiert über den Versuch des Alten, sich verständlich zu machen. Imber runzelte mißvergnügt die Stirn und eben, als er sich entfernen wollte, entdeckte Emily den Indianer Jimmy.
»Hallo, Jimmy, komm einmal her!«
Es war ein großer, dicker Indianer, jedoch angezogen wie ein Weißer, mit einem El-Dorado-Sombrero auf dem Kopfe. Die beiden Rothäute sprachen aufeinander ein, aber augenscheinlich verstanden sie sich auch nicht recht, denn Jimmy war ein Sifkan, während Imber zu den Stämmen des inneren Landes gehörte.
»Er sein ein Weißfischindiander«, sagte Jimmy zu Fräulein Travis, »ich ihn verstehen schlecht. Er sagt, er wollen sprechen den Häuptling von die weißen Männer.«
»Er meint den Gouverneur«, sagte Dickensen.
Jimmy unterhielt sich noch weiter, seine Stimme aber wurde plötzlich ernst und bestürzt.

»Ich verstehen, er fragen nach Käpt'n Alexander. Er sagen, er töten weiße Männer, weiße Frauen und weiße Knaben, er töten viele weiße Leute. Er wollen sterben.«
»Komplett verrückt«, sagte Dickensen.
Nun kam ein Polizist hinzu und hörte, wie Imber seinen Wunsch wiederholte. Es war ein großer, breitschultriger Bursche, der auf starken, etwas gespreizten Füßen stand. Er überragte Imber um etwa einen halben Kopf. In seinen Augen konnte man ein starkes Selbstbewußtsein lesen, das man häufig bei Menschen von edlem Herkommen findet. Am sympathischsten berührte jedoch seine Jungenhaftigkeit — er war fast noch ein Knabe —, die sich dadurch dokumentierte, daß er ebenso leicht errötete wie ein zartes Mädchen.
Imber faßte zu ihm sofort eine lebhafte Zuneigung. Seine Hand streichelte behutsam, fast zärtlich die schwellenden Muskeln des jungen Mannes, er beklopfte mit seinen Knöcheln die herkulische Brust und die breiten Schultern.
Inzwischen hatte sich um die Gruppe eine kleine Menschenmenge angesammelt, es waren meist Minenarbeiter, langbeinige Grenz- oder Gebirgsbewohner. Um diesem Auflauf ein Ende zu bereiten, erklärte der Polizist mit betont barscher Stimme: »Es scheint etwas Wahres an seiner Geschichte zu sein. Ich nehme ihn mit zum Kapitän. Sag ihm, Jimmy, er soll mitkommen.«
»Frag ihn auch, Jimmy«, fiel nun Emily Travis ein, »was er wollte, als er mich am Arm faßte.«
Nach einem längeren, etwas umständlichen Gespräch zwischen den beiden Indianern erklärte Jimmy:
»Er sagen, du sollst nicht fürchten, er sagen, du bist nicht skookum, nicht stark, sondern zart wie ein Kind, das er mit seinen Händen in Stücke brechen könnte. Er sich wundern, daß so zarte Squaws Mutter von Männern werden können, die so stark wie dies Polizeimann.«
Emily errötete, ebenso Jung Dickensen, und auch dem Polizeimann färbten sich die Wangen blutigrot.
Er machte dieser peinlichen Szene ein rasches Ende, indem er sich

mit der Schulter einen Weg durch die Menge bahnte. Ihm nach trottete der Alte.
Und so kam es, daß Imber die Militärbaracken betrat, wo er ein freiwilliges umfassendes Geständnis ablegte und von wo er niemals mehr zurückkehren sollte.

Abgespannt saß Imber auf der Anklagebank des großen Gerichtssaales. In seinen Zügen war die ganze Hoffnungslosigkeit seines Alters zu lesen. Kraftlos ließ er die Schultern hängen, und seine Augen waren ohne Glanz. Wirr umrahmte das von Wind und Wetter verbrannte und verwitterte Haar sein armseliges, altes, mit Falten übersätes Gesicht.
Im Saal drängte sich eine Menschenmenge, die von weit herbeigeeilt war, und ein leises Murren und Knurren verriet deutlich ihre unheilverkündende Stimmung.
Imber zeigte keinerlei Interesse für die Vorgänge um ihn her, er saß gleich neben dem Fenster, und seine Augen ruhten teilnahmslos auf der trübseligen Gegend. Vom Himmel strömte ein endloser Regen, und die Fluten des Yukon überschwemmten schon große Teile der Hauptstraße von Dawson. Ein Mann klopfte energisch auf den Tisch, sogleich erstarb das Summen im Saal. Imber betrachtete den Mann. Er schien Macht zu besitzen, aber Imber merkte gleichzeitig, daß der Mann mit der gewölbten Stirne, der etwas weiter hinten saß, noch mehr Macht besaß. Er schien der Häuptling über alle zu sein, selbst über den, der soeben geklopft hatte. Ein dritter Mann, der an demselben Tisch saß, stand auf und begann von vielen Bogen Papier etwas abzulesen. Bei jedem frischen Bogen räusperte er sich und befeuchtete seine Finger. Imber verstand kein Wort, aber die anderen umso mehr. Imber bemerkte, daß die Leute mit jedem Bogen immer zorniger wurden. Zuweilen schüttelte einer seine Fäuste und begann laut zu fluchen, bis der Mann am Tisch ihn durch Klopfen verstummen machte.
Die Vorlesung dauerte endlos, und Imber begann zu träumen, fast wäre er über diesem eintönigen Sing-Sang eingeschlafen, bis ihn eine Stimme, die in seiner Muttersprache redete, wieder zum vollen

Bewußtsein brachte. Ohne Überraschung erkannte er in dem Sprecher den Sohn seiner Schwester, einen jungen Mann, der sich vor Jahren den Weißen angeschlossen hatte.
»Kennst du mich noch«, fragte der Jüngling, ohne ihn eines Grußes zu würdigen.
»Doch, ich kenne dich«, entgegnete Imber, »du bist Howkan, der uns verließ. Deine Mutter ist tot.«
»Sie war eine alte Frau«, bemerkte Howkan so nebenher, dann legte er seine Hand auf die Schulter Imbers: »Ich werde dir nun sagen, was der Mann vorgelesen hat, es ist eine Aufzählung deiner Untaten, die du verübt und die du törichterweise dem Kapitän erzählt hast. Du mußt nun sagen, ob dies alles wahr ist oder nicht. So lautet der Befehl.«
Howkan hatte in der Mission lesen und schreiben gelernt, und so war es ihm ein leichtes, Bogen für Bogen zu übersetzen. Sie enthielten das Geständnis, das Imber vor Kapitän Alexander abgelegt hatte. Imber hörte eine Weile zu, in seinen Zügen zeigte sich maßloses Erstaunen, dann unterbrach er ihn brüsk.
»Das habe ich gesagt, Howkan, aber wie kannst du es wissen, da du es nicht gehört hast?«
Über Howkans Züge glitt ein eitles Lächeln.
»Nein, ich habe es auch nicht gehört, es kommt aus dem Papier, Imber. Von dem Papier kommt es in meine Augen, von dort in meinen Kopf und aus meinem Munde dann zu dir. Das ist der Weg, den es geht.«
»Das ist der Weg, den es geht. Von diesem Papier da?« murmelte Imber ehrfurchtsvoll, und seine Finger fuhren vorsichtig über die Bogen. »Das ist eine große Medizin, Howkan, und du bist ein großer Zauberer.«
Der junge Mann blähte sich förmlich in seinem Stolz, und er las aufs Geratewohl einen Satz:
»In diesem Jahre kam, ehe das Eis brach, ein alter Mann mit einem Knaben, der hinkte. Die tötete ich ebenfalls, und der alte Mann machte viel Lärm . . .«
Imber hatte atemlos zugehört.

»Das ist wahr! Er machte viel Lärm, und er brauchte zum Sterben viel Zeit. Aber woher weißt du das? Hat es dir der weiße Häuptling erzählt? Sonst weiß es niemand, er ist der einzige, dem ich es gesagt habe.«

Howkan begann die Geduld zu reißen. »Habe ich dir nicht gesagt, daß es da in dem Papier steht, du dreimalvermaledeiter Narr?«

Hierauf setzte Howkan die Vorlesung des Geständnisses fort. Es dauerte lange, und als er fertig war, starrte Imber schweigend und nachdenklich vor sich hin.

Endlich sagte er:

»Das ist alles wahr, das alles habe ich gesagt, aber ich bin alt und vergeßlich, und mir fallen Dinge ein, die ich vergessen habe und die ich dem Häuptling ebenfalls hätte erzählen müssen. Da war ein Mann, der mit klug erdachten Fallen Biber jagte. Ich erschlug ihn. Da waren drei Männer, die am Weißfischfluß nach Gold suchten, ich erschlug sie und überließ ihre Leichen den Vielfraßen. Und bei den ›Fünf Fingern‹ tötete ich einen Mann in einem Floß mit viel Fleisch ...«

Während Imber nachdachte, übersetzte Howkan das, was er gesagt hatte, und ein Schreiber schrieb es nieder. Alle im Gerichtssaal lauschten gespannt, und mehr als einmal hörte man aus der Menge erregte Zurufe. Als Imber von einem rothaarigen Mann erzählte, der schielte und den er aus weiter Entfernung durch einen Schuß ermordet hatte, schrie ein Mann in der vordersten Reihe entsetzt auf: »Das war mein Bruder Bill!«

Kaum war Imber mit seinen Geständnissen zu Ende, sank sein Kopf wieder herab, seine Augen trübten sich, und er sah die Welt nur mehr wie durch einen Schleier.

Howkan weckte ihn wieder.

»Steh auf, Imber. Du mußt jetzt erzählen, warum du so viele Menschen getötet hast und warum du freiwillig hierhergekommen bist, um dich dem Gesetz zu überliefern.«

Schwankend und schwerfällig erhob sich Imber, und mit leiser Stimme begann er zu erzählen. Nach einer Weile wandte sich Howkan

an den Vorsitzenden: »Was dieser alte Mann berichtet, ist so verrückt und töricht wie das Plappern eines Kindes.«
»Das tut nichts zur Sache, wir wollen hören, was er spricht, Wort für Wort, selbst wenn es sich wie das Geplapper eines Kindes anhört. Richte dich also danach.«
Nun begann die Erzählung, das Epos eines bronzefarbigen Mannes, der sein Volk über alles liebte. Es wurde im Saale totenstill, selbst der Richter mit der hohen Stirn stützte seinen Kopf in die Hand. Man hörte nur die dunklen Kehllaute des Alten und die schrille Stimme des Übersetzers.
»Ich bin Imber vom Weißfischflusse. Mein Vater war ein starker Mann und hieß Otsbaok. In meiner Knabenzeit war das Land voll von Sonnenschein und Frohsinn. Das Volk war auf sich selbst gestellt und dürstete weder nach fremden Dingen, noch hörte es auf Einflüsterungen von außen. Die Frauen gebaren den jungen Männern Kinder, und die Männer waren mit ihnen zufrieden, denn sie sorgten für das Wachstum des Stammes. Die Männer waren richtige Männer, sowohl in Frieden, als auch in Krieg und Hunger.
Die Wässer waren voll mit Fischen, und in den Wäldern gab es Wild genug. Wir und die Hunde waren abgehärtet gegen Frost und Sturm, nichts konnte uns etwas anhaben. Und als die Pellys in unser Land eindrangen, da töteten wir sie und setzten die Grenzen fest. Eines Tages kam der erste weiße Mann. Auf Händen und Füßen kroch er über den Schnee, und seine Haut spannte sich straff über seine Knochen. Wir wußten nicht, woher er kam, und wir fragten uns, zu welchem Stamm er wohl gehören mochte und wo sein Land lag. Er war schwach wie ein kleines Kind, und wir gaben ihm einen Platz am Feuer und fütterten ihn, wie man kleine Kinder zu füttern pflegt.
In seiner Begleitung war auch ein Hund, wohl dreimal so groß wie unsere Hunde. Er hatte viel weniger Haare, und sein Schweif war erfroren, so daß er von ihm abfiel. Wir fütterten auch den Hund, und wenn unsere Hunde ihm den Platz am Feuer streitig machen wollten, verjagten wir sie, sonst hätten sie ihn getötet. Als der Mann und der Hund wieder ihre Kräfte bekamen, wurden sie groß und

unerschrocken. Der Mann sprach laute Worte und machte sich über uns Männer lustig, den Frauen aber warf er begehrliche Blicke zu. Der Hund raufte mit unseren Hunden, und obwohl er weniger Haare hatte, biß er doch drei unserer Hunde an einem Tage tot.

Auf die Frage nach seinem Volke lachte er auf ungute Art und sagte: ›Ich habe viele Brüder!‹ Als er wieder seine Stärke hatte, verließ er uns, mit ihm aber zog Noda, die Tochter des Häuptlings. Eine unserer Hündinnen warf Junge. Nie hatte man solche Welpen gesehen: dickköpfig, großmäulig, fast ohne Haare und hilflos. Meinen Vater packte der Zorn, und er warf die hilflosen Dinger mit Steinen zu Tode. Zwei Sommer danach kehrte Noda zurück, im Arm trug sie einen Knaben.

Damit begann das Unheil. Wieder kam ein weißer Mann. Als er uns verließ, blieben seine kurzhaarigen Hunde zurück, er aber nahm sechs unserer besten Hunde mit. Dafür erhielt Koo-So-Tee, der Bruder meiner Mutter, einen Revolver, mit dem er sechsmal hintereinander schießen konnte. Koo-So-Tee war sehr stolz darauf und machte sich über unsere Bogen und Speere lustig. Er nannte sie Weiberkram! Mit diesem Revolver trat er einem Grizzlybären gegenüber. Ihr alle wißt, daß es nicht gut ist, einen Bären mit der Pistole zu jagen, damals aber wußten wir dies noch nicht. Koo-So-Tee trat ihm entgegen und schoß sechsmal. Der Bär aber brummte nur und drückte den Mann an seine Brust, und sein Gehirn tropfte zu Boden wie der Honig aus dem Nest wilder Bienen. Nun war niemand da, der seine Witwe mit den Kindern mit Fleisch versorgte. Das erbitterte uns, und wir sagten: ›Was gut für die weißen Männer ist, tut uns nicht gut!‹ Nun kam ein dritter weißer Mann. Er brachte allerhand Reichtümer und merkwürdige Eßwaren mit. Als er fortzog, nahm er nicht nur zwanzig unserer besten Hunde mit, mit ihm zogen auch zehn unserer jungen Jäger. Kein Mensch wußte, wohin sie gingen. Man erzählte sich, sie kamen irgendwo auf den Eisbergen hoch im Norden, dort, wo die Welt aufhört, elend ums Leben. Gleichviel, weder die Hunde noch die Jungen sahen wir jemals wieder.

In den folgenden Jahren kamen immer mehr weiße Männer und brachten allerhand Geschenke mit. Daher zogen unsere Männer mit ihnen, und auch unsere jungen Weiber verließen uns um dieser Fremdlinge willen!
Freilich, wir bekamen Mehl, gesalzenen Speck und tranken Tee. Das machte uns Vergnügen. Hatten wir aber einmal keines von diesen Dingen, dann wurden wir mürrisch und verdrossen. Mit der Zeit sehnten wir uns nach dem, was uns die weißen Männer brachten. Immer wurde gehandelt. Für unser Fleisch erhielten wir unbrauchbare Uhren oder Messer, die abgebrochen waren, oder Pistolen, zu denen die Patronen fehlten. Kam dann Hungersnot, dann fehlte das Fleisch, und unsere Leute starben dahin wie die Fliegen.
Wir waren schwach geworden und machten uns bereit, daß die Pellys uns überfallen und unsere Grenzen auslöschen würden. Wir wußten damals noch nicht, daß die Pellys auch schwach geworden waren.
Das Übelste aber waren die Männer, die wieder zu uns zurückfanden. Dann saßen sie am Feuer, spielten und tranken die Nächte hindurch, und ihre Reden waren voll von Unflat. Eine große Unrast lebte in ihren Herzen, und wenn der Ruf der weißen Männer an ihr Ohr drang, zogen sie wieder fort, unbekannt, wohin. Sie lachten über uns und spotteten unserer Bräuche.
Wir waren schwach geworden, wir Weißfische. Für unsere warmen Pelze und Felle erhielten wir Tabak und Whisky und einen schlechten Baumwollstoff. Nun kam der Husten über uns, und die Männer und Frauen spuckten Blut, dann starben sie. Die Frauen brachten wenig Kinder zur Welt, und die wenigen waren schwach und kränklich. Die Weißen brachten uns auch noch andere Krankheiten, deren Namen wir nicht einmal wußten, nur daß unser Volk daran starb, das wußten wir.
Das Seltsame aber war: alles, was uns den Tod brachte, das hatten die Weißen auch, aber sie starben nicht daran. Sie hatten den Whisky, den Tabak, sie hatten die vielen Krankheiten, ihre Haut war empfindlich gegen Kälte und Wind, und trotzdem wurden sie dick und fett und legten ihre schwere Hand auf die ganze Welt.

Ihre Frauen sind zart und schwächlich, trotzdem gebären sie starke Männer, die die Welt erobern. Sind sie Götter oder Teufel? Ich weiß es nicht! Nur das eine weiß ich, daß sie unerforschlich sind und daß sie die ganze Erde besiedeln und überall kämpfen.
Das Wild im Wald wird weniger. Wo früher Renherden weideten und Elchrudel dahinstürmten, kann der Jäger tagelang herumstreifen, ohne auf ein Ren oder auf einen Elch zu stoßen. Die Büchse hat sie ausgerottet. Jetzt ist sie wertlos geworden, denn es gibt nichts mehr zu töten.
Ich sann über diese Dinge nach. Gleichzeitig sah ich, wie die Weißfische und die Pellys ausstarben so wie das Wild. Ich sprach viel mit den Schamanen und den weisen alten Männnern. Ich zog mich in das Dunkel der Wälder zurück, aß kein Fleisch, um mich nicht zu beschweren, und um klar denken zu können. Eines Nachts kam die Erleuchtung. Ich erinnerte mich an meinen Vater, der war ein weiser Mann. Er sagte zum Häuptling — es ist schon lange her —: ›Sieh, unsere Hunde sind wertlos geworden, sie haben keine dicken Pelze mehr, und wenn der Frost kommt, dann sterben sie. Gehen wir ins Dorf und töten wir sie; nur diejenigen sollen am Leben bleiben, die von den Wölfen abstammen. Wir binden sie nachts vor dem Lager an, damit sie sich mit den wilden Wölfen paaren. Auf diese Art werden wir uns die Hunde gesund und kräftig erhalten.‹ Diese Worte kamen mir ins Gedächtnis zurück, und nun kannte ich meinen Weg.
Ich kehrte ins Dorf zurück und sprach zu den Leuten: ›Die weißen Männer gehören zu einem mächtigen Stamm, und in ihren Ländern gibt es sicherlich kein Wild mehr. Nun kommen sie zu uns, um unser Land zu rauben. Sie machen uns krank und schwach, denn sie sind ein gieriges Volk. Wenn wir leben wollen, müssen wir es gerade so machen wie es mein Vater mit den Hunden gemacht hat.‹
Ich redete und verlangte den Kampf. Die Weißfische hörten mir zwar zu, aber bald sprachen sie von anderen Dingen. Vom Kampf wollten sie nichts wissen. Nur in den Augen der Alten sah ich ein Feuer aufglimmen. Als im Dorfe alles schlief, versammelte ich sie

im Walde. Ganz heimlich, niemand wußte darum. Wir erinnerten uns an die Tage der Jugend, an den Frohsinn und an den Sonnenschein. Dann nannten wir uns Brüder und schworen einen starken Eid, nicht eher zu rasten, bis wir das Land von dem bösen Blut gereinigt hätten. Heute weiß ich, daß wir Toren waren, aber damals wußten wir es noch nicht, wir Alten vom Weißfischvolke.

Und so fing es an. Um die anderen anzueifern, beging ich die erste Tat. Ich lauerte am Yukon, und als das erste Kanu den Fluß hinabkam, hob ich die Hand, und das Boot näherte sich dem Ufer. Zwei Männer saßen darin. Als sich der eine erhob, um mich zu fragen, was ich wolle, traf ihn mein Pfeil in die Kehle, und ehe der andere zu seiner Büchse greifen konnte, hatte ihn mein zweiter Pfeil durchbohrt. Ich rief die Alten, wir bargen das Kanu und verbrannten es, samt den Dingen, die darin waren. Da waren auch Säcke, und als wir sie aufschnitten, quoll eine Menge Papier heraus, darauf solche Zeichen standen, wie diejenigen auf den vielen Bogen, aus dem du gelesen hast, Howkan. Wir wunderten uns darüber und konnten es nicht verstehen. Jetzt bin ich weise geworden und weiß, daß es die Rede von Menschen war, die auf dem Papier aufgezeichnet wurde.«

Im Saale begann ein erregtes Summen und ein Mann sagte laut: »Das war die Post, die im Jahre 1891 spurlos verlorenging, und die Ermordeten hießen Peter James und Delany. Man hatte nichts mehr von ihnen gehört.«

Der Richter gebot Schweigen, und Imber setzte sein Geständnis fort:

»Ich habe nicht mehr viel zu erzählen, die anderen Dinge, die wir taten, stehen alle auf dem Papier. Wir waren alte Männer, und wir verstanden nicht. Wir töteten und töteten, das Alter hatte uns gelehrt, listig zu sein, und wir ließen uns Zeit. Je weniger man eilt, umso schneller geht es. Es kamen weiße Männer, und als diese sechs junge Männer gefesselt fortführten, wußten wir, daß wir weiter töten mußten. Jeder von uns zog woanders hin. Der eine tötete auf dem Chilcoot, der andere im Delta, überall, wo wir weiße Männer trafen, töteten wir. Aber es half nichts. Immer kamen neue über die Berge, immer mehr, immer mehr, und die Alten wurden immer weniger, bis ich allein übrigblieb. Ich bin Imber vom Weißfischvolke, und mein Vater Otsbaok war ein starker Mann. Es gibt kein Volk der Weißfische mehr. Ich bin sehr alt und sehr müde und habe eingesehen, daß es keinen Sinn hat, gegen das Gesetz zu kämpfen. Und so bin ich gekommen, um mich dem Gesetz zu unterwerfen.«

Imber hatte geendet, sein Haupt senkte sich, und er träumte. Auch der Richter mit der hohen Stirn träumte. Er sah vor sich seine eigene Rasse, seine eisenbeschlagene, gepanzerte Rasse, die das unbarmherzige, gebieterische Gesetz zu ihrem Gott erhoben hatte. Daneben sah er auch die Menschenstäubchen, die von ihm zermalmt wurden, wenn sie es nicht erfüllten. So wie der Mensch, der vor ihm saß, dessen Herz jetzt nach Frieden verlangte.

Die Männer des Sonnenlandes

Am Ufer des Polarmeeres liegt ein wenig bekanntes Dorf namens Mandell, bewohnt von friedlichen Leuten. Der Grund für diese immerhin merkwürdige Tatsache mag wohl der sein, daß es dort viel mehr Frauen gibt, so daß die Vielweiberei an der Tagesordnung ist. Die Geburt eines Knaben wird jedesmal mit unendlichem Jubel begrüßt.

In diesem Dorf lebte auch ein Mann, der hieß Aab-Waak, dessen Eigenart darin bestand, daß sein Kopf direkt auf einer seiner Schultern saß, so, als ob der Hals müde geworden wäre, ihn zu tragen.

Die Ursache aller dieser immerhin sonderbaren Dinge lag weit zurück, in der Zeit, da der Schoner »Search« in der Mandellbucht landete und der Häuptling Tyee sich einen Plan zurechtlegte, wie er und sein Stamm plötzlich reich werden könnten. Die Geschichte dieser Ereignisse wird noch heute gern erzählt, nicht laut allerdings, dazu ist sie zu heikel, denn es ist darin viel von der Dummheit der Voreltern die Rede.

Begonnen hat es damit, daß sich sechs Leute des Schoners »Search« mit ihrer schweren Ausrüstung beim Negaah einquartierten und so taten, als ob sie für alle Ewigkeit hier bleiben würden. Gewiß, sie zahlten für die Unterkunft mit Mehl und Zucker, sehr anständig sogar. Was aber dem alten Negaah gar nicht paßte, war die Tatsache, daß seine Tochter Mesahchie ihr Lager mit dem weißen Anführer Bill teilte.

»Stellt euch nur vor, was könnte ich für das Mädchen bekommen«, jammerte Negaah im Kreise der Männer am Beratungsfeuer. »Sie hat ihren Wert, denn ein Mädchen wie Mesahchie ist selten. Der Jäger Ounenk bot mir sogar ein neues Kajak und eine Büchse. Jawohl, das hat er mir geboten, und nun ist sie fort, fort mit diesem Kerl, und ich habe nichts erhalten.«

»Auch ich habe auf deine Tochter geboten«, brummte Peelos, sein Gesicht überzog ein freundliches Grinsen.

»Ja, ja, du auch«, bestätigte Negaah, »und noch viele andere. Ich möchte nur wissen, warum diese Männer des Sonnenlandes so unruhig sind. Warum bleiben sie nicht zu Hause? Wir wandern ja auch nicht ins Sonnenland«, meinte er verdrießlich.
Aus dem Dunkel des Hintergrundes drängte sich eine Gestalt ins Licht des Lagerfeuers. Es war Aab-Waak, der also sagte:
»Frag sie lieber, warum sie hergekommen sind.«
»Jawohl! Warum sind sie überhaupt gekommen?« riefen viele Stimmen. Als wieder Ruhe eingetreten war, fing Aab-Waak zu sprechen an:
»Sie müssen einen Grund haben, warum sie in der Erde graben. Erinnert ihr euch noch an die Walleute, die aus dem Sonnenlande kamen und im Eis ihr Schiff verloren? Erinnert ihr euch noch, wie sie mit ihren halbzerstörten Booten bei uns landeten? Wißt ihr noch, wie sie dann, als der Frost eintrat, mit ihren Hunden und Schlitten nach dem Süden zogen? Als sie dann zu graben begannen, bald hier, bald dort, zuerst nur zwei oder drei, nachher alle? Denkt doch an die Unruhe, die sie an den Tag legten. Was sie aus der Erde gruben, das wissen wir nicht, denn sie ließen uns nicht dabei zusehen. Als wir später, da sie fort waren, nachsahen, fanden wir nicht das geringste. Es liegt noch viel Erde da, denn sie durchwühlten nicht alles. Seither kommen sie immer wieder und graben.«
»Aber wieso kommt es«, rief ein alter verhutzelter Jäger, »daß Bill unsere Sprache spricht, obwohl wir ihn nie zuvor gesprochen haben?«
»Er wird wohl schon früher einmal hier gewesen sein«, antwortete Aab-Waak, »sonst könnte er nicht die Sprache des Bärenvolkes reden.«
»Ihr Zucker schmeckt ausgezeichnet«, bemerkte Negaah, »und ihr Mehl ist wunderbar.«
»Sie besitzen große Reichtümer«, setzte Ounenk hinzu. »Ich war gestern auf ihrem Schiff, und da sah ich viele wunderbare Dinge aus Eisen und seltsame Nahrungsmittel.«
Nun erhob sich Tyee. »Nun wißt ihr, wie reich diese Männer des

Sonnenlandes sind. Aber sie sind nicht nur reich, sondern auch dumm, denn sonst würden sie nicht schlafen und schnarchen, ohne auf diesen Reichtum achtzugeben. Sind wir nicht zahlreich und mutig?«

»Wer sagt dir, Tyee, ob sie nicht auch mutig und große Kämpfer sind?« warf der kleine alte Jäger ein.

Tyee warf ihm einen verächtlichen Blick zu: »Das stimmt nicht, was du sagst. Sie leben im Süden, die Sonne macht sie weichlich wie ihre Hunde. Denkt an die Hunde der Walleute. Unsere Hunde töteten sie schon am zweiten Tage, weil sie zu weich waren und nicht zu kämpfen verstanden. Glaubt mir, die warme Sonne macht ihr Leben bequem.«

Aus dem Kreise tönte Beifall, ein junges, gesundes Weib, die Tochter Tyees, versuchte einzuwenden: »Ich habe gehört, sie sollen gut zu ihren Frauen sein und von ihnen wenig Arbeit verlangen.«

»Du möchtest wohl gar dasselbe tun wie Mesahchie?« rief ihr Vater zornig: »Seht, so sind sie«, wandte er sich an die Männer, sie nehmen uns die Frauen fort, eine nach der anderen. Außer dieser Mesahchie, die ihren Vater um den Preis betrog, will auch Likita ihnen folgen, und sie wird bestimmt nicht die letzte sein. Wir sind die Angeführten. Fragt die Hungrigen, von denen einige hier anwesend sind, sie werden euch meine Worte bestätigen.«

Die sechs Männer aus dem Stamme der Hungrigen nickten Beifall, und jeder von ihnen erzählte seinem Nachbar von den Sitten der Männer des Sonnenlandes. Das Murren, besonders unter den jüngeren Männern, nahm zu, denn sie alle wollten Frauen haben, aber auch die älteren hielten mit ihrem Mißfallen nicht zurück, besonders solche, die ihre Töchter gern zu guten Preisen abgegeben hätten.

Tyee begann neuerdings zu schüren, indem er auf die vielen Messer und Büchsen hinwies, die er bei den weißen Männern gesehen hatte.

»Bills Büchse nehme ich mir«, erklärte Aab-Waak.

»Nein, die gehört mir«, rief Negaah, »denn sie muß in den Preis für meine Tochter eingerechnet werden.«

»Gebt Frieden, ihr Brüder!« sagte Tyee mit starker Stimme, »die

Frauen und Kinder sollen in ihren Hütten gehn; was wir zu besprechen haben, ist Männersache.«
Widerwillig zogen sich die Weiber zurück. Als die Männer unter sich waren, fuhr Tyee zu sprechen fort: »Es gibt dort Büchsen für uns alle. Ich schätze, daß auf jeden von uns zwei Gewehre kommen werden. Gar nicht zu reden von dem vielen Mehl und Zucker. Zuerst töten wir die sechs Männer des Sonnenlandes, die in der Hütte des Negaah wohnen, und zwar schon heute nacht, wenn sie schlafen. Morgen begeben wir uns dann auf das Schiff und tun so, als ob wir handeln wollten. Es wird sich schon eine günstige Gelegenheit bieten, um sie alle umzubringen. Und am Abend setzen wir uns zum Schmaus, sind fröhlich und teilen uns die Beute. Der Ärmste soll dann mehr besitzen, als früher der Reichste besaß. Habe ich weise gesprochen, Brüder?«
Alle antworteten mit einem leisen Murmeln des Beifalls, und allsogleich begannen sie mit den Vorbereitungen für den Überfall. Am besten bewaffnet waren die sechs Männer aus dem Stamme der Hungrigen, während die Jäger von Mandell nur wenige Büchsen ihr eigen nannten, von denen wiederum die meisten nicht in Ordnung waren. Auch an Pulver und Patronen mangelte es. Dagegen verfügten sie über zahlreiche Speere und Pfeile für den Fernkampf und gute russische und amerikanische Messer für den Nahangriff.
»Vor allem, macht keinen Lärm!« warnte Tyee. »Wir umschließen die Hütte Negaahs, so daß ein Ausbrechen unmöglich ist. Du, Negaah, wirst dann mit sechs jungen Männern hineinkriechen. Nehmt keine Büchsen mit, denn sie gehen meistens zur Unzeit los, sondern erledigt sie mit den Messern.
»Und gebt auf meine Tochter acht, daß ihr nichts geschieht«, flüsterte Negaah heiser, »denn sie ist ihren Preis wert.«
Bald dananch befand sich die Streitmacht in ihrer Aufstellung. Flach, dem Boden angeschmiegt, lagen sie um die Hütte herum, vorne die Jäger, hinten die anderen, die die Flucht verhindern sollten, während die Frauen und Kinder in einiger Entfernung auf den Ausgang des Kampfes warteten. Die kurze Augustnacht ging bereits

in die Dämmerung über, und im düsteren Morgengrauen sah man die kriechenden Gestalten Negaahs und der sechs jungen Männer in dem langen Gang verschwinden, der zur Hütte führte. Tyee erhob sich und rieb sich schon erwartungsvoll die Hände. Auch die übrigen — jeder nach seiner Weise — malten sich bereits die kommende Szene aus: die schlafenden Männer, die Messerstiche und der unversehene Tod in der grauenden Finsternis. Da knallte plötzlich ein Schuß, gleich darauf drang aus der Hütte ein ungeheurer Lärm. Wie auf Kommando drängte sich nun der ganze Kreis um den Eingang, während drinnen die Repetiergewehre knallten. Die im engen Raume zusammengedrängten Jäger waren machtlos. Während sie versuchten, aus dem Bereich der tödlichen Feuerwaffen zu gelangen, drängte man von hinten zum Angriff. Bald war der Gang voll Menschen, die sich im Todeskampf wanden.

»Nie hat es ein solches Gefecht gegeben!« stöhnte einer aus dem Stamme der Hungrigen.

»Habe ich nicht gesagt, daß es kampfgeübte Menschen sind«, quasselte der eingeschrumpfte Jäger.

»Was konnten wir schon anderes erwarten«, entgegnete Aab-Waak, »wir kämpfen in einer Falle, die wir selber aufgerichtet haben.«

»Oh, ihr Dummköpfe!« schimpfte Tyee. »So meinte ich es nicht. Nur Negaah und die sechs jungen Leute sollten die Hütte betreten. Meine Weisheit übertrifft die der Männer des Sonnenlandes bei weitem, aber ihr seid Toren und prellt mich um die Früchte des Sieges.«

Niemand antwortete, alle sahen mit entsetzten Augen auf die Hütte, deren Silhouette drohend zum Himmel starrte. Aus dem Loch im Dach drang der Pulverrauch in dünnen Spiralen, und von Zeit zu Zeit kroch ein Verwundeter in das graue Licht des Morgens.

»Jeder soll nach Negaah und den sechs jungen Leuten gefragt werden.« ordnete Tyee an.

Kurz darauf erhielt er die Auskunft, daß sowohl Negaah als auch die sechs Männer tot seien.

»Und viele andere sind auch tot«, jammerte eine Frau im Hintergrunde.

»Um so mehr Reichtum bleibt den Überlebenden«, tröstete zynisch Tyee. Hierauf befahl er Aab-Waak: »Lauf und hole so viele mit Tran gefüllte Robbenfelle, als du vermagst. Dann nimm dir ein paar Jäger, die sollen den Tran über die Holzwand der Hütte gießen. Ist dies geschehen, dann zündet ihr sie an, ehe es den Männern gelungen ist, Löcher für ihre Gewehre in die Wand zu bohren.«
Er hatte kaum ausgesprochen, als durch ein Loch zwischen zwei Balken eine Büchse durchgeschoben wurde. Einer der Hungrigen machte einen Luftsprung und fiel dann wie ein Klotz zu Boden. Tyee und die anderen beeilten sich, aus der Schußlinie zu kommen, und es war nicht leicht, den Tran über die Wand zu gießen, ohne niedergeknallt zu werden. Als alles fertig war, lief Ounenk mit einem brennenden Scheit vor, und gleich darauf schlugen von allen Seiten die Flammen empor. Es vergingen Minuten, ohne daß etwas geschah.
»Jetzt sitzen sie in der Falle«, kicherte Tyee und rieb sich vergnügt die Hände.
»Und niemand kann mich hindern, mir Bills Büchse anzueignen«, erklärte Aab-Waak.
»Außer Bill selbst«, quietschte der alte Jäger. »Schaut, da kommt er selbst!«
Aus dem brennenden Hause stürzte ein Mann, eingehüllt in eine halbverbrannte und rauchgeschwärzte Decke, und dicht hinter ihm kamen Mesahchie und die restlichen fünf Männer des Sonnenlandes. Eine schlecht gezielte Salve aus den Büchsen der Leute vom Stamm der Hungrigen empfing sie, während die Mandelleute ihre Speere und Pfeile schleuderten. Die weißen Männer aber warfen ihre Decken ab, und man konnte sehen, wie jeder von ihnen auf dem Rücken einen Packen mit Munition bei sich trugen. Im rasenden Lauf durchbrachen sie die feindliche Schützenlinie und stürzten auf die hohe Klippe los, die steil hinter dem Dorfe emporragte.
Tyee war der einzige, der seine Ruhe bewahrte. Er ließ sich auf die Knie nieder und zielte mit seinem Gewehr auf den letzten Mann des Sonnenlandes. Ein Schrei und der Mann fiel vornüber. Sofort sprang ein anderer vor, schnallte dem Toten die Munition ab, riß

die Büchse an sich und ehe sich die Mandelleute von ihrem Erstaunen erholt hatten, war er mit seinen Genossen bereits hinter der schützenden Klippe verschwunden. Der nun einsetzende Pfeilregen prallte wirkungslos an den Felsen ab.
Eine Gruppe der Jäger von Mandell machte unter Führung eines Jägers vom Stamme der Hungrigen einen vergeblichen Sturmangriff, der unter dem prasselnden Feuer zusammenbrach.
»Ich sage es ja, diese weißen Männer sind große Kämpfer«, flüsterte der alte Jäger, dem eine Kugel das Schulterblatt zerschmettert hatte. »Ich weiß es genau, denn der Kampf ist ihr Leben und ihre Arbeit.«
»Trotzdem werden sie dahinschmelzen wie Reif in der Morgensonne«, sagte Tyee, der hinter dem sterbenden Manne Deckung suchte, um nur hin und wieder hervorzulugen.
Die Leute aus Mandell befanden sich in einer üblen Lage. Sie lagen ungeschützt auf dem freien Felde, jede unvorsichtige Bewegung löste eine Salve von Seiten der weißen Männer aus.
Erst als sich die Dunkelheit auf das Schlachtfeld niedersenkte, konnten sich die Angreifer ohne allzu große Verluste in das schützende Dorf zurückziehen.
»Viele von uns sind tot«, sagte Tyee zu Aab-Waak.
»Und viele sind noch übrig«, lautete die Antwort, »wenn wir die Männer auf dem Schiff getötet haben, werden wir nur mehr die vier Männer auf dem Lande zu erledigen haben. Es wird vielleicht lange dauern, bis wir sie getötet haben, aber einmal wird es doch geschehen.«
»Aber wie sollten wir zum Schiff gelangen, wenn wir uns nicht rühren können«, fragte Tyee.
»Die Stelle, wo Bill und seine Brüder derzeit liegen, ist eine schlechte Stelle«, erklärte Aab-Waak, »sie ist von jeder Seite aus angreifbar. Daher werden sie versuchen, die Klippe in den Rücken zu bekommen, um dort zu warten, bis ihnen die Leute vom Schiff zu Hilfe kommen.«
»Wenn sie noch Zeit haben, vom Schiff zu kommen«, meinte Tyee, und seine Augen funkelten.

Noch in der Nacht bestimmte er einen Mann vom Hungrigen Volke zum Anführer des Zuges gegen das Schiff. Diese Abteilung umfaßte etwa ein Drittel des Stammes.
Als der Morgen graute, sahen sie, daß Aab-Waak richtig prophezeit hatte: die Sonnenland-Männer hatten sich hinter die Klippe zurückgezogen. Damit war der Weg zum Schiff frei. Mit Fellen und anderen Handelsartikeln beladen, machten sich die Männer auf den Weg. Die Zurückgebliebenen aber begannen rings um die Klippe eine Brustwehr auszuwerfen.
In der Mittagshitze wurde eine Pause eingeschaltet, und die Männer, denen der Schweiß in Strömen herunterrann, nahmen das Mittagessen, bestehend aus Stockfisch und Robbentran, ein, das ihnen von den Frauen zugetragen wurde. Einige wollten sich Nahrungsmittel holen, die die Männer des Sonnenlandes in Negaahs Hütte zurückgelassen hatten, aber Tyee verweigerte sie ihnen, ehe diejenigen, die das Schiff anzugreifen hatten, zurückgekehrt waren.
Gerade als man über die Möglichkeit des zukünftigen Kampfes sprach, erdröhnte vom Meere her ein dumpfes Rollen, und gute Augen konnten eine dichte Rauchwolke sehen, die sich schnell auflöste. Tyee schloß auf einen Kanonenschuß.
Einige Stunden später sah man, wie jemand vom Strande heraufkam.
Es war Ounenk, der nackt und atemlos über die Ebene rannte. Aus einer klaffenden Wunde im Gesicht rann Blut, und sein linker Arm hing furchtbar verstümmelt und hilflos an seiner Seite. In seinen Augen funkelte ein wildes Licht.
Er drängte sich durch die lärmende Menge, die ihn mit Fragen nach dem Verbleib seiner Gefährten bestürmte. Er aber gab keine Antwort, sondern wankte auf Tyee zu. Hinter ihm stimmten die Squaws ein Trauergeheul an, während die Männer aus ihren Schützenlöchern krochen und sich um Ounenk und Tyee scharten.
Ersterer wischte sich das Blut aus den Augen und versuchte zu sprechen, aber über seine trockenen Lippen kam kein Ton. Likita reichte ihm eine Schale mit Wasser, die er gierig austrank.
»Habt ihr gekämpft, habt ihr gesiegt?« drängte Tyee.

Ounenk lachte auf, so wild und so entsetzlich, daß alle erschrocken schwiegen. »Niemals wurde so gekämpft, niemals! Das erklärt euch Ounenk, der so manchen Kampf mit Menschen und Tieren bestanden hat. Das war ein Kampf!«
»Wo sind deine Brüder?« Tyee packte ihn am Arm, so daß der Verwundete vor Schmerz aufbrüllte.
»Meine Brüder, die sind nicht mehr.«
»Wo ist Pome-Lee?« fragte einer der Hungrigen, »wo ist Pome-Lee, mein Bruder?«
»Pome-Lee ist nicht mehr.«
»Und die Männer des Sonnenlandes, wo sind die?« fragte Aab-Waak.
»Die Männer des Sonnenlandes sind nicht mehr.«
»Aber das Schiff mit all seinen Reichtümern?«
»Weder das Schiff noch die Reichtümer sind mehr vorhanden. Nichts. Ich bin allein.«
»Du redest irre!«
»Da magst du recht haben«, antwortete Ounenk, »Das, was ich erlebt habe, könnte mich wohl irrsinnig machen.«
»Erzähl doch schon«, mahnte Tyee ungeduldig.
»Wir kamen, nur mit Messern, Bogen und Speeren bewaffnet, mit unseren Kajaks zum Schiff. Sie empfingen uns erfreut, und bald war der schönste Handel im Gange. Als sich die Männer des Sonnenlandes zum Essen gesetzt hatten, stieß Pome-Lee einen Ruf aus, und wir fielen über sie her. Nun entspann sich ein Kampf, so schrecklich, wie ich noch keinen erlebt habe. Die Hälfte von ihnen erschlugen wir sofort, die andere aber wehrte sich wie der Teufel. Zum Schluß blieb nur mehr der Häuptling des Schiffes übrig. Wir umringten ihn, er aber durchbrach mit einem Schrei unsere Kette und verschwand in das Innere des Schiffes. Und jetzt, wir sahen uns schon im Besitze der Reichtümer, ertönte ein Krachen, als ob alle Büchsen der Welt gleichzeitig abgeschossen würden, und ich flog in die Luft wie ein Vogel. Mit mir das noch lebende Mandellvolk, die Toten des Sonnenlandes, unsere Kajaks, das große Schiff mit all seinem Reichtum. Ich bin der einzige der übrigblieb.«

Tiefes Schweigen umfing die Zuhörer. Tyee richtete seine entsetzten Blicke auf Aab-Waak, selbst die Frauen vergaßen das Klagegeheul über ihre Toten.
Ounenk sah sich stolz um. »Ich bin der einzige, der übrigblieb«, wiederholte er.
In diesem Augenblick knallte eine Büchse von der Barrikade Bills, und Ounenk begann zu schwanken. Er zog pfeifend die Luft ein, und über sein Gesicht verbreitete sich ein grimmiges Lächeln. Seine Schultern fielen zusammen, seine Knie knickten ein, und ganz langsam sank er zu Boden.
Nun gab es kein Halten mehr. Ein Wutgeschrei erhob sich, und sämtliche noch lebenden Männer stürmten über die Ebene auf die Barrikade zu. Tyee und Aab-Waak versuchten vergeblich, sie zurückzuhalten, sie wurden beiseite gestoßen und konnten nichts weiter tun, als dem wahnsinnigen Ansturm tatenlos zuzusehen. Merkwürdigerweise fiel kein Schuß. Viele wurden durch diese unheimliche Ruhe erschreckt, blieben stehen und kehrten dann wieder ins Dorf zurück. Die wilderen Geister jedoch stürmten weiter, aber immer noch gab der feindliche Graben kein Lebenszeichen von sich. Als sie nur mehr zweihundert Ellen entfernt waren, verlangsamten sie den Lauf und sammelten sich. Viele kehrten jetzt ebenfalls um, und nur etwa zwanzig näherten sich noch weiter bis auf hundert Ellen, wo sie stehenblieben und beratschlagten.
Mit einem Male erhoben sich auf der Barrikade kleine Rauchwölkchen, und im selben Augenblick fielen vier von den Angreifern, dann wieder einer, immer einer oder zwei zugleich, bis nur mehr ein einziger übrigblieb, der nun in voller Flucht zurückjagte, während der Tod um seine Ohren pfiff. Es war Nok, ein hochgewachsener junger Jäger mit langen Beinen, und er lief, wie er noch nie in seinem Leben gelaufen war. Im Zickzack strebte er dem rettenden Dorfe zu, das Schießen ließ nach, und schon glaubte er sich in Sicherheit, als eine einzige Büchse aus dem Graben kläffte. Nok wirbelte in der Luft herum und landete zerschmettert auf der Erde.
»Was ist schneller als das geschwinde Blei?« grübelte Aab-Waak.

Tyee jedoch hatte Wichtigeres zu tun, als sich philosophischen Betrachtungen hinzugeben. Für ihn war der Fall erledigt. Es standen ihm selbst nur mehr etwa vierzig Männer zur Verfügung, gegen vier Männer des Sonnenlandes.
»Es bleibt nichts anderes übrig, als sie in ihrem Loch an der Klippe festzuhalten, bis sie der Hunger so sehr geschwächt hat, daß wir sie wie junge Wölfe erschlagen können«, meinte er.
»Wozu überhaupt noch kämpfen?« fragte Oloot, ein junger Mann, »was können wir noch erraffen? Das Schiff mit seinen Reichtümern ist nicht mehr, und der elende Rest in der Hütte Negaahs fällt uns von selber zu. Wenn wir uns . . .«
Er unterbrach sich hastig, denn eine Kugel pfiff scharf an seinem Ohr vorbei.
»Hörst du die Antwort?« lachte Tyee höhnisch, »glaubst du noch immer, daß wir nicht mehr zu kämpfen brauchen?«
»Diese Narren!« schimpfte Oloot, »sie wissen genau, daß sie sterben müssen, wozu machen sie sich noch so viel Mühe?«
Der weise Aab-Waak traf den Nagel auf den Kopf, als er sagte: »Zuerst kämpften wir, um uns zu bereichern, und jetzt tun wir es, um unser Leben zu retten.«
Nun folgten traurige Tage, unterbrochen von wilden Nächten, in denen die Gräben näher an den Feind herangeführt wurden. Jeden Tag gab es Verluste. Bald wurde eine Frau getroffen, bald wälzte sich ein Kind in seinem Blute. Auch die kleine Schar der kämpfenden Männer verringerte sich von Tag zu Tag, von Nacht zu Nacht. Es wurde viel davon gesprochen, die Männer des Sonnenlandes entwischen zu lassen, aber der alte Tyee wandte sich heftig dagegen, und so blieb alles beim alten: die Büchsen schickten weiter ihre todbringenden Kugeln, und die Pfeile prallten weiter wirkungslos an den Felsklippen ab.
Eines Morgens machten die Mandelleute die betrübliche Entdeckung, daß die weißen Männer in der Nacht die Hütte Negaahs vollständig ausgeplündert hatten. Niemand hatte sie gesehen und niemand hatte etwas gehört.
Etwas später, ein paar Tage nachher, kroch ein Mann des Sonnen-

landes während eines starken Herbststurmes ins Dorf und stahl eine Menge Stockfische. Aber er fand den Weg nicht mehr zurück, und als er von allen Seiten gestellt wurde, erschoß er vier, um sich dann selber eine Kugel durch den Kopf zu jagen.

Eine tiefe Schwermut bemächtigte sich des Volkes. »Wenn schon ein Mann sich so kühn verteidigt, ehe er stirbt«, fragte Oloot, »was werden die drei tun, die noch übrig sind?«

Eines Tages stellte sich Mesahchie auf die Barrikade und rief die Namen dreier Hunde, die in der Nähe herumstrolchten. Das gab wieder Fleisch für mindestes eine Woche, und die Flüche eines ganzen Geschlechtes wurden über Mesahchies Haupt ausgegossen.

Es kam der Herbst, und die Nächte wurden länger. Ein schwacher Frosthauch lag in der Luft und noch immer hielten die Männer des Sonnenlandes ihren Graben. Nun kam Tyee eine neue Idee. Er ließ alle Felle und Häute des Stammes sammeln und zu großen Rollen wickeln und legte hinter jede Rolle einen Mann.

Gegen Abend begann die langwierige Arbeit, die Ballen Fuß für Fuß vorwärts zu rollen. Sofort eröffneten die Männer des Sonnenlandes ein heftiges Feuer, aber den Kugeln gelang es nicht, die dicken Felle zu durchbohren. Eine Welle der Begeisterung brandete durch die Kette der Angreifer. Bei Anbruch der Dunkelheit wurde jedoch die Fortsetzung auf den nächsten Morgen verschoben. Als bei Tagesgrauen das Vorrücken von neuem begann, erhielten die Angreifer sonderbarerweise kein Feuer. In einer Entfernung von hundert Ellen hatte sich der Kreis bereits derart verengt, daß Ballen an Ballen lag. Noch immer rührte sich nichts. Nach einer langen Pause setzten sie den Angriff fort. Immer noch kein Laut. Tyee schüttelte besorgt den Kopf, und auch Aab-Waak wußte für das Schweigen keine Erklärung. Selbst als sie knapp vor dem feindlichen Graben lagen, rührte sich noch immer nichts. Vorsichtig erhob sich Aab-Waak und warf einen Stein über die Barrikade. Keine Antwort. Schließlich blickte er in den Graben. Was er sah, erfüllte ihn mit großem Staunen. Der Boden war über und über mit leeren Patronenhülsen bedeckt, von den Männern des Sonnenlandes jedoch war keine Spur zu sehen, sie waren fort.

Betreten standen die Männer und Frauen vor dem verödeten Graben, und die Worte Zauberei und Hexerei flatterten auf. Erst als Aab-Waak deutliche Spuren entdeckte, die zum Fuß der Klippe führten, besserte sich die Stimmung wieder.
»Die Höhle!« rief Tyee, »sie flohen in die Höhle, als sie meine Weisheit mit den Fellballen entdeckten.«
Aab-Waak ging mit Tyee voran, die anderen folgten. Als sie die Mündung der Höhle in Sicht bekamen, bemerkten sie gerade noch, wie der letzte Mann des Sonnenlandes in der Öffnung verschwand.
»Jetzt haben wir sie«, rief Tyee und rieb sich vergnügt die Hände, »ich ordne an, daß sich alle meine Leute freuen sollen, denn jetzt stecken diese schrecklichen Männer in der Falle. Die jungen Leute sollen zum Eingang der Höhle hinausklettern und ihn mit Steinen verschließen, so daß Bill samt der ungeratenen Mesahchie vor Hunger verrecken werden.«
Sogleich machte sich Howgah, der Letzte vom Stamm der Hungrigen, auf, kletterte den steilen Hang hinauf und kauerte sich am Rande der Öffnung zusammen. Im selben Augenblick ertönte ein lauter Knall, ein Körper überschlug sich in der Luft und fiel wie ein riesiger Gallertklumpen zu Tyees Füßen nieder und blieb dort bewegungslos liegen.
Worte des Entsetzens wurden laut. »Wie waren wir früher glücklich, und jetzt ...« rief einer der Männer, und wer weiß, ob es nicht zu einer offenen Meuterei gekommen wäre, wenn nicht Oloot rechtzeitig Schweigen geboten hätte.
»Brüder, hört! Ich kenne einen anderen Weg. Als ich noch ein Knabe war, fand ich ihn zufällig. Er ist hinter einem Felsen verborgen und sehr niedrig, so daß man auf ihm nur kriechen kann. Niemand kennt ihn, heute nacht wollen wir diesen Gang benützen und die Männer des Sonnenlandes von hinten überfallen. Dann wird Friede sein, und wir brauchen nie mehr mit diesen Eindringlingen zu kämpfen.«
»Nie mehr!« wiederholten die müden Männer. Und Tyee stimmte mit ein. »Nie mehr!«

Am Abend begann das Unternehmen. Vor dem Eingang zu diesem Wege versammelten sich die noch waffenfähigen Männer, mit Speeren und Messern bewehrt. Hinter ihnen stellten sich die Weiber und Kinder auf. Im Dorf blieben nur die Verwundeten zurück. Es waren etwa dreißig Jäger, die an dem Überfall teilnehmen sollten.
Der Gang war so eng, daß nur einer hinter dem anderen hineinkriechen konnte. Oloot machte den Anfang. Dann folgte der zweite, der dritte und so fort, bis nur mehr Tyee übrigblieb. Von einem plötzlichen Zweifel gepackt, blieb er zurück und begann nachzudenken. Eine halbe Stunde später schwang er sich zur Öffnung hinauf und guckte hinein. Er spürte die ihm entgegenstarrende Dunkelheit fast körperlich, und es überfiel ihm ein Entsetzen, das ihn zwang, sich niederzusetzen. Und alle Toten, angefangen von Negaah bis zu Howgah setzten sich zu ihm. Aber er zog das Unheimliche ihrer Gesellschaft dem Grauen vor, das er in dem dichten Dunkel lauern fühlte. Wie lange er dort saß, wußte er nicht. Es war schon heller Tag, als ihn ein leiser Kehllaut, darin sich Schluchzen mischte, aufweckte. Das Schluchzen kam langsam näher, er streckte die Hand aus und fühlte die Schulter eines Mannes, der sich auf die Ellbogen stützte. Als er weitertastete, berührte seine Hand einen Kopf, der seltsam schlaff herabhing, so daß der Scheitel auf dem Boden des Ganges ruhte.
»Bist du Tyee?« fragte der Kopf. »Ich bin Aab-Waak, mein Schädel liegt im Schmutz, und du mußt mir helfen, hinunterzuklettern.«
Tyee kroch in den Gang und lehnte das hilflose Geschöpf an die Wand.
»Ai-oo-o, ai-oo-o! Oloot hat vergessen, daß Mesahchie ebenfalls das Geheimnis des Ganges kannte, und so kam es, daß die Männer des Sonnenlandes uns am Ende des Ganges erwarteten. Und deshalb bin ich ein gebrochener und hilfloser Mann — ai-oo-o, ai-oo-o!«
»Sind sie nun alle tot, diese verfluchten Männer des Sonnenlandes?« fragte Tyee.
»Wie konnten wir wissen, daß sie ins erwarteten?« stöhnte Aab-

Waak, »Kein Kampflärm war zu hören. Und ehe ich zur Besinnung kam, legten sich zwei Hände um meinen Hals, so daß der Schrei, den ich ausstoßen wollte, in der Gurgel erstickte. Dann spürte ich Hände am Kopfe und an den Füßen, die meinen Körper herumdrehten. Warum ich noch lebe, weiß ich nicht, ich bin der einzige, der übrigblieb. Alle die anderen liegen mit verdrehtem Halse in einer Reihe aufgeschichtet. Ich konnte sie beim Scheine einer Fackel, die die weißen Männer zurückgelassen hatten, deutlich sehen.«
Tyee war so verblüfft, um einen Laut hervorbringen zu können, als er aber die Stimme Bills vernahm, durchfuhr ihn ein Ruck.
»Ich suche den Mann, der mit gebrochenem Hals fortkriecht, und ich finde Tyee. Wirf deine Büchse weg, aber so, daß ich es höre, wenn sie auf die Steine fällt.«
Tyee gehorchte augenblicklich, und Bill kroch ans Tageslicht. Er war zum Skelett abgemagert.
»Ich bin hungrig, Tyee, sehr hungrig.«
»Ich werde dir sofort etwas zum Essen bringen und meinem Volke sagen, daß es keinen Widerstand leisten darf.«
»Halloh, Charley! Halloh, Jim! Kommt heraus und nehmt das Mädchen mit! Wir bekommen etwas zu essen.«
Tyee erstarb in Ergebenheit. »Was wir haben, soll dein sein, wenn es auch nur wenig ist.«
»Dann wollen wir über den Schnee nach Süden wandern«, fuhr Bill fort.
»Möge euch der Weg leicht werden.«
»Dazu aber brauchen wir Hunde und Nahrung.«
»Du kannst dir die besten aussuchen und so viel zum Essen nehmen, wie du brauchst.«
Die Männer des Sonnenlandes schickten sich an, hinunterzusteigen. »Aber wir kommen wieder Tyee, und dann werden wir lange bleiben, sehr lange, hörst du?«
Dann fuhren sie ab, Bill, seine Kameraden und Mesahchie.
Und im nächsten Jahr ankerte die »Search II« in der Mandellbucht. Die wenigen Männer, die dem Gemetzel entgangen waren, mußten nun auf Befehl arbeiten und die Erde graben. Mit dem Jagen und

Fischen war's vorbei, endgültig vorbei. Sie erhielten ihren Wochenlohn, dafür konnten sie sich bei den Fremden Mehl, Zucker, Baumwollstoff und allerlei anderes kaufen, das die »Search II« alljährlich in die Mandellbucht brachte.

Kein Mensch, außer Bill, Jim und Charley, die eine Aktiengesellschaft gebildet hatten, weiß, wo die Goldmine liegt, niemand kennt den Namen Mandell. Aab-Waak trägt noch immer seinen Kopf schief, er ist dazu da, Frieden zu predigen, wofür er von der Aktiengesellschaft eine Pension erhält. Tyee dagegen bekleidet die Stelle eines Vorarbeiters. Er hat sich eine neue Theorie über die Männer des Sonnenlandes gebildet, die etwa so lautet:

Die Sonne macht nicht weichlich, sondern dringt in das Blut ein und erfüllt es mit einem so starken Feuer, daß der Mensch von Lüsten und Leidenschaften erfüllt wird. Die Unrast in ihm treibt ihn über die ganze Erde, um unaufhörlich zu arbeiten und zu kämpfen. Nie weiß er, wann er besiegt ist. Das weiß nur ich, denn ich bin Tyee.

Li Wan, die Schöne

»Die Sonne ist im Untergehn, Canim, und langsam kommt die Abendkühle.« Ganz leise rief Li Wan, so als ob sie sich fürchtete, ihren Mann zu wecken. Sie hatte tatsächlich Furcht vor ihm, denn er war so ganz anders als die anderen Männer, die sie kannte. Auf dem Herde schmorte das Elchfleisch, und die beiden mächtigen Zottelhunde standen gierig mit triefenden Lefzen daneben und folgten jeder ihrer Bewegungen. Als sich Li Wan abwandte, um den Hang hinunterzublicken, wo sich der angeschwollene Klondike zwischen steilen Ufern dahinwälzte, benützte einer der Hunde die Gelegenheit, um sich mit einem Schlag seiner Pfote ein Stück des heißen Elchfleisches anzueignen. Das junge Weib versetzte ihm mit einem Holzprügel einen Schlag auf die Schnauze, so daß er den Happen fallen ließ und knurrend zurücksprang.

»Kusch, Olo!« lachte sie und hob das Fleisch auf, ohne die Augen von ihm abzulassen, »deine Gefräßigkeit wird dich noch in Unannehmlichkeiten bringen.«

Bash, der andere der beiden Hunde, kam seinem Kameraden zu Hilfe. Die Rückenhaare der Bestien sträubten sich, und sie zeigten ihre starken Fangzähne. Sie erinnerten an bösartige Wölfe, und mit dem ganzen wilden Instinkt ihrer Rasse waren sie bereit, sich auf die Frau zu stürzen, um sie womöglich zu Boden zu reißen. Aber Li Wan ließ sich nicht einschüchtern. In jeder Hand ein Stück Holz, schlug sie auf die Hunde los, die ihren Schlägen auswichen, ohne sich jedoch zurückzuziehen. Von der Seite her näherten sie sich neuerdings, kriechend und knurrend. Die junge Frau war an diese Art gewöhnt, sie hatte sich im Laufe der Zeit damit vetraut gemacht. Mit zwei glühenden Scheiten bewaffnet, trat sie ihnen entgegen. Olo zog sich feige zurück, während Bash zusprang. Das hätte er nicht tun sollen, denn die rote Glut traf seinen Schädel, so daß sich gleich der Geruch von verbranntem Haar und Fleisch bemerkbar machte. Bash rollte sich im Schmutz, dann suchte er in fast wahnsinniger Furcht das Weite, gefolgt von seinem Gefährten Olo. Um die Niederlage voll zu machen, warf ihnen Li Wan im Gefühl ihrer Überlegenheit noch eine Anzahl Holzscheite nach. Nun kauerten sie am Rande des Lagers, winselnd, knurrend und sich dabei ihre Wunden leckend.

Li Wan reinigte das geraubte Fleisch und legte es wieder in die Pfanne. Ihr Herz schlug nicht ein bißchen schneller, denn solche Auftritte fanden fast täglich statt. Auch ihr Mann hatte sich nicht gerührt, sondern kräftig weitergeschnarcht.

»Auf, Canim! Auf!« rief sie jetzt, »die Tageshitze ist vorbei, und wir müssen weiter.«

Unter dem Eichhörnchenfell regte es sich, ein brauner Arm warf es beiseite, und ein paar im Licht zwinkernde Augen wurden sichtbar.

»Er ist noch müde von der Morgenarbeit«, dachte sie. Ein Moskito stach sie in den Hals, rasch legte sie auf die ungeschützte Stelle etwas frischen Lehm, den sie einem Klumpen entnahm, der stets zur Hand war. Während des ganzen Weges, den sie am Morgen zurückgelegt hatten, waren sie in eine Wolke dieser lästigen kleinen Tiere gehüllt gewesen, und nach jedem Stich hatten sie sich die wunde Stelle mit Lehm beschmiert, der rasch trocknete, so daß ihre Gesichter aussahen, als wären sie in eine Maske gehüllt.

Li Wan gab nicht nach, sie rüttelte Canim so lange, bis er völlig erwacht war und sich aufsetzte. Nachdem er den Stand der Sonne überprüft hatte, stand er auf und machte sich gierig über das Fleisch her. Jetzt erst sah man seine kräftige, muskulöse Gestalt, die mindestens ihre sechs Fuß maß. Aus seinen Augen strahlte eine kühne Energie, sie ließen einen Mann erkennen, der gewohnt war, seinen Willen durchzusetzen, selbst dann, wenn Tücke und Grausamkeit notwendig waren, um einen Widerstand zu überwinden.

»Morgen, Li Wan, werden wir etwas sehr Gutes zum Essen haben«, sagte er und warf den Hunden einen Knochen zu. »Das kennst du noch gar nicht: in Speck gebratene Omeletten mit Zucker.« Er schnalzte mit der Zunge.

»Omeletten? Was ist das?«

»Ich werde dich neue Kochkünste lehren«, antwortete Canim mit stolzer Überlegenheit. »Omeletten kennst du noch nicht und vieles andere auch nicht. Du bist in einem verlassenen Winkel aufgewachsen und hast daher nichts kennengelernt. Ich aber bin ein großer Wanderer und war schon überall, selbst bei den Bleichgesichtern, und kenne daher ihre Sitten. Ich bin kein Baum, der stets an derselben Stelle steht, sondern bin Canim, der Wanderer, der dazu ausersehen ist, die Welt in ihrer Länge und Breite zu durchforschen.«

Ergeben senkte Li Wan ihr Haupt. »Es ist wahr, ich habe Zeit meines Lebens nur Fisch, Fleisch und Beeren gegessen und auf einem abgelegenen Hügel gehaust. Nie ließ ich mir träumen, daß die Welt so groß sei, bis du mich nahmst und bis ich dich auf deinen weiten Wegen begleitete, für dich kochte und die Lasten trug. — Sag mir, Canim, hat dieser Weg nie ein Ende?«

»Nein«, erwiderte er, »der Weg hat nie ein Ende. Er ist die Welt, und ich werde auf ihm so lange wandern, bis ich tot bin. Ob mein Vater oder meine Mutter noch lebt, ich weiß es nicht und ich will es auch nicht wissen. Mein Stamm bleibt dort, wo er ist, ich aber bin Canim, der Wanderer!«

»Und ich, Li Wan, muß immer mit dir wandern, so lang, bis ich sterbe?«

»Du bist mein Weib, Li Wan, und das Weib muß dorthin gehen, wohin der Gatte geht, so lautet das Gesetz. Und würde das Gesetz auch anders lauten, so müßtest du doch mit mir wandern, denn ich, Canim, schaffe mir meine eigenen Gesetze.«

Sie neigte wieder ihr Haupt, denn sie wußte kein anderes Gesetz, als daß der Gatte der Herr des Weibes ist.

Sie begann rasch die Bündel zu schnüren.

»Du brauchst dich nicht zu beeilen, die Sonne brennt noch heiß, und der Weg führt bergab.«

Sie folgte gehorsam und setzte sich nieder.

Canim sah sie forschend an: »Warum sitzt du nicht wie die anderen Frauen?« fragte er.

»Das kann ich nicht, das Kauern ermüdet mich, ich ruhe mich dabei nicht aus.«

»Deine Füße zeigen auch nicht geradeaus. Kannst du mir sagen, warum dies so ist?«
»Nein, das kann ich nicht. Ich weiß nur, daß meine Füße anders sind als die der anderen Frauen.«
Canim nickte zufrieden. »Dein Haar ist ebenso schwarz wie das der anderen Frauen«, fuhr er fort, »aber es ist viel feiner und weicher.« Li Wan schlug verwirrt die Augen zu Boden. Es war ihr peinlich, daß sich ihr Mann mit diesen Dingen befaßte.
»Vor einem Jahr entführte ich dich, du bist aber mir gegenüber noch immer so scheu wie am Anfang. Woher kommt das?«
Li Wan hielt noch immer die Augen gesenkt, leise flüsterte sie: »Ich fürchte mich vor dir, Canim, du bist mir so fremd. Ich fürchte mich vor allen jungen Männern. Warum — ich weiß es nicht — ich kann es nicht sagen, aber mir kommt es vor, als ob ich nicht für sie geschaffen wäre, als ob sie . . .«
»Nur weiter, rede doch schon!« drängte er ungeduldig.
». . . als ob sie nicht von meiner Art wären!«
»Nicht von deiner Art?« Ganz langsam kam es von seinen Lippen.
»Ich weiß es selbst nicht — ich«, sie schüttelte verwirrt ihr Haupt, »ich kann es dir nicht so sagen. Sie waren mir fremd. Ich war nicht so wie die anderen jungen Mädchen. Ich machte mir aus den jungen Männern nichts. Es war mir, als ob es eine Schlechtigkeit wäre, mit ihnen zu verkehren.«
Canim ging ein paarmal schweigend auf und ab, dann fragte er unvermittelt: »Was ist deine früheste Erinnerung?«
»Pow-Wah-Kaan, meine Mutter.«
»Und außerdem?«
»Nichts.« Die Antwort kam zögernd, langsam.
»Denk scharf nach, Li Wan!«
Sie sah ihren Mann hilfeflehend an, ihre Hände verkrampften sich, aber Canim zwang ihr unerbittlich seinen Willen auf. »Sonst nichts, Li Wan?«
»Es waren nur Träume, Canim, böse Träume, unwirkliche Gesichter, Schatten . . .«

»Erzähl mir davon«, befahl er.
»Das ist alles schon so lange her. Ich träumte, und trotzdem war ich wach, und wenn ich von diesen seltsamen Dingen sprach, lachte man mich aus, sie zogen sich erschreckt zurück, meine Mutter aber schlug mich. Ich glaube, es war eine Krankheit. Jetzt träume ich nicht mehr, aber irgendwo stecken die Träume noch, ich kann sie nur nicht finden, nur . . .«
»Nur?« Canim, blickte sie fest an.
»Nur eines. Aber bitte, lach nicht, es ist alles so unwahrscheinlich.«
»Ich lache gewiß nicht, Li Wan. Auch ich habe Träume. Sie sind Erinnerungen aus einem früheren Leben. Siehst du, ich weiß bestimmt, daß ich einst ein Elch war —.« Canim verstummte, eine Spur von Ängstlichkeit umschattete sein Gesicht, die er jedoch zu verbergen suchte. Li Wan, viel zu sehr mit sich beschäftigt — sie suchte nach Worten —, bemerkte es gar nicht. Stockend begann sie:
»Ich sehe einen Platz mit festgestampftem Schnee, und darauf bewegt sich auf Händen und Füßen ein Mann. Er ist mir ganz nahe und sieht nicht so aus wie die anderen, denn er hat viele Haare im Gesicht, die sind gelb wie das Sommerkleid des Wiesels. Als sich seine Augen öffnen, sehe ich, daß sie blau wie der Himmel sind. Sie schauen in die meinen, seine Hand bewegt sich ganz langsam zu mir hin, und ich fühle . . .«
»Was fühlst du?« flüsterte Canim heiser, »was fühlst du?«
Li Wan hielt erschrocken inne. »Nein, nein, nichts fühle ich«, schrie sie, »habe ich fühlen gesagt? ich sehe nur den gelben Mann mit den blauen Augen, ich seh' ihn immer wieder, den Mann im Schnee . . .«
»Und siehst du dich auch selber?«
Er beugte sich vor und blickte sie fest an.
»Warum soll ich mich selbst sehen? Bin ich nicht wirklich?«
Canim ließ sich zurücksinken, befriedigt atmete er auf. »Ich will dir etwas sagen, Li Wan! So wie ich einst ein Elch war, so warst du ein kleiner Vogel, und die Erinnerung lebt noch in dir: wir gleiten

von Leben zu Leben, und nur die Götter wissen und verstehen es. Komm, brechen wir auf, es ist zwar noch heiß, aber viel kühler wird es nicht werden.«

Sie hielt ihn noch zurück. »Und die Weißen, wie sind sie?« fragte sie unvermittelt.

»So wie wir, so wie du und ich«, antwortete er, »nur ihre Haut ist heller. Du wirst sie sehen, ehe der Tag stirbt.«

Canim rollte seinen Schlafsack zusammen und bestrich sein Gesicht mit frischem Lehm, während Li Wan die Hunde belud. Olo ließ sich ruhig die vierzig Pfund auf seinen Rücken laden, er fürchtete den Knüttel in der Hand Li Wans. Bash dagegen knurrte und fletschte die Zähne. Canim lachte: »Der war in seinem früheren Leben sicher einmal ein großer Krieger.« Dann warf er seinen schweren Packen über die Schulter. »Für die Felle werden wir einen guten Preis bekommen, denn die weißen Männer haben keine Zeit zum Jagen und fürchten die Kälte. Dann halten wir einen Festschmaus, Li Wan, wie du noch keinen erlebt hast, auch in deinem früheren Dasein nicht. In meinem nächsten Leben möchte ich ein Weißer sein«, fügte er hinzu und begann vorauszugehen. Ihm folgten die Hunde, den Schluß machte Li Wan. Ihre Gedanken waren weit fort, sie dachte an ihre Kinderjahre, an die Träume, an die seltsamen Bilder, das Gespräch mit Canim hatte ihre Phantasie von neuem geweckt.

»Nun wollen wir eine kleine Rast machen«, meinte Canim, als sie etwa in der Hälfte des Weges das Bett des Hauptflusses erreicht hatten. Er stellte seine Last auf einen vorspringenden Felsen und streifte den Kopfriemen ab. Li Wan folgte seinem Beispiel, auch die Hunde legten sich keuchend nieder. Zu ihren Füßen rauschte der Fluß, ein schmutziges Gewässer, als ob es mit Erde verunreinigt wäre.

»Woher kommt das?« fragte Li Wan.

»Das kommt von den Weißen, die in ihrer Gier nach Gold die Erde aufreißen. Hörst du sie?« Aus einiger Entfernung vernahm man den Klang der Spaten und den Ton menschlicher Stimmen. »Sie sind verrückt nach diesem gelben Zeug, sie sagen, es sei sehr wertvoll, nach ihm bestimmt man den Preis der Dinge.«

Li Wan jedoch hatte gar nicht zugehört, sie hatte zwischen Tannen das vorspringende Dach einer Hütte entdeckt. Sie konnte ihre Blicke nicht davon abwenden, und ihre Traumgesichter erhoben sich und machten sie unruhig.
»Was ist das?« flüsterte sie angstvoll.
»Das Zelt des weißen Mannes, darin ißt und schläft er. Sie nennen es Hütte.«
Es durchzuckte sie wie ein elektrischer Schlag. Hütte? Woher kannte sie dieses seltsame Wort, das sie nie gehört hatte?
»Hütte«, wiederholte sie. Ein Gewirr undeutlicher Traumbilder tauchte auf, so daß ihr Herz zu zerspringen drohte. Sie fühlte, daß hier der Schlüssel des Geheimnisses lag. Wenn sie ihn nur fassen und halten könnte...
Zitternd wandte sie sich zu Canim, sie wollte etwas sagen, aber dann begann sie zu schwanken, Finsternis umschlang sie, und kraftlos fiel sie zwischen den Felsblöcken nieder.
Canim beugte sich erschrocken über sie und bespritzte sie mit Wasser. Unter erstickendem Schluchzen fand sie langsam zum Leben zurück.
»Die Sonne hat zu heiß auf deinen Kopf geschienen«, meinte er freundlich, »wir werden heute früher als sonst unser Lager aufschlagen, dann kannst du dich ausschlafen. Je früher wir aufbrechen, um so früher kommst du zur Ruhe.«
Gehorsam erhob sich Li Wan, schwankend folgte sie wieder den Hunden. Als sie aber an der Hütte vorbeikamen, wagte sie kaum zu atmen. Kein Ton drang heraus, obgleich die Tür offenstand und aus der Esse Rauch stieg.
An einer Krümmung des Flusses stießen sie auf einen weißen Mann mit blauen Augen, und für einen Augenblick war es ihr, als sähe sie den Mann ihrer Träume. Mit einer regelmäßigen Bewegung wusch er Sand in einer großen Pfanne, dann gab er ihr einen Schwung, und ein kleiner Streifen Gold blieb am Boden der Pfanne zurück.
»Eines Tages werde ich auch Gold finden«, sagte Canim im Weitergehen, »dann werde ich ein mächtiger Mann sein.«

Die Menschen und die Hütten mehrten sich, bis sie zu einer Stelle gelangten, wo der ganze Boden aufgewühlt war. Überall gähnten tiefe Löcher und Spalten. Der Fluß war abgedämmt, riesige Wasserräder trieben das Wasser an andere Stellen. Fast alle Bäume lagen abgeholzt am Boden oder wurden auf großen Gleitbahnen weggeschwemmt. Und über allem breitete sich ein Schar von Männern aus, gleich einem ungeheuren Ameisenheer, schwitzend und keuchend arbeiteten sie an großen Sandhaufen, und so weit das Auge reichte, gab es Arbeiter, die das Antlitz der Natur zerfurchten und zerrissen.

Entsetzt wandte sich Li Wan an ihren Mann: »Sind diese Männer verrückt?«

»Sie graben nach Gold«, antwortete Canim, »und Gold ist das Größte auf der Welt.«

Stundenlang wanderten die beiden durch dieses Chaos der Habgier, Canim aufmerksam und neugierig, Li Wan schwach und teilnahmslos. Sie fühlte, daß sie am Rande der Enthüllung stand, und wartete auf das kommende Ergebnis, ohne zu wissen, wie es aussah.

Langsam bekam der Strom wieder sein früheres Aussehen, trüb, völlig verschmutzt schlängelte er sich zwischen den Wäldern dahin, denn hier führte der Boden kein Gold mehr.

Plötzlich hielt Li Wan inne. Der weiche Silberklang einer Frauenstimme tönte an ihr Ohr. Vor einer Hütte saß eine Frau mit rosiger Haut und lachte mit Grübchen in den Wangen zu den Worten einer anderen Frau, deren schwarzes Haar in der Sonne funkelte.

Li Wan blieb einen Augenblick wie angewurzelt stehen, dann fühlte sie ein Aufblitzen, die Hütte verschwand, ebenso die Frauen, und sie sah eine andere Frau, im Scheine der anderen Sonne, wie sie ihr schwarzes Haar bürstete und dazu sang. Und Li Wan verstand die Worte und wurde wieder zum Kinde. Nun rollten viele Bilder vorbei, fremde Landschaften sah sie, fremde Bäume, Blumen und Menschen, dennoch kannte sie alle.

Und so deutlich sah sie alles, daß die Wirklichkeit unwirklich

wurde. Wie im Traum schlug sie das Lager auf, kochte das Fleisch und fütterte die Hunde, erst als ihr Mann von der Zukunft zu sprechen begann, erwachte sie wieder.
»Der Klondike mündet in den Yukon«, sprach er, »das ist ein Strom, viel mächtiger als der Mackenzie, den du kennst. Wir gehen dann zum Fort Yukon, dazu brauchen wir etwa zwanzig Tage. Hierauf folgen wir dem Yukon, bis er sich ins Meer ergießt. Bis dorthin ist es sehr weit.«
Er schilderte ihr das Meer, auf dem man mit einem Kanu viele hundert Tage fahren könne, und daß er ohne Ende sei. Sie lauschte furchtsam. »Es wird ein schwerer Weg sein«, war alles, was sie erwiderte. Ihr Kopf sank ergeben auf die Knie nieder.
Dann aber hatte sie einen prächtigen Einfall. Sie lief zum Fluß hinunter und reinigte sich ihr Gesicht von dem Lehm. Als das Wasser wieder ruhig geworden war, blickte sie lange auf ihr Spiegelbild. Hierauf rannte sie zurück und legte sich zu ihrem Mann in das Schaffell. Sie wartete so lange, bis er eingeschlafen war, dann erhob sie sich leise. Bash knurrte böse, wurde aber sogleich still, als sie ihm flüsternd zusprach. Noch ein Blick auf ihren Mann, der laut schnarchte, dann eilte sie mit lautlosen Schritten den Weg zurück, den sie gekommen.
Frau Evelyn Van Wyck war gerade im Begriff, sich zu Bett zu begeben. Sie hatte sich mit ihrer Freundin Myotle Giddings, die wie sie der Gesellschaft und ihrer Verpflichtungen müde war, in die Einsamkeit nach dem Norden geflüchtet und sich in dieser Hütte niedergelassen. Hier führten sie ein erdnahes Dasein. Sie träumte sich in eine ferne, ferne Zeit zurück, wo es noch Höhlenmenschen gab, und gerade als ihr die Phantasie das Liebeswerben eines solchen Urzeitbewohners vorgaukelte und sie daran war, vor den allzustürmischen Angriffen des fellbekleideten Verehrers zu fliehen, öffnete sich die Tür, und auf der Schwelle stand ein fellbekleidetes, wildes Weib.
»Gott schütz' mich!« Mit einem Sprung, der einem Eiszeitmenschen Ehre gemacht hätte, landete Fräulein Giddings hinter dem Tisch. Frau Van Wyck jedoch hielt stand. Nachdem sie sich

vergewissert hatte, daß der große Coltrevolver in greifbarer Nähe war, blickte sie fragend auf den Eindringling.
»Seid gegrüßt, o Frau mit dem wunderbaren Haar«, sagte Li Wan. Aber die Frauen verstanden sie nicht, denn sie redete eine Sprache, die nur auf einem ganz kleinen Fleck der Erde gesprochen wird.
»Soll ich um Hilfe schreien?« fragte Miß Giddings kläglich.
»Nicht nötig«, antwortete ihre Freundin, »ich glaube, dieses Geschöpf ist harmlos. Sieh dir das Fellkleid an, wie zerlumpt es aussieht. Ich werde es mir für meine Sammlung kaufen. Bitte, hole mir meinen Beutel mit Goldstaub und die Waage.«
Li Wan hielt verwirrt inne. Sie wußte jetzt, daß sie nicht verstanden wurde. Darüber verzweifelt, breitete sie die Arme aus und rief ekstatisch: »O meine Schwester!« Dabei rannen ihr Tränen über die Wangen. Frau Van Wyck starrte mit verwirrtem Blick auf dies seltsame Wesen.
»Ich möchte leben, wie ihr lebt. Eure Wege sind meine, und unsere Wege sollen gemeinsam sein. Meine Mutter war wie du, ihr Haar war wie deines und ihre Augen wie deine. Und damals war das Leben schön.« Demütig kniete sie vor der weißen Frau nieder und küßte ihre Füße. Erschrocken zog sich Frau Van Wyck zurück, sie wußte sich keinen Rat mehr. Nun tat sie das, was ein Angehöriger der zivilisierten Völker gern zu tun pflegt, wenn er mit Wilden zusammenkommt, sie berührte Li Wans zerlumptes Fell, dann griff sie in den Goldstaub und ließ ihn durch die Finger gleiten. Dabei sprach sie mehrmals hintereinander das Zauberwort »handeln«.
Li Wan sah nur die milchweißen, wohlgeformten Finger mit den rosigen Nägeln und legte ihre abgearbeitete schwielige Hand daneben und weinte.
Frau Van Wyck begriff nicht, und wieder sprach sie die Zauberformeln: »Gutes Gold! Du handeln? Du tauschen?« und faßte den Pelzmantel, um sich zu vergewissern, ob die Säume mit Sehnenfäden genäht waren.
Li Wan verstand noch immer nicht. Wie sollte sie sich dieser Frau verständlich machen, daß sie eine der ihren war? Ihre Augen irrten durch das Innere der Hütte und blieben an den Vorhängen, an dem

ovalen Spiegel und an den eleganten Toilettengegenständen haften. Sie hatte solche Dinge schon früher einmal gesehen und ihre Lippen formten unwillkürlich Laute, die ihre Kehle noch nicht aussprechen konnte. Sie wurde ruhiger, und nach einer Pause legte sie die Hand auf den Tisch. »Tisch«, sagte sie klar und deutlich, »Tisch.«
Frau Van Wyck nickte zustimmend.
»Ofen«, und Li Wan zeigte auf den Ofen. »Ofen.«
Wieder nickte die Dame. Li Wans Aufregung wuchs. Stammelnd ging sie durch die Hütte und nannte ein Ding nach dem anderen. Wie aus einer Versenkung tauchten die Namen in ihrem Gehirn auf und formten sich zu Worten.
Endlich begannen die Frauen das Gehabe Li Wans zu begreifen.
»Wahrscheinlich hat sie irgendwo eine Missionserziehung genossen und will sich nun zeigen«, meine Frau Van Wyck.
»Ihre Eitelkeit bringt uns noch um unseren Schlaf«, erwiderte Miß Giddings geringschätzig.
»Macht nichts, ich will nun einmal diesen Mantel da haben. Er ist zwar alt, aber ein Prachtstück.«
»Vielleicht will sie lieber ein Kleid dafür haben«, schlug Fräulein Giddings vor.
Frau Van Wyck näherte sich wieder der Indianerin und zeigte auf ihren Morgenrock. Um sie von der Güte des Stoffes zu überzeugen, ergriff sie die Hand Li Wans, legte sie zwischen die Spitzen auf ihren wogenden Busen und rieb deren Finger hin und her. Der edelsteinbesetzte Schmetterling, der das Gewand an dieser Stelle zusammenhing, löste sich und so glitt der Stoff beiseite und entblößte eine weiße Brust.
Li Wan stieß einen lauten Schrei aus, hastig riß sie ihr Flanellhemd auseinander, bis ihre Brust, die ebenso weiß war, sichtbar wurde.
»Ich wußte sofort, als ich ihr Haar sah, daß sie ein Mischling ist«, erklärte Evelyn.
Miß Giddings machte eine Bewegung des Abscheus: »Ekelhaft. Sie ist stolz auf die weiße Haut ihres Vaters. Schenke ihr etwas und schicke sie dann weg.«
Draußen auf dem Sand knirschte ein fester Schritt. Die Tür flog

auf, und Canim trat herein. Fräulein Giddings schrie auf und flüchtete in die äußerste Ecke der Hütte, während Fräulein Van Wyck ihm ruhig entgegentrat.

»Was willst du?« fragte sie.

»Guten Abend«, sagte der Indianer artig und zeigte dann auf Li Wan: »Meine Frau.«

Er streckte die Hand nach ihr aus, aber sie stieß sie zurück.

»Sprich, Canim! Sag ihnen, daß ich . . .«

»Daß du die Tochter Pow-Wah-Haas bist? Das geht sie doch nichts an. Erzähl ihnen lieber, daß du ein schlechtes Weib bist, das sich aus dem Lager des Gatten fortschleicht, wenn ihm der Schlaf die Besinnung geraubt hat.«

Wieder versuchte er, sie zu ergreifen, sie aber schrie auf und warf sich hilfeflehend vor die Füße der amerikanischen Dame und versuchte, deren Knie zu umklammern. Canim riß sie brutal in die Höhe.

»Laß mich los, Canim!« keuchte sie.

Er aber drehte ihr Handgelenk, bis sie den Kampf aufgab.

»Die Erinnerungen an die Zeit, als du ein kleines Vögelchen warst, sind zu stark und verwirren dich.«

»Ich weiß«, sagte Li Wan jetzt traurig und hilflos, »ich weiß es! Ich sehe den gelben Mann auf Händen und Füßen durch den Schnee kriechen und sitze auf seinem Rücken. Das war, ehe ich Poh-Wah-Kaan kannte, als ich noch in einem kleinen Winkel der Erde lebte.«

»Dies alles wirst du vergessen«, entgegnete ihr Mann und drängte sie zur Tür, »jetzt aber wirst du folgen und mit mir den Yukon hinabwandern.«

»Nie werde ich vergessen!« schrie sie und klammerte sich am Türpfosten fest.

»Dann werde ich es dir beibringen, denn ich bin Canim, der Wanderer.«

Mit diesen Worten riß er ihre Finger los und schleppte sie den Weg hinunter.